LOCUS

LOCUS

from

vision

from 116

TED TALKS 說話的力量

TED Talks : The Official TED Guide to Public Speaking

作者：Chris Anderson

譯者：李芳齡

責任編輯：湯皓全

校對：呂佳真

美術編輯：林育鋒

法律顧問：全理法律事務所董安丹律師

出版者：大塊文化出版股份有限公司

臺北市 10550 南京東路四段 25 號 11 樓

www.locuspublishing.com

讀者服務專線：0800-006689

TEL：(02) 87123898　FAX：(02) 87123897

郵撥帳號：18955675　　戶名：大塊文化出版股份有限公司

總經銷：大和書報圖書股份有限公司

地址：新北市新莊區五工五路 2 號

TEL：(02) 89902588 (代表號)　　FAX：(02) 22901658

製版：瑞豐實業股份有限公司

初版一刷：2016 年 7 月

定價：新臺幣 320 元

Printed in Taiwan

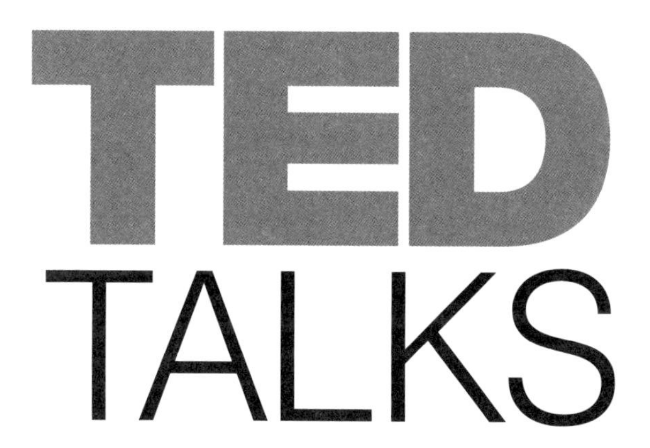

說話的力量

你可以用言語來改變自己，也改變世界

TED 唯一官方版演講指南

TED 總裁暨首席策展人

CHRIS ANDERSON 著

李芳齡 譯

目錄

序言：燃火的新時代　011

I　基礎篇

1　**演說能力**　你可以建立的技巧　021

2　**塑造思想**　每場精采演講提供的贈禮　031

3　**常見陷阱**　應避開的四種演講風格　041

4　**主軸**　你的核心思想是什麼？　049

II　演講工具篇

5 **連結** 生動貼近 067

6 **敘事** 故事具有難以抗拒的誘惑力 085

7 **解釋** 如何解釋艱澀的概念 095

8 **說服** 論證能夠永久改變人們的看法 111

9 **揭示** 我屏氣凝神！ 123

III 準備流程篇

10 **視覺** 那些投影片會扣分！ 141

11 腳本 要不要熟背？ 159
12 預演 且慢，我需要排練？ 179
13 開場與結尾 你想製造怎樣的印象？ 189

IV 臺上篇

14 行頭 我該穿怎樣的衣服？ 213
15 心理準備 如何克制緊張？ 219
16 布置 置稿臺，信心螢幕，重點提示卡，還是什麼都不用？ 225

17 聲調與儀態 賦予你的言語生命 235
18 形式創新 全光譜演講的利弊 247
V 省思
19 演講復興運動 知識互連 265
20 這為何重要？ 人際互連 277
21 換你了 哲學家的祕訣 287
致謝 293
附錄 本書提及的演講 297

生命短暫，思想、啓示，與愛卻能持久。

謹以此書紀念已故愛女柔伊・安德森（Zoe Anderson, 1986-2010）

序言：燃火的新時代

場內燈光漸暗，一位女士手掌沁汗，雙腿微微顫抖，步上舞臺。燈光打在她臉上，臺下一千兩百雙眼睛盯著她，聽衆感覺到她的緊張，可以明顯感受到全場屏息的氣氛。她清清喉嚨，開始說話。

接下來發生的情形，令人驚奇。

一千兩百個人的腦袋開始很奇怪地運作，它們開始同步化，這位女士的演講如同咒語施展魔力般拂過每個聽衆，讓他們一起喘息，一起大笑，一起悲嘆。在此同時，還發生了一件事情：這位女士腦袋裡大量經過神經編碼型態的資訊被複製移植到一千兩百名聽衆的腦袋裡。這些資訊將永遠留在他們的腦中，很可能影響他們未來的行爲。

臺上這位女士不是在施展魔法，而是在編織驚奇，但她的技巧高妙，如同魔法。

螞蟻藉由牠們的分泌物氣味來進行交流，影響彼此的行爲；我們人類則是藉由面對面而立、眼神傳達、揮手、發出奇怪聲音等等方式來交流。人與人之間的溝通是這世上的一大奇妙，我們天天無意識地做這些事，在公開舞臺上，這種溝通交流是最強烈的形式。

本書旨在解釋如何創造演講這種奇妙的力量，教你如何做一場精采的演講。不過，首先必須強調一點：**並非只有一種方法與形式可以產生一場精采的演講**。知識的世界太浩瀚，演講場合的演講人與聽衆類型太多，不可能有唯一適用的演講方法，但凡試圖套用單一方法者，都將產生反效果，聽衆立刻就能看穿，感覺受到操縱。

其實，就算有個一時成功的方法，它也不會成功多久，因爲一場精采演講的魅力要素之一是它的新鮮感。我們是人類，人類不喜歡老套，若聽衆覺得你的演講太相似於他們已經聽過的某人的演講，你的演講的吸引力與影響力就會大減。我們最不喜歡人云亦云，或是聽起來很假的東西。

因此，請不要把本書提供的建議當成一套演講規則，請把它當成一套鼓勵你有所變化的**工具**，只取用其中適合你及你目前面臨的演講機會的工具。在做出一場演講時，你的唯一要務是說出有價值的東西，並以你自己的獨特方式，眞誠地述說。

你可能會發現，演講比你想像的要自然得多，畢竟，演講是一種古老的技巧，深植於我們的心智，考古學家發現，遠在數十萬年前就已經有社群集會場合，我們的遠祖圍繞著火堆而坐。在地球的每個世紀，伴隨語言的形成與發展，人們學會分享他們的故事、希望、與夢想。

想像一個場景：夜色降臨，營火燃起，在星空下，火堆裡的木柴發出爆裂聲，火焰熊熊，一位年長者站起身來，衆人目光聚焦於他那充滿皺紋、在閃爍的火光下散發出智慧的臉龐，故事開始了。在他說故事的同時，每個聆聽者想像他述說的事件，這想像使他們產生相同於故事中人物的情緒。這是非常強而有力的一種過程，把衆人的心智結合成一個共同意識，在這段時間，圍繞營火的眾人彷彿合而爲單一的一種生命形式，他們可能一起起身，一起舞動，一起吟誦。從這個背景，只剩下短短一步即可通往共同行動的欲望，共同展開一段旅程、一次戰鬥、一項打造行動、或一場慶祝的決定。

類似這樣的場景也出現於今日。一位領導人或行動倡議者的演講是一把鑰匙，開啓同理心，引發振奮，分享知識與洞察，發起一個共同夢想。

事實上，言語已經產生了新力量，現在，我們的營火參與者是整個世界，拜網際網路之賜，在某個場所的一場演講最終可被全球無數人看到與聽到。就如同印刷媒體大大擴展了作家的力量，如今，網路大大擴展了演講人的影響力。網路讓世界任何角落可以上網的人（我們可以預期，不出數十年，地球上幾乎每個村莊都能連上網路）能夠召喚舉世最優秀的教師來到他們家中，直接向他們學習。一項古老的技巧突然間變得無遠弗屆，觸角可以伸向全球各地。

網路這項革命性技術點燃了演講復興運動。許多人長久以來忍受大型的冗長乏味的講課、教會裡沒完沒了的說教、或是千篇一律、令人翻白眼的政治演說，其實，這些全都可以改變。

精采的演講能夠觸動整室聽眾，改變他們的世界觀；精采的演講比任何書寫形式的東西更具撼動力，書寫的東西只給有我們文字，演說則提供了全新的工具箱。當我們凝視演講人的眼神，傾聽他的語氣，感受到他的脆弱、智慧、熱情時，我們汲用了歷經數十萬年千錘百鍊的無意識技巧，這些技巧能夠激發、賦能、鼓舞。

此外，我們能夠以古人想像不到的方式來增進這些技巧：我們能夠展示漂亮、高解析度的拍攝或想像影像；我們能夠結合影片與音樂；我們能夠使用研究工具，向使用智慧型手機的人們呈現一整部人類的知識。

好消息是，這些技巧是絕對可以教導傳授的，這意味的是，不論老少，人人都可受益於一種新的超強力量，它叫作**演說能力**（presentation literacy）。我們身處於影響世界的最佳途徑未必是出版一本書或寫一封信給編輯的年代，影響世界的最佳途徑可能只是站出來說話，因爲演講人說的話和展現的熱情如今可以極快速地傳播至全世界。

在二十一世紀，每所學校都應該傳授演說能力。事實上，在書籍問世前的年代，演說能力被視爲教育的一個核心部分①，只不過，使用的是舊式名稱：**修辭學**（rhetoric）。在現今的連結年代，我們應該復興這項重要技巧，使它成爲正規教育中的第四項「R」：讀（reading）、寫（'riting）、算（'rithmetic），及說（rhetoric）。

「修辭學」的核心含義就是：「生動說話的技巧」，基本上，這就是本書的目的：重塑現代修辭學，提供建立新時代演說能力的跳板。

TED的過去幾年經驗幫助指引路徑。TED一開始是每年舉行一次，集合科技、娛樂，和設計（technology、entertainment、design，因此取名爲TED）領域的研討會，但近年已經擴展成涵蓋任何公共利益的主題。TED演講人尋求透過精心準備的簡短演講，幫助他們所屬領域外的人們了解他們的思想。令我們高興的是，這種形式的演講在線上大受青睞，截至二〇一五年，

---

①其他部分包括邏輯、文法、算術、幾何學、天文學及音樂。

TED演講每年的觀看人次已超過十億。

我及我的同仁迄今已共事過數百位TED演講人，幫助他們雕琢他們的演講內容和方式。這些優秀人士完全改變了我們看待世界的方式，過去十年，我們同仁熱烈議論這些演講人到底如何觸動人們。我們這些幸運的前排聽眾被他們的演講深深吸引、感動、啓發、鼓舞，我們也有機會直接請教他們如何準備和發表一場精采的演講。因爲他們的出色，我們得以學到有關於他們如何以短短幾分鐘的演講締造如此大的感動與影響力的許多洞察。

因此，本書其實是一本協作結晶，是那些演講人和我那些能幹的同仁之間的通力合作，尤其是凱莉．史托澤爾（Kelly Stoetzel）、布魯諾．吉山尼（Bruno Giussani），和湯姆．瑞利（Tom Rielly），他們和我一起策劃及主持主要的TED活動，多年來，他們在塑造TED演講方法與形式以便把出色演講帶上講臺方面，扮演重要角色。

我們也汲用數千場外界自行籌辦的TEDx活動的集體智慧②，這些活動產生的內容往往令我們驚喜，也拓展了我們對於演講潛力的了解。

TED的使命是助長強而有力的思想的傳播，我們不在乎這是透過TED、或TEDx、或任何其他形式的演講，當聽聞其他的研討會決定採行TED風格的演講時，我們總是很振奮。畢

---

②各地的主辦者向我們申請免費授權，讓他們能在當地舉辦類似TED的活動。世界各地平均每天約有八或九場這樣的活動。

竟，思想不應被佔爲私有，思想有自己的生命，我們欣見演講藝術的復興，不論它發生於何處，是誰做的。

因此，本書的目的不僅僅是說明如何做一場TED演講，本書的目的遠遠更廣：支援意圖解釋、鼓舞，啓發或說服人們的任何形式的演講，不論是在商業、教育，或面對大衆的講臺上。固然，本書中的許多例子取自TED演講，但這只是因爲那些是我們最熟悉的例子。TED演講在近年間引起廣大興趣，我們認爲這些演講可以爲更廣泛的演講領域提供一些參照，並且這些演講採行的基本原則可作爲更廣泛的演說能力的一個好基礎。

因此，你將不會在本書中看到如何在婚禮中舉杯祝頌、或是一家公司如何進行銷售推銷、或是在大學講臺上如何授課的專門性質訣竅，但你將會在本書中看到也許適用於這類場合及其他所有形式的演講的工具和洞察。此外，我們希望說服你以不同的方式——令你感到振奮、有力的方式——來看待演講。

古老的營火已經引發出新火，這新火由那些時代已經到來的思想所點燃，從心到心、從螢幕到螢幕地蔓延。

這很重要，人類進步的每一個重要元素都是因爲人們彼此分享思想，然後通力合作把那些思想化爲現實，才得以發生。從我們的祖先首次通力合作擊倒長毛象，到阿姆斯壯（Neil Armstrong）踏上月球的第一步，人類已經把言語轉化成了不起的共同成就。

現在的我們比以往更需要這個。可以解決我們最艱難問題的思想往往暗藏而不爲人所見，因爲這些思想存在那些缺乏信心或訣竅而不知如何有效與他人分享這些思想的聰穎者的腦袋裡，這是很不幸的事。在現今這個年代，以適當方法發表的好思想能夠以光速傳遍全世界，並在無數人的腦袋裡自行複製，因此，學習發表好思想的最佳方法，將對等待發表演講的你很有助益，也對我們這些需要知道你的思想的人很有助益。

你準備好了嗎？

讓我們點火吧！

克里斯・安德森

二〇一六年二月

I

基礎篇

1 演說能力

你可以建立的技巧

你很緊張，對吧？

站上講臺，臺下有數百或數千雙眼睛盯著你，令你感到害怕。你懼怕必須在公司會議上發表你的計畫，要是你緊張到結結巴巴，怎麼辦？要是你完全忘記你原本要說的話，怎麼辦？你可能會被羞辱！你的前途可能從此坎坷不平！搞不好，你相信的那個點子將因此永遠被埋葬！

這些擔心害怕可能令你夜裡輾轉難眠。

你可知道，幾乎人人都曾爲了演講而擔心害怕過。事實上，在請受訪者列出他們最害怕的事物的調查中，演講往往是最多人的選項，比怕蛇或懼高的人還要多，甚至也比怕死的人還要多。

爲何會這樣呢？麥克風背後並未潛藏著任何毒蜘蛛啊，而且，演講人不會有跌落臺下而致命的危險，聽衆也不會用乾草叉攻擊你，爲何會感到焦慮不安呢？

這是因爲涉及很多利害，不僅僅是演講當時的感受，還牽涉到演講人的長期聲譽。別人對我們的評價很重要，我們是高度社會性動物，渴求彼此的好感、尊敬，與支持，我們的未來快樂高度取決於這些現實，我們知道我們在演講臺上的表現將大增或大減這些社會身價。

不過，若能本諸正確心態，你的懼怕可被當成一項有用的東西，它可以成爲一股驅動力，促使你爲演講做好準備。

這就是莫妮卡．陸文斯基（Monica Lewinsky）在站上TED講臺前的心路歷程，這其中涉及的利害，對她而言再高不過了。十七年前，她歷經了世人所能想像的最羞辱曝光事件，劇烈到幾乎令她崩潰。現在，她試圖重返更公開露面的生活，回溯她的故事。

但她不是個經驗豐富的演講人，她知道，若沒做好，將會很慘。她告訴我：

> 緊張這字眼太溫和了，不足以形容我的感覺。我的感覺比較像是充滿驚恐、害怕、焦慮，我想，要是我們能利用我那天早上的緊張力，這世界的能源危機大概已經解決了。我不僅在一群受人尊敬、傑出的人士面前走上臺，而且還被錄影下來，非常可能被公開於廣受點閱的平臺上。過去多年被公開譏諷的餘痛襲擊著我，我深切感到不安，覺得自己不屬於TED講臺，這就是我內心掙扎的感受。

但莫妮卡找到方法改變這懼怕，她使用了一些驚人的技巧，我將在第十五章討論這些技巧，現下只需先說一句：這些技巧奏效了。她的演講贏得現場喝采，幾天內獲得百萬人次點閱，並在線上贏得大量好評，甚至促使多年前曾批評她的女權主義作家艾麗卡．瓊恩（Erica Jong）公開向她致歉。

我的太太賈桂琳．諾沃葛拉茲（Jacqueline Novogratz）雖是很有成就的傑出人士，但也曾畏懼演講，從學生時代一直到二十幾歲，一想到麥克風和臺下聽眾的聚焦目光，就令她害怕到無力。但她知道，爲了推動她致力於打擊貧窮的運動，她必須說服其他人，因此，她開始強迫自己去做這件事。如今，她每年做大量演講，常贏得聽眾起立鼓掌喝采。

其實，到處可見這樣的人與故事，他們害怕演講，但設法變成優異的演講人。從羅斯福總統夫人（Eleanor Roosevelt），到巴菲特（Warren Buffett），以及被稱爲「害羞的戴」（shy Di）的戴安娜王妃（Princess Diana），她討厭公開演講，但最終找到方法，自然、不拘泥地以自己的語調說話，風靡舉世。

一場精采的演講，其效益可能很驚人，創業家艾隆．馬斯克（Elon Musk）在二〇〇八年八月二日對其太空探索科技公司（SpaceX）員工的演講，就是一個好例子。

馬斯克並非爲人所知的出色演講人，但他那天的演講爲這家公司畫下一個重要轉捩點。在此之前，該公司已歷經兩次發射火箭失敗，這天是第三次發射，大家都知道，若這次再失敗，有可能迫使公司關門。「獵鷹號」（Falcon）火箭從發射臺升空，但在第一節發動機按計畫分離後，不幸發生第一節火箭撞向第二節而爆炸，影像傳送器報銷。三百五十名員工聚集現場，根據該公司人才招募部門主管桃莉．辛格（Dolly Singh）描述，大家心情沈重，現場瀰漫絕望。馬斯克站出來，告訴他們，大家本來就知道這不是容易的事，儘管發射失敗，但他們那天已經做到了世上少有國家、更別說是公司能做到的事。他們已經成功完成第一節火箭的發射，把太空船送上外太空，他們只需要再振作，繼續努力即可。辛格如此描述馬斯克當天的演講高潮：

已經連續二十多小時未闔眼的艾隆鼓盡精神與力氣，接著說道：「至於我，我是永遠不會放棄的，永遠不會。」我想，聽完這番話，我們多數人都會帶著防曬油，追隨他踏入地獄之門，這是我有生以來所見過最感人的領導力表現。頃刻間，整個大樓從原本的絕望挫敗氣氛轉變為充滿決心，大家開始聚焦於如何向前邁進，而不再聚焦於回頭看。

這就是一場演講的力量。你也許不是一個組織的領導人，但一場演講仍然可以開啓新的門徑或改變一項事業或職涯。

很多TED演講人欣喜地向我們述說他們的演講造成了什麼後續影響，有些人獲邀把過程撰寫成書或拍成電影，或是提高演講費，或是獲得意外的財務支援；但最動人的故事是某些演講人提出的思想獲得推進，改變了人們的生活。社會心理學家愛咪·柯蒂（Amy Cuddy）做了一場人氣極高的TED演講，談論改變你的肢體語言可以提高你的自信程度，她收到世界各地超過一萬五千人的回響，告訴她這項智慧如何幫助他們。

年輕的馬拉威發明人威廉·坎寬巴（William Kamkwamba）在TED演講中述說了一個鼓舞人心的故事，十四歲時，他照著書籍上的圖文，使用從廢料場撿來的材料，在他的村莊建造了一臺風車，用於爲他的貧窮家庭提供電力。這故事傳播開來後，引發來自世界各地的關懷與幫助，並使他得以復學，最後並進入達特茅斯學院（Dartmouth College）工程學系。

TED曾經可能畫下句點的那天

以下是我人生中的一個故事：我在二〇〇一年末接下TED的領導棒子時，正為了我創建經營了十五年的公司瀕臨崩潰而搞得焦頭爛額，我很怕接手TED後，會再經營出一個公開丟臉的大失敗。在此之前，我一直奮鬥於說服TED社群支持我對TED的願景，我擔心它可能會無疾而終。此前，TED是一年一度在加州舉行的研討會，由甚具魅力的建築師理查．伍爾曼（Richard Saul Wurman）創立與主辦，他的親臨現場總能鼓舞研討會的每個層面。每年約有八百人參加這一年一度的TED研討會，多數人似乎已接受若伍爾曼離開，TED大概不會再續存的事實。二〇〇二年二月舉行的TED研討會是伍爾曼領導下的最後一場，我僅有這一個機會可以說服TED出席者相信，TED將會繼續運作下去。但是，在此之前，我從未主持過研討會，而且，儘管我盡了最大努力，花了幾個月時間行銷下年度的TED研討會，還是只有七十個人簽名表示將會出席。

那次研討會的最後一天早上，我有十五分鐘的演講時間去說服與會者，但你得知道，我不是個天生的演講好手，我講話時，總是夾雜著太多的嗯、呃，一句話說到一半就停下來，思尋接續下去的適當字眼。我有時會說得太熱切、或太溫和、或太概念化，此外，別人未必能領會我那古怪的英式幽默感。

這一次的演講，我緊張極了，非常擔心自己在臺上會顯得笨拙困窘，我緊張到無法在臺上站起來，於是，我把一張椅子從臺上的後方拉到前方，坐了下來，開始講話。

如今回顧那次的演講，我甚覺汗顏，若要我現在回頭去檢討那場演講，我會做出上百項的改變，首先要改變的就是我那天穿的皺巴巴的T恤。不過，在演講前，我精心準備了講詞，我知道至少有一些聽衆非常希望TED繼續運作下去，只要我能夠提出令這些支持者振奮的理由，他們或許就會扭轉情況。由於當時剛歷經網路公司泡沫破滅，許多聽衆和我一樣蒙受事業虧損，我心想，也許我可以用這點來連結和打動他們？

我說出肺腑之言，盡其所能地展現最高度的坦誠與說服力，我告訴聽衆，我剛歷經極大的事業挫敗，認爲自己是個徹頭徹尾的失敗者，在心理上支撐我的唯一之道，是讓自己沉浸於思想與點子的世界裡，而TED對我而言就是這樣的世界——一個讓來自各領域的思想與點子分享交流的獨特場合。我告訴他們，我將盡全力存續它的最佳價值，這項研討會爲我們提供這麼多的啓示與學習，我們無論如何也不能讓它終止，不是嗎？

令我大出意料的是，我的演講結束時，坐在聽衆席中央的亞馬遜網站創辦人暨執行長貝佐斯（Jeff Bezos）站起來鼓掌，會場的所有聽衆也隨著他站起來，彷彿TED社群在幾秒鐘內集體決定要支持邁入新旅程的TED。在接下來的六十分鐘休息時間，有兩百多名與會者承諾購買下年度TED研討會的入場券，確保了這個組織的繼續成功。

若當年那場十五分鐘的演講失敗，TED大概已經在把TED演講放上網際網路的四年之前就已經畫下句點了，你現在也不會閱讀到此書。

我將在下一章解析何以那場演講雖明顯笨拙，但最終卻發揮成效。這些洞察可應用於任何種類的演講。

不論你現在對你的公開演講能力的信心有多低，你都可以採取一些改善行動。演講能力並不是少數幸運者與生俱來的天賦，它是一套廣泛的技巧，演講的方法有幾百種，人人都能找到適合自己的演講方法，並學習做好演講的必要技巧。

富有獅心豪膽的小男孩

幾年前，TED內容總監凱莉．史托澤爾和我展開尋找演講人才的全球之旅，我們在肯亞首都奈洛比見到造出一個奇特發明的馬賽族十二歲男孩理查．圖瑞爾（Richard Turere）。他們家庭牛，他們面臨的最大挑戰之一是在夜間保護這些牛群，防止牠們遭受獅子攻擊。理查注意到，靜止的火把嚇不了獅子，但走動揮舉火把似乎能夠奏效，獅子顯然害怕移動的燈火！理查小時候拆解父母的收音機，無師自通地學會了一些電子學知識，他使用這些知識，設計出一種會閃爍的燈光，讓獅子以為有人在牛棚裡走動。這項發明是用廢料堆裡找來的太陽能板、汽車電瓶、摩托車轉彎指向器等零件組裝而成，他安裝燈光後，噹噹！燈光閃爍，獅子再也不敢來襲了！他的發明被口耳相傳，其他村民也請他幫忙設立這種裝置。現在，他們不再像以往那樣，為了保護家畜而必須殺害獅子，改而安裝理查設計的「防獅燈」，村民和護獅的環保人士皆大歡喜。

這是了不起的成就，但乍看之下，理查一點也不像合適的TED演講人。他怯縮地站在房間一角，非常害羞靦腆，他的英語不流利，也無法具體說明他的發明。很難想像他站上加州的演講臺，面對一千四百名聽眾，在座者有谷歌創辦人謝爾蓋．布林（Sergey Brin）及微軟創辦人比爾．蓋茲（Bill Gates）。

但是，理查的故事太動人了，我們還是決定邀請他來場TED演講。研討會前的幾個月，我們幫助他架構他的故事，找出適當的起始點，架構自然的敘事順序。因為這項發明，理查獲得肯亞最好的其中一所學校的獎學金，這使他有機會在一群聽眾前演練數次TED演講，幫助他建立信心，使他能夠在演講臺上展現他的個性。

接著，理查搭機飛往加州長堤，這是他此生首次搭乘飛機。在他步上TED演講臺時，你可以看出他很緊張，但這反而使他更顯可愛魅力。理查演講時，聽眾專注聆聽他說的每字每句，每當他露出微笑時，聽眾為之融化。演講結束時，全場起立喝采。

理查的故事可資鼓勵我們所有人相信，我們全都有可能做出像樣的演講。你的目標不是要成為邱吉爾（Winston Churchill）或曼德拉（Nelson Mandela），而是要當你自己，若你是科學家，就當個科學家，別試圖當個行動主義者；若你是個藝術家，就當個藝術家，別試圖當個學者；若你只是個普通人，別試圖裝出什麼高知識分子的模樣，只要當自己就行了。你不需要用鏗鏘有力的演講來博取全場起身鼓掌，談話式的分享也能動人，事實上，對多數聽眾而言，這種演講更好。若你懂得如何在晚餐時對一群朋友講話，你就有足夠能力可做一場演講了。

再者，科技已經開啟了新選擇，如今，你不需要一次對著成千上萬的人演講，才能產生大影響；你可以私下獨自對著攝影機講話，剩下的，交給網際網路就行了。

演說能力並非僅僅少數人需要與可及的選擇性外加能力，而是二十一世紀的一項重要技巧，這是分享你是誰以及你關心什麼的一種最有效途徑。學會它，你的自信心將大增，你可能會驚奇於它對你的成功人生（不論你如何定義「成功」）帶來的有益影響。

若你忠於展現眞實的你，我相信，你一定能夠運用我們人類固有的這項古老技巧，你只需要鼓起勇氣去嘗試。

2 塑造思想

每場精采演講提供的贈禮

二〇一五年三月，科學家蘇菲．史考特（Sophie Scott）步上TED演講臺，開講不到兩分鐘，全場聽衆已經笑到難以自已。蘇菲是研究笑聲的世界知名神經學家，她在演講中播放幾段人類笑聲的音訊，以展示人類的笑聲有時是多麼**奇怪**，「更像是動物的叫聲，而不像說話」，她這麼形容。

她的十七分鐘演講非常有趣，演講結束時，大家心情非常愉悅。但是，除此之外，她的演講還產生了別的影響：從此以後，我們對於「笑」的看法完全改觀。蘇菲提出的有關「笑」的核心思想是，笑的進化目的是要化解社交的緊張氣氛，把緊張轉化爲愉快。聽完蘇菲的演講，這個核心思想已經進入我們的腦袋，現在，每當我看到一群人在笑時，我看待此現象的方式不同於以往了。我感受到他們的快樂，想要加入他們；我也看出社會性連結，這是一種奇怪而古老的生物現象，使「笑」的行爲與作用更顯奇妙。

蘇菲帶給我一份贈禮，不僅僅是聆聽她的演講的愉悅，她也贈予我一個思想，從此改變我，並成爲我的一部分①。

我想以蘇菲的贈禮作爲可套用於任何演講的一個比喻，以彰顯一個重要概念：**身為演講人，你的首要使命是把你認為很重要的某個東西灌輸到你的聽衆的腦袋裡。**我們稱這東西爲思想（idea），它是聽衆可以抓住、帶走、珍視、被其改變的一種心智產物。

這正是我此生做過最擔心害怕的一場演講最終得以產生成效的主要原因。如同上一章所述，我有十五分鐘的時間去說服TED聽衆加入轉由我領導之下的TED新旅程，那場演講，我做錯了許多事，但在一個關鍵至要的層面成功了：它在聽衆腦海裡植入了一個思想。這個思想是：TED眞正特別之處並非只是交棒給我的那位創辦人，TED的獨特性在於它提供一個場合，讓來自各領域的人能夠匯集在一起，了解彼此。這種相互交流對世界非常重要，因此，TED研討會以非營利性質運作，爲公益而舉辦，它的前途攸關我們所有人。

這個思想改變了聽衆對TED傳承的想法，創辦人的離開變得不再那麼要緊了，現在，眞正重要的是，這種特別的知識交流方式應該續存。

以思想爲起始點

本書的中心理論是，凡是有思想值得與他人分享者，都能做出一場有影響力的演講。對於演

①當然，未來的研究發現也許會修正或否定蘇菲・史考特提出的概念，從這角度來看，思想往往是暫時性的，不過，我們心智中一旦形成一個思想，誰也無法在未經我們的同意下拔除這個思想。

講，唯一眞正重要的東西不是信心、臺風，或演講的流暢性，而是有值得一講的東西。

我在此使用的**思想**（idea）這個字是相當廣義性質，它未必是一項科學突破、一個出色發明、或一種複雜的法律理論；可能只是一個簡單的訣竅，或是用一則動人的故事來說明一個人類洞察，或一個有含義的美麗圖像，或是你希望將來能發生的一種活動，或只是提醒世人，人生中什麼才是最重要的東西。

思想泛指能夠改變人們看待世界方式的東西，若你能在人們腦袋裡植入一個令人信服的思想，你就做了了不起的事，你帶給他們一個難以估量價值的贈禮；深確地說，一小部分的你已經變成他們的一部分。

你有值得與更廣大聽衆分享的思想嗎？世人非常拙於判斷這個問題的回答。很多講者（通常是男性）似乎很喜愛自己的聲音，興致盎然地長篇大論幾小時，卻沒能分享什麼有價值的東西；但也有很多人（往往是女性）非常低估他們的工作、學習，及洞察的價值。

若你閱讀此書只是因爲你喜愛在講臺上賣弄，戴上TED演講人的光環，用你的魅力來吸引聽衆，請立刻放下此書。你應該先對演講內容下工夫，做出值得與他人分享的演講內容，徒有臺風而無內容的演講再糟糕不過了。

不過，較有可能的情形是，你有非常值得分享的東西，但你不自知。你不必像理查男孩那樣發明了「防獅燈」，你有你的獨特人生經歷，這些經歷中絕對有一些值得分享的洞察，你只需要去思索與找出它們。

這讓你感受壓力，不知所措嗎？也許你有一項要你上臺做報告的課程作業；或是你必須在一場小型會議中報告你的研究成果；或是你有機會對當地扶輪社做一場演講，向他們說明你的組織，試圖爭取他們的支持。你可能覺得你沒做過什麼值得一談的事，沒發明過什麼東西，不是特別有創意，也不認為自己非常有智慧，對未來沒有任何特別聰慧的觀點，甚至不確定自己有什麼特別熱中之事。

嗯，我承認，這是個困難的起始點，要讓聽衆的時間花得值得，演講必須有具深度的內容為基礎。理論上，有可能你現在應該繼續你的旅程，尋找引起你注意、使你想進一步探索的東西，過個幾年，等做了這些之後，才來閱讀本書。

不過，在下此結論之前，你應該先再次檢視你的自我評量是否正確，搞不好，你只是缺乏自信。有個值得注意的矛盾點：你向來只從自己的角度與觀點來看你，他人也許看到了你的非凡點，但你本身完全看不到。為了發現這些非凡點，你可能需要和那些最了解你的人坦誠相談，他們對你的某些部分，了解得比你本身還要深透。

不論如何，你擁有一項世間無人擁有的東西：你自己人生的親身經歷。昨天，你看到一些人事物，感受一些情緒，這些經歷是獨一無二的，舉世七十多億人當中，你是唯一百分之百擁有這些經歷的人。所以，你能從這獨有的經歷中汲取什麼嗎？許多最精采的演講只是根據一個個人親身經歷的故事，以及從這個故事中汲取的一則簡單啓示。你是否觀察到什麼令你感到驚奇的東西？或許，你觀看一群小孩在公園裡玩耍，或是和一個遊民交談後，獲得了什麼洞察或感想。你是否看到了什麼令你覺得他人可能會感興趣的事物或現象？若沒有，你能否想像接下來幾星期在生活與工作中睜大你的眼睛，去覺察你的獨特人生旅程中也許有一些可能令他人感興趣或受益的觀察或洞見？

人們喜愛聽故事，每一個人都可以學習如何述說一個好故事。縱使你從這個故事中汲取的啓示是人們耳熟能詳的，那也沒關係，我們都是人類，都需要再一次的提醒！宗教每星期的布道說教以不同的包裝一再告訴我們相同的東西，這不是沒有原因的，一個重要的思想，用一個新故事再包裝後，以適當方式講述，就能形成一場精采的演講。

回顧你過去三、四年的工作，有什麼很凸顯的東西？上一件令人感到很振奮或很憤怒的事情是什麼？你做過的事情當中，最令你引以爲傲的兩、三件是什麼？上一次，你和某人交談時，對方說：「這眞有趣」，那是什麼事呢？若你能揮舞一支魔杖，你最想散播給他人的思想是什麼？

別再拖延

你可以把演講當成激勵自己更深入探索某個主題的機會。我們全都或多或少地有拖延或懶惰的毛病，我們有很多想做的事，但網際網路上有太多令人分心的東西，演講的機會或許能促使你專注投入於一項重要研究計畫。任何人，只要有電腦或智慧型手機，就能取得近乎整個世界的資訊，你只需要去挖掘，看看能發現什麼。

事實上，你在做研究時詢問的那些疑問，就能爲你的演講提供藍本。最要緊的問題是什麼？它們彼此如何關聯？如何能夠淺顯易懂地解釋它們？有什麼人們至今仍無解答的謎？有什麼重要爭議？你可以用自己的探索之旅來爲你的演講提供重要揭示。

因此，若你認爲你**可能**有值得一談的主題，但不確定你是否已經對這主題知道得夠多，何不把演講當成一個激勵你去深入發掘的機會？每當你覺得自己分心時，只需想起站在講臺上、有成百上千雙眼睛盯著你的情景，你就會在接下來一小時更專注於你的研究探索工作。

二〇一五年，我們在TED總部做出一項嘗試，讓每位團隊成員每隔一週有一天的自由時間可用於研究工作，我們稱之爲「週三學習日」。這麼做的背後動因是，既然這個組織致力於宣揚終身學習，我們本身應該實踐我們倡導的理念，鼓勵所有團隊成員花時間學習他們熱中之事。但是，要如何防止這一天淪爲坐在電視機前的偷懶日呢？這措施有個尾刺：每一個人必須在一年當中的某一天向其他組織成員做一場TED演講，講述他們學到了什麼。這麼一來，我們全都可以受益於彼此的知識，但同等重要的是，這也提供了一個重要激勵，促使他們好好利用週三學習日，確實學習。

不過，就算沒有「週三學習日」，也可以有這樣的激勵，凡是向你敬重的一群人演講的機會都可以提供激勵作用，促使你去做研究探索。換言之，你不需要現在就有充分完整的知識，把演講機會當成促使你去探索的動因。

要是經過這一切，你仍然很掙扎，也許你想的沒錯，你或許該婉拒這個演講機會，這或許對你本身及聽眾都有益。不過，更可能的是，你的探索將使你找到只有你能和他人分享的東西，你期望見到在這世上多一點曝光度的東西。

在本書其餘章節中，我將假設你已經找到你想演講的主題——不論它是你長久以來熱中的事物，或是你渴望更深入探索的主題，抑或是你必須提出簡報的工作計畫。在接下來各章，我將聚焦於演講的how（**技巧**），而非演講的what（**內容**），但我們將在最後一章重返what部分，因爲我很確信，人人都有可以且應該和其他人分享的重要東西。

語言的驚人功效

設若你有值得與他人分享的東西，你的目的是把你的核心思想灌輸給你的聽眾，你該怎麼做呢？

絕對不要低估其困難度。若我們能夠設法繪出蘇菲．史考特腦中有關於「笑」的思想，它大概涉及了數百萬個神經元以極其繁複的型態相互連結，這型態必須包含人們大笑的模樣、他們發出的聲音、進化目的的概念、紓解緊張氣氛的意義等等。如此複雜的整個結構，如何能在幾分鐘內灌輸到一群陌生人的腦袋裡呢？

人類發展出一種可以做到這點的技術，此技術名為**語言**，語言能使你的大腦做出驚人之事。

請你想像一頭大象，牠的鼻子漆上了鮮紅色，牠的頭上站著一隻橘色大鸚鵡，鸚鵡一邊跳腳，一邊重複地叫著：「咱們來跳方丹戈舞！」大象的鼻子隨著鸚鵡的節奏，同步來回地揮舞。

哇！你剛剛在你腦海裡形成了一幅史上不曾有過的畫面，這畫面只出現在你、我，以及閱讀或聽到了上述句子的其他人的腦海裡，一個句子就能做到這點！但這得仰賴身為聽者的你具有一些已存在的概念：你必須已經知道大象和鸚鵡是什麼，知道紅色和橘色的概念，知道什麼是漆上**顏色、跳舞、同步**。這個句子促使你把這些概念連結起來，形成一個全新的型態。

若我把這個句子改為：「**請你想像一頭** Loxodonta cyclotis**（非洲森林象）物種，牠帶有** Pantone 032U**（彩通色卡編號 032U）顏色的** proboscis**（長鼻）正在擺動著……**（譯註：非洲森林象的象牙帶有粉紅色）」，你大概無法在腦海裡形成這幅畫面，儘管這是請你做相同的想像，而且使用更準確的語言，但你不熟悉這句子中的許多用字。

因此，演講人和聽眾的語言必須共通，語言才能發揮神奇力量。這是想把你的思想建入別人腦袋裡的一個關鍵提示：**你只能使用你的聽眾可以汲用的工具**。若你只用**你的**語言、**你的**概念、**你的**假設、**你的**價值觀，你將無法把你的思想灌輸到聽眾的腦袋裡。因此，你必須使用他們的語言，唯有使用共通語言，他們才能開始把**你的**思想建入**他們的**腦袋裡。

普林斯頓大學學者烏里．哈森（Uri Hasson）從事開創性研究，探索這種流程的運作情形。使用**功能性核磁共振造影**（functional magnetic resonance imaging，簡稱 fMRI）的技術，可以同步即時地看出大腦在建構一個概念或記住一個故事時的複雜活動情形。

在二〇一五年進行的一項實驗中，哈森讓一群志願參與者觀看一部長約五十分鐘、述說一個故事的影片，並以功能性核磁共振造影儀記錄他們觀看影片時的腦部反應型態。記錄顯示，這些志願者的一些腦部反應型態近乎相同，代表他們在觀看此影片時有一些相同的感受。接著，哈森請這些志願者以錄音方式記錄他們對此影片的回憶，其中許多人的錄音回憶相當仔細，長達二十分鐘。現在要談令人驚奇的部分了：他把這些錄音播放給另一組沒有觀看影片的實驗志願參與者聽，並同步以功能性核磁共振造影儀記錄**他們的**腦部活動情形，這些只聽回憶錄音、沒有觀看影片的第二組志願者的腦部反應型態，竟然和第一組志願者觀看影片時的腦部反應型態相吻合！換言之，光是語言的力量就能引發相同於其他人觀看影片時的心智感受與反應。

這證明了語言的神奇功效，這是每位演講人可以汲用的力量。

是的，言辭很重要！

一些演講教練貶低語言的重要性，他們可能引用心理學教授艾爾伯・麥拉賓（Albert Mehrabian）在一九六七年發表的研究報告指出，溝通成效中只有七％歸因於言辭（說話的內容），三八％取決於語氣，五五％來自肢體語言。這使得演講教練過度聚焦於建立演講人的信心、魅力等等臺風，不太注重演講的言辭。

這是完全錯誤解讀麥拉賓的研究發現。他這項實驗的主要目的是探索如何溝通情感，例如，他觀察當某人以憤怒的語氣或帶威脅性的肢體語言說「那很好」時，會發生什麼情形。想當然耳，在那些情況下，言辭的影響度自然不大。把他的這個研究結論泛套於所有講話與溝通，是荒謬的誤用，麥拉賓非常受不了這種誤解與誤用，以至於他在網站上用粗體字發表聲明，懇求人們別再這麼做了。

是的，情感的溝通表達很重要，就演講的這個層面來說，演講人的語氣和肢體語言的確影響甚大，我們將在後面章節詳細討論這部分。但是，演講的整體要義高度取決於言辭，言辭述說故事，塑造思想，解釋複雜性，論述理由，或是說服人們採取行動。所以，若有人告訴你，在演講中，肢體語言比言辭更重要，請記得，那是他們錯誤解讀科學研究結果（或者，你可以開個玩笑，請他們只用姿勢來重複表達他們的這個見解）。

本書前半部的內容大都是探討如何用語言來創造這種神奇功效，人對人的說話之所以重要，就是因爲我們可以透過這種方式來轉移思想，我們的世界觀就是如此建立與塑造的。我們的思想塑造我們，懂得如何把思想灌輸給他人的演講者將能夠創造影響巨大的漣漪效應。

旅程

還有另一個漂亮的比喻可資形容一場精采的演講：這是演講人和聽衆同行的一段**旅程**。演講人、海洋生物學家蒂爾妮·泰思（Tierney Thys）這麼說：

> 就像所有好電影或好書，一場精采的演講是一段令人陶醉的行旅。我們喜愛探索之旅，在一位見多識廣、甚至古怪的導遊帶領下旅行至一個新地方，他向我們介紹我們以往不知道的事物，他鼓勵我們爬出窗外，進入新奇世界，他提供我們新透鏡，讓我們以不尋常的方式去看尋常事物……他令我們著迷入神，使我們的腦袋的許多部分同時活絡運作起來。因此，我總是試圖把我的演講塑造成如同展開一段旅程。

這種比喻的一大益處是，它可以喻示何以演講人應該像導遊一樣，從聽衆立足之地起步，必須確保不能做出聽衆無法做到的跳躍，或是莫名其妙地改變方向。

不論這段旅程是探索、解釋，或說服之旅，最終結果是把聽衆帶到一個美麗的新地方，這也是演講帶給聽衆的一項贈禮。

不論使用什麼比喻，你都應該聚焦於你將贈予聽衆的東西上，這是爲演講做準備的最佳基礎。

3 常見陷阱

應避開的四種演講風格

有無數方法可幫助你做出一場精采演講，但首先應該注意的是一些基本的安全訣竅。有些糟糕的演講風格對演講人的聲譽及聽眾的福祉有害，以下是你應該不惜一切代價、竭力避開的四種演講風格。

推銷

有時候，演講人倒行逆施，他們的演講不是爲了施予（give），而是爲了獲取（take）。

幾年前，一位知名的作家暨企業顧問前來做一場TED演講，我聽到他打算談如何框外思考，很是興奮，但實際演講內容令我驚訝反感。他談到很多企業因爲採取某項行動而出現明顯進步，這行動是什麼呢？它們全都購買他的顧問服務。

講了五分鐘後，聽衆愈來愈不耐煩，我也受夠了，便站起身來打斷他。所有眼睛望向我，我開始流汗。我開啓我的麥克風，所有人都能聽到。

我：我有個請求，也許你可以告訴我們，你建議怎樣的思考模式？我們想知道它的實際運作方式，好讓我們有所收穫。到目前為止，你說的內容有點太像廣告。

〔現場聽眾發出緊張的附和，接著出現尷尬的停頓。〕

演講人：這得花上三天，我無法在十五分鐘的演講中告訴你們要如何做。我的目的是要告訴你們，這些東西可以奏效，因此鼓勵你們去進一步了解它們。

我：我們相信你，相信它們管用，你是這個領域的搖滾明星呢！請為我們舉一個例子，或是為我們講講它的頭十五分鐘的有趣部分。拜託！

此時，聽眾開始發出鼓勵聲，這位演講人別無選擇，終於開始分享一些我們可以使用的智慧，大家都鬆了一口氣。

諷刺的是，這種貪婪的演講風格甚至對演講人本身毫無益處。當天的聽眾中若有任何人會去預約購買他的顧問服務，我會感到驚訝；就算眞的有聽眾這麼做，這利得也已經被其他聽眾對他的反感抵消了。不消說，我們從未把這場演講張貼於線上供大衆觀看。

聲譽重於一切，若你希望被評價爲一個慷慨分享的人，請帶給你的聽衆美妙、有價值的東西，別當個討人厭的自我推銷者。被推銷的對象將感到乏味、失望，尤其是當他們期望聽到別的東西時。

當然，推銷通常會做得更爲狡猾，例如，投影片中出現一本書的封面，或是演講中簡短提及演講人的組織資金不足。若演講的其他層面很精采，這類小小的暗示伎倆或許能僥倖成功，不惹聽衆反感，但這麼做是冒大險（當然啦，若主辦單位明確邀請你來談你的書或組織，那就另當別論）。因此，我們總是主動要求TED演講人別做這樣的事。

重要原則是，切記演講人的工作是施予聽衆，不是從聽衆那兒獲取（縱使在商場上做推銷時，你的目標也應該是施予，最有成效的銷售員站在聽者的立場去設想，如何爲聽者的需求提供最佳服務）。人們來研討會，不是爲了聽一場推銷性質的演講，一旦他們覺察你的演講目的可能是推銷，他們就會失去興趣，開始做到的事，例如查看他們的電子郵件收件匣。這就好比你接受一位朋友的邀請去喝咖啡，但驚覺原來她的目的是要找你投資分時度假產權，你將會想辦法一逮著機會就趕快開溜。

分享思想和推銷之間的分界或許不明確而且有爭議，但原則很重要：施予，別意圖獲取。慷慨將引發回響。人權律師布萊恩·史蒂文生（Bryan Stevenson）在TED研討會上演講時，他的組織正急需一百萬美元以繼續在美國聯邦最高法院打一樁重要官司，但他在演講中完全未提及此事。他的演講改變了我們對於「正義」的思想，他在演講中述說故事，充滿幽默、洞察，與啓示，演講結束時，全場起立鼓掌長達幾分鐘。你猜怎麼著？他帶著超過一百三十萬美元的出席者捐款離開此研討會。

漫談

在我主辦的第一場TED研討會上，其中一位演講人的開場白是：「開車前來這裡的途中，我思索著要和各位談什麼……」接下來的演講內容是沒有焦點地漫談有關於可能的未來的一些觀察。演講內容沒有討人厭的東西，沒有特別難以理解的東西，但也沒有有力的論點，沒有啓示，沒有「啊哈」時刻，沒有可以帶著離開的收穫。聽衆禮貌性地鼓掌，但沒人學到什麼東西。

我很惱怒，沒爲演講做好準備，那是一回事，但在演講中吹噓你沒做好準備，那是對聽衆的一種侮辱！這形同告訴聽衆：你們的時間不寶貴，這活動未足輕重。

太多這樣的演講了，漫談，沒有明確方向。演講人或許自欺地以爲，就算是漫無焦點地探討他的聰穎思想，也必定能令他人入迷。但是，八百人打算撥出十五分鐘時間聽你講話，你眞的不能漫無目的地隨性而談。

我的同事布魯諾・吉山尼說的好：「人們坐下來聆聽一場演講時，他們對演講人提供了極爲珍貴、一旦付出後就無法收回的東西：他們的幾分鐘時間和注意力。演講人必須盡其所能地善加利用這段時間。」

所以，若你想帶給聽衆一個精采思想，你首先必須花些時間做準備，絕對不能漫談。

話說回來，那位漫談的演講人的確帶給ＴＥＤ一項贈禮：從此以後，我們對演講人的事前準備工作投入加倍工夫。

談論你的組織

一個組織對其成員來說或許有趣，但對近乎所有其他人而言卻非常乏味。這麼說，很抱歉，但這是實話。若你的演講內容講述的是你的公司或非政府組織或實驗室的特殊歷史，談論它那複雜但不得了的架構，讚嘆你的團隊有多麼傑出，你的產品有多麼成功，保證你的聽衆從一開始就會昏昏欲睡。你和你的團隊可能對這些感興趣，但抱歉，我們不在那裡工作。

不過，當你把焦點擺在你所做的工作以及爲此工作注入力量的思想上，而不是談論組織本身或其產品時，一切就爲之改變了。

這聽起來容易，做起來可能沒那麼簡單。組織的領導人往往也是組織的發言人，因此總是處於推銷的模態，認爲推崇他們身邊認眞賣力的團隊是他們的職責。此外，由於他們想談論的工作就發生於他們的組織內部，因此，爲講述這工作，最顯而易見的方式可能就是談這個組織的運作。「二〇〇五年時，我們在達拉斯這棟辦公大樓設立了一個新部門（演講人此時展示一棟帷幕玻璃大樓的照片投影片），目的是研究我們可以如何降低能源成本，我指派公司副總漢克．波罕掌管此任務……」聽衆紛紛打呵欠。

把上述那段話拿來和以下這段話相比較：「二〇〇五年時，我們獲得一個驚人發現，一般辦公室可以在不怎麼減損生產力之下降低六〇%的能源成本，怎麼做呢？且聽我道來……」

後面這段話的模態使人產生興趣，前面那段話的模態則是扼殺了人們的興趣；後面這段話帶給聽衆一項贈禮，前面那段話則是怠惰地自我推銷。

爲博取鼓舞而表演

我有點猶豫要不要把這個例子包含在內，但我想，我必須提醒這個陷阱。

首先贊同這點：聽一場演講時，最動人的體驗之一是鼓舞，演講人說的話感動你，使你充滿可能感與振奮感，使你在聽完演講後想成爲更好的人。許多演講的高度鼓舞性質助燃了TED

的成長與成功，事實上，這是我被TED吸引的首要原因，我相信鼓舞的力量。

不過，這是一種必須非常審慎拿捏的力量。

當一位出色的演講人結束他的演講，聽衆全體起立鼓掌喝采時，是在場所有人都感到興奮的一刻，演講內容令聽衆興味盎然，至於演講人，收到如此強烈的肯定，自然是難以形容的滿足（在TED研討會上，我們經歷過非常尷尬的時刻之一是，某位演講人在溫和的掌聲中離開講臺後，在後臺對她的一位友人低聲說：「沒人站起來！」這是可以理解的感嘆，只不過，很不幸地，她的麥克風還未關掉，所有人都聽到她說這話時的難過語氣）。

不論他們承認與否，許多演講人渴望在結束演講時奪得滿堂喝采，接下來收到大量的推特文，證明他們的演講產生了巨大的鼓舞力量。就在這樣的渴望中，潛藏了陷阱，強烈訴求聽衆起立喝采的那種渴望可能導致演講人做出不好的事。他們可能去觀看那些勵志演講人的演講，試圖仿效他們，但只仿效了形式。其結果可能很糟：用盡一切招數，在理智和情感上操縱聽衆。

幾年前，TED出現了一個令人惱怒的例子①。一位四十多歲的美國男士是TED的狂熱粉絲，他寄了一支具有說服力的試聽視訊給我們，懇求我們讓他做一場TED演講。他的演講前言正好吻合我們那年聚焦的TED研討會主題，而且他提出了強而有力的推薦評價，因此，我們決定讓他上臺。

① 爲免當事人尷尬，我在下文的敘述中改變了一些細節。

起初，他的演講看起來很不錯，他個性爽朗，對聽衆面露微笑，開場白詼諧，播放了一支精巧的影片，使用出奇的視覺道具，彷彿他仔細研究了每一場ＴＥＤ演講，萃取了所有精華，放進他的演講裡。我在聽衆席上觀看，滿懷希望，說不定我們選對了，這將會是一場轟動的演講。

但是……我開始感覺有點不安，有點不對勁。他似乎很愛在臺上，愛得有點過頭，他不斷地暫停，期待聽衆喝采或大笑，每當獲得聽衆喝采時，他會停下來說「謝謝」，微妙隱約地企圖博取更多喝采。他開始即興插入一些意圖引起聽衆發笑的話，顯然覺得這些話很有趣，但聽衆並不感到那麼有趣。最糟糕的是，他承諾要講的內容完全沒出現。他聲稱做了準備，要揭露一個重要思想的眞相，但他說的全是異想與軼聞，他甚至編輯了一個影像來支持他的論點。由於忘形地沉浸於衆人的注目，他的演講超出預定時間。

接近結束時，他開始告訴聽衆，要不要採納他的智慧，操之於他們手中，他談到夢想與鼓舞，最後把他的雙臂伸向聽衆。由於這場演講顯然對他而言太重要，部分聽衆站起來爲他鼓掌，至於我呢，我感覺想吐。這正是我們竭力想爲ＴＥＤ研討會避免的演講老套：全都是裝腔作勢，沒什麼內容。

這種演講的問題不僅僅是蒙混哄騙，還讓演講這門藝術蒙上壞名聲，導致當眞正能夠鼓舞人心的演講人上臺時，聽衆較不願意敞開心胸。然而，在渴望獲得聽衆喝采的驅使下，愈來愈多演講人試圖踏上這條路。

請不要成爲他們當中的一人。

鼓舞得靠贏得，不能靠花招來博取。聽衆受到鼓舞，並不是因爲他們睜大眼睛看著你，請你衷心相信他們的夢想，而是因爲他們實際上懷抱了一個值得興奮的夢想，那些夢想得來不易，它們源自血汗與淚水。

鼓舞就像愛，你無法靠著直接追求而獲得它，事實上，那些太直接追愛的人被稱爲**跟蹤者**（stalker），就算對那些較不那麼極端的直接追求者，我們使用的形容字眼也好不到哪去：**黏得令人厭煩**（cloying）；**不像樣**（inappropriate）；**不擇手段**（desperate）。不幸的是，這種行爲將導致適得其反，事與願違，令對方退避三舍。

鼓舞也一樣，若你試圖走捷徑，想純粹靠你的魅力來博取聽眾喝采，或許能夠得逞一、兩回，但你很快就會發現聽眾紛紛退避。在上述例子中，儘管演講現場有部分聽眾起立給予喝采，但在我們的研討會事後調查中，聽眾的評價很差，我們也從未在線上張貼這場演講，聽眾覺得被這位演講人操縱，事實上，他們也眞的被操縱了。

若你夢想成爲搖滾明星級的演講人，在講臺上展露你的光彩，博取聽眾喝采，我求你三思，別夢想這個。去夢想更遠大的東西，對這夢想投入長足的努力，獲得有眞價值的成果，再謙遜地來到講臺上分享你學到的東西。

鼓舞是不能靠表演而贏得的，鼓舞是聽眾對眞誠、勇氣、無私的作爲，以及眞知灼見所做出的反應，把這些元素帶進你的演講中，聽眾的反應可能會令你驚奇。

演講失敗的原因，分析起來不難，但如何才能做出一場成功的演講呢？一切始於明晰的主軸。

4 主軸

你的核心思想是什麼？

「這種情形太常見了，你坐在聽眾席上聽某人演講，你知道此人有更好、更精采的演講，但不是他正在做的這場演講」，這又是我的TED同事布魯諾·吉山尼的感想，他無法坐視潛在的優秀演講人搞砸他們的機會。

演講的目的是說有意義、有價值的東西，但很多演講沒能做到這點，演講人說了很多，但未能留給聽眾任何可以永銘於心的東西。投影片漂亮，臺風迷人，但若沒有任何實質重點，演講人充其量只提供了娛樂。

會發生這種不幸，頭號原因是演講人沒有爲演講做出適當的整體規劃，演講人也許用項目符號做出逐點規劃，甚至逐句寫出講稿，但沒有花時間在演講的大綱上。

有一個字被用來分析劇本、電影，及小說，這個字也可以用在演講上，那就是**主軸**（through-line）：把每一個敘事元素串連起來的主旋律。每一場演講都應該有一個主軸。

由於你的目的是把某個好思想建入聽眾的腦袋裡，你可以把主軸想成一條堅實的纜線或繩索，你將把你建立的思想的所有元素掛在這條繩索上。

這並非指每場演講只能涵蓋一個主題，只能說一個故事，或只能朝一個方向，不能有分支，不是的，有主軸，指的是所有片段必須關聯起來。

以下是沒有主軸的談話開端：「**我想和你們分享我最近旅行南非開普敦的一些體驗，接著分享我在人生路上的一些觀察……**」

相較於以下這段話：「**最近在南非開普敦旅行時，我對於陌生人有一些新的經驗心得，你何時可以信任陌生人，何時絕對不能信任陌生人。我來和各位分享我的兩段截然不同的經驗……**」

第一段話或許可用於和你的家人的閒聊，但從一開始就有主軸的第二段話遠遠更吸引一般聽眾。

一個不錯的練習是，試著用不超過十五個字來濃縮你的主軸，這十五個字必須提供扎實的內容，光是想著你的目的：「我想啓發聽眾」或「我想贏得聽眾對我的工作的支持」，這還不夠，必須比這更聚焦。你想在聽眾腦袋裡建入什麼思想？你想讓聽眾帶走的重點是什麼？

還有一點也很重要，那就是主軸不能太過於可以預料或乏味，例如「努力的重要性」或「我在做的四項重大計畫」，這類東西令人昏昏欲睡，你可以做得更好！以下是一些受歡迎的TED演講的主軸，請注意到，每一個都含有**出乎意料**的元素。

- 更多選擇其實令我們變得較不快樂。
- 脆弱其實是珍貴的，不需要隱藏。
- 若你聚焦於孩子們令人驚奇且興奮的創造力，就可以改變教育的潛能。

- 你可以一直用肢體語言假裝，假裝到最後便會成真。
- 十八分鐘的宇宙史展示從混亂到有序的一條途徑。
- 從糟糕的城市旗幟可以看出驚人的設計祕密。
- 一趟南極跋涉之旅威脅我的性命，動搖我的意志。
- 讓我們來場安靜革命，重新設計一個更接納內向者的世界。
- 結合三項簡單技術，創造令人興奮的第六感。
- 線上影片可以使教室變得人性化，並改革教育。

上述清單中的第一條是巴瑞．史瓦茲（Barry Schwartz）談「選擇的弔詭」時的演講主軸，史瓦茲非常相信主軸的重要性，他說：

許多演講人深愛他們的思想，他們難以想像他們的思想對於那些還未受這些思想浸禮的人們而言，有多麼艱澀複雜。演講的要訣是，在有限的時間內只闡釋一個思想，並且盡你所能，充分且透徹地闡釋它。在你的演講結束時，你希望聽眾明確了解的一個思想是什麼？

清單中最後一個主軸來自教育改革家薩爾曼．可汗（Salman Khan），他告訴我：

可汗學院（Khan Academy）有很多非常有趣的事，但談那些事，感覺太過於自我推銷，

> 我想分享更宏大的思想，例如藉由去除傳統講授方式來達到精熟學習（mastery-based learning）和上課時間的人性化。我建議演講人，找一個比你或你的組織還大的重要思想，但同時也利用你的經驗來證明這思想並非只是空談。

你的演講主軸不必像上述清單中的那般宏大，但仍然應該要有某種有趣、吸引人的觀點。例如，不談努力的重要性，改談爲何努力有時未能獲致成功，以及如何看待這種情況。或者，不談你在做的四項重大計畫，改談彼此間有驚人關聯性的三項計畫。

科學家蘿賓．默菲（Robin Murphy）在 TEDWomen 演講時，就是以此爲主軸，以下是她的演講開場白：

> 機器人正快速成為災難現場的第一批救災者，和人一起工作，協助重建。這些精密機器的參與具有改變救災、拯救生命，及省錢的潛力，我今天想和各位分享三款新的機器人，我對這些機器人的研究心得可資證明這點。

並非每場演講都必須像這樣，開宗明義地說出主軸，如後文所言，還有許多其他方式可以激發聽眾的興趣，邀請他們加入你的旅程。不過，當聽眾知道你將走往何處時，他們會更容易跟隨。

且讓我們再次把演講當成一趟旅程，演講人和聽眾一起踏上的旅程，演講人是導遊。身爲演講人的你若想讓聽眾跟隨你，你可能需要暗示他們，你們將一起前往何處，你也必須確保這趟旅程的每一步將幫助你們到達目的地。以旅程作爲比喻，**主軸就是用來描繪這趟旅程的路徑**，它確保不會出現聽眾無法做到的跳躍，演講結束時，演講人和聽眾已經一起抵達一個滿意的目的地。

許多演講人在爲一場演講做準備時，只會構思他們在演講中概述他們的工作或組織，或是概略探討一個課題。這不是優異的演講規劃，這樣的演講很可能沒有焦點，也產生不了什麼影響。

切記，主軸不是主題。你收到的演講人邀請函可能非常明確：「親愛的瑪麗，我們想邀請妳來演講有關於妳發展的去鹽技術」，或是：「親愛的約翰，能否邀請你來演講你在哈薩克的獨木舟之旅？」。不過，就算類似這樣，有一個明確的**主題**（topic），仍然值得思考要使用什麼**主軸**。一場談獨木舟之旅的演講，可以使用「堅毅」、或「團體動力」、或「河流湍急漩渦的危險性」爲主軸；談去鹽技術的演講，其主軸可能是「破壞性創新」、或「全球性水危機」、或「傑出的工程簡潔性（engineering elegance）」。

要如何爲你的演講找出主軸呢？

第一步是盡你所能地去了解你的聽眾。誰是你的聽眾？他們的知識程度如何？他們對此演講有何期望？他們關心什麼？以前的演講人談些什麼？你想對你的聽眾灌輸一個思想，但唯有在聽眾預備接收這類思想之下，你才可能做到。若你將對倫敦的計程車司機談數位賦能的共享經濟（sharing economy）有多棒，你最好先了解，優步（Uber）正在摧毀他們的生計。

不過，許多演講人在演講一開始的吶喊，表達出了辨識演講主軸的最大障礙，他們說：**我想談的東西太多了，但時間不夠！**

我們經常聽到演講人這麼說。TED演講有十八分鐘的時間上限（為何是十八分鐘？因爲這時間夠短而能夠保持聽衆的注意力，能夠被放到網際網路上；夠精確而能夠被認眞看待；但也夠長到足以談論重要或有意義的東西），但多數演講人習慣講三、四十分鐘或更長，他們很難想像可以用這麼短的時間來做出一場像樣的演講。

別以爲較短的演講就意味著需要的準備時間較短。曾經有人詢問前美國總統威爾遜（Woodrow Wilson），他的一場演講需要花多少時間準備，他回答：

> 這得視演講長度而定，若是十分鐘的演講，我得花上整整兩星期的準備時間；若是半小時的演講，我要花一星期準備；若不限制演講長度，我想講多長都行的話，那就不需要做準備了，我隨時都可以上臺。

這讓我想起一句名言，這句名言出自誰，衆說紛紜，很多優異思想家和作家都被冠以源出者：「若我有更多的時間的話，我會寫更短的信。」

所以，咱們就接受這智慧之見吧：想在有限時間內做出一場精采的演講，事前必須花很多準備工夫。不過，有正確方法，也有錯誤方法。

錯誤方法

濃縮演講內容的錯誤方法是涵蓋所有你認爲必須說的東西，然後把它們全都刪減成非常短。

好笑的是，你也許能夠製作出做到這點的一份腳本，你想涵蓋的每一個重要主題都以摘要形式涵蓋了，你的準備工夫就是全部都涵蓋！你甚至可能認爲，有一條主軸把所有東西串連起來，有一個大支柱支撐著你的所有演講內容。你可能覺得你已經竭盡所能，把所有的精華都裝進演講時間裡了。

但是，用主軸把大量概念串連起來的做法是行不通的。當你以摘要形式急匆匆地掠過多個主題時，將發生一種很糟糕的結果：它們無力地掠過，幾乎不落痕跡。你知道你講的東西的全部背景與脈絡，因此，你提出的洞察可能在你看來是精髓，但對聽眾而言，他們很可能不熟悉你講的東西，你這種匆匆掠過的演講方式可能只呈現了枯燥乏味或膚淺的概念。

這如同簡單的方程式，裝了太多東西，等於解釋不足。

欲使演講內容有趣，你必須花時間做至少兩件事：

- 說明這東西為何重要……你試圖回答什麼疑問？你試圖解決什麼問題？你想分享什麼經驗？
- 用實例、故事、事實來充實你的每個要點，賦予它們血肉。

這麼做，你才能夠把你認爲珍貴的思想灌輸到別人的腦袋裡。問題在於，解釋和舉例都得花時間，因此，你只有一個選擇。

正確方法

想要做出一場有成效的演講，你必須把你想涵蓋的**廣泛主題**大幅削減成單一一條串線：你可以適當地開展闡述的主軸。就某種意義而言，這麼一來，你涵蓋的東西較少，但實際產生的影響更顯著。

作家理查·巴哈（Richard Bach）說：「優異的文章得靠刪減文字的好工夫」，演講也一樣，成功的演講，其祕訣往往在於刪除，少即是多。

許多TED演講人告訴我們，這是做出好演講的關鍵。音樂人亞曼達·帕爾默（Amanda Palmer）這麼說：

> 我發現，我的自負著實陷住我。我心想，要是我的TED演講爆紅的話，我必須讓人們知道我是個優秀的鋼琴家，我也作畫，我能寫很棒的歌詞，我具有**種種**才華！**這是我的大好宣傳機會**！但是，這樣不行，唯有把你的自負拿掉，讓自己成為思想本身的傳播媒介，你的演講才會精采。我記得我和TED常客、著名科學家尼古拉斯·尼葛洛龐帝（Nicholas Negroponte）共進晚餐，請他對我的TED演講提出建議，他說了一個我的佛學導師多年來常說的理念：留白，**少說**。

統計學家尼克·馬可斯（Nic Marks）提供了一個常對羽翼未豐的作家提出的建議：「**殺掉你**

心愛的東西。我學會別去談論我非常喜愛、很想要擠進內容裡、但和我的主要講述內容無關的東西，這很難做到，但卻是必要工夫。」

人氣最高的ＴＥＤ演講人之一布芮妮．布朗（Brené Brown）也曾為ＴＥＤ的有限演講時間大傷腦筋，她提供這個簡單方法：「草擬你的演講，然後把它刪掉一半，在惋惜哀悼那刪除的一半之後，把剩下的那一半內容再一次刪除一半。很多人傾向思考能夠在這十八分鐘內放入多少東西，但在我看來，更好的思考問題是：『你能夠在這十八分鐘內**建設性地**解開什麼？』」

不論什麼時間長度的演講，都要處理這個問題。在此舉一個個人例子，設若我被要求以兩分鐘的時間做自我介紹，以下是第一個版本：

> 我雖是英國人，但我出生於巴基斯坦，我的父親是個眼睛外科醫療傳教士，我的童年大部分時間在巴基斯坦、印度，及阿富汗度過。十三歲時，我被送回英國的寄宿學校，後來進入牛津大學讀哲學、政治，及經濟學。畢業後在威爾斯的一家地方報社當記者，後來去塞席爾群島（Seychelles Islands）的一個地下電臺工作了幾年，製作一個世界新聞報導。
>
> 一九八〇年代中期返回英國後，我愛上電腦，創辦了一系列專門探討個人電腦革命的雜誌。創辦專業雜誌是很棒的一段時光，我的公司在七年間規模年年成長一倍，然後，我把它賣了，遷居美國，另起爐灶。
>
> 到了二〇〇〇年，我的事業已經成長到有員工兩千人，發行一百五十種雜誌及網站，但此時，科技泡沫瀕臨破滅，當泡沫真的破滅時，幾乎摧毀了我的公司。再者，有了網際網

路，誰還需要雜誌呢？我在二〇〇一年年底離開。

所幸，我已經把一些錢投入於一個非營利基金會，使我得以買下TED，在當時，TED是一個每年在加州舉行一次的研討會。從此以後，TED就成為我的全職熱情所在。

下面是第二個版本：

我想請你們隨我進入一九七七年的牛津大學學生宿舍，打開一間房間的門，乍看之下似乎沒人在房裡。

但且慢，角落有個男孩躺在地板上，臉朝上，盯著天花板，他保持這姿勢超過九十分鐘了。那就是我，二十一歲時的我，我正在思考，很認真地思考，我正在試圖……請別笑我哦……我正在試圖解答「自由意志」這個問題，這個奧祕的東西困惑了舉世哲學家至少兩千年？沒錯，我正在試圖解謎。

任何人客觀地看著這一幕，都會做出結論認為這個男孩是結合了自大與迷惑的怪胎，或者，他只是拙於社交、孤僻的人，喜愛與思想為伍，勝過與人為群。

但我自己的看法呢？我是個夢想家，我總是著迷於思想的力量，我確信就是這種內向幫助我在遠離傳教士父母的印度及英國寄宿學校成長，使我有信心去嘗試創立一家媒體公司。當然，也是這種夢想家的性格使我深深愛上TED。

最近，我一直在想像演講革命，以及這種革命可能產生的影響……

你認爲哪個版本可以更了解我？第一個版本述說了更多有關於我的事實，正經地摘要了我的人生的大部分，相當於兩分鐘的個人簡歷。第二個版本只聚焦於我的人生的單一一個時刻，但我對人們做過實驗，他們說他們覺得第二個版本更有趣，也更有啓發性。

不論你的演講時間是兩分鐘、十八分鐘、或是一小時，請記得這個起始點：**你只能涵蓋一定的、有限的範圍，你的演講內容才能有足夠深度而吸引人**。

「主軸」這個概念正是要幫助你做到這點。選擇一個主軸，你就能自動地過濾掉很多你原本想放進演講中的內容。當我做上述實驗時，我思考：**我應該聚焦於我的哪個層面，才能使我的自我介紹有多一點深度**？我決定聚焦於「夢想家」這個層面，這使我更容易把第二個版本定錨於我在牛津大學學習時期，刪除我的人生的多數其他部分。若我選擇聚焦於「創業家」或「怪胎」或「普世靈魂」層面，我就會有不同的切入。

因此，爲了挑選一個主軸，你首先必須辨識出你能在有限演講時間內適確地解開的一個思想。接著，你應該建立一組結構，讓你的演講內容的每個元素能夠和這個思想聯繫起來。

從主軸到結構

我們先來談談**結構**（structure）這個字，這很重要，不同的演講可能以非常不同的結構來架設連結到那個核心主軸上。一場演講的開場可能是說出演講人正在處理的一個問題，並用一件軼事來說明這個問題；接著可能述說以往試圖解決此問題的一些嘗試，舉兩個例子說明這些嘗試最終失敗。接下來，演講人可能講述他提出的解方，包括用一個明顯的新證據來支持這個解方。最後，演講人可能以對未來的三個含義作爲結語。

你可以把這演講的結構想像成一棵樹，有一根核心主幹（主軸），向上挺升，主幹延伸出旁枝，每一旁枝代表核心敘述的擴展：一根底層的旁枝是開場時用以說明此問題的軼事；上方有兩根旁枝講述以往嘗試解決此問題的失敗例子；另一旁枝是提出新解方時用以佐證的新證據；最上方的三根旁枝則是對未來的三個含義。

另一場演講可能只是逐一述說有一個共同關聯主題的五項工作，用演講人目前從事的計畫作爲開頭和結尾。在這樣的結構下，你可以把主軸想像成把五個不同的箱子串連起來的一個環圈，每個箱子代表一項工作。

撰寫本書之際，最多人觀看的TED演講人是肯恩．羅賓森爵士（Sir Ken Robinson），他告訴我，他的演講大都使用以下這個簡單結構：

A 前言——開場，將要談什麼

B 背景——何以這主題重要

C 主要概念

D 現實含義

E 結論

他說：「有一道撰寫論述的老公式說，一篇好的論文應該回答三個疑問：**什麼**？**然後呢**？**現在呢**？（What? So What? Now What?）我的這個簡單結構有點像這道公式。」

當然啦，羅賓森爵士的演講的吸引力絕非僅僅是其結構簡明，而且，他和我都不建議所有人採用這個相同的結構。重點在於你應該找出最能讓你在有限演講時間內擴展闡釋你的主軸的結構，並清楚演講內容的每個元素如何和主軸聯繫。

處理殘酷不幸的主題

若你的演講主題涉及殘酷不幸的問題，你必須特別謹慎於主軸的選擇。難民危機的慘狀，糖尿病的嚴重增加，南美洲的性別相關暴力……許多這類主題的演講人認爲他們的演講目的，是凸顯一個需要被更多人知悉的現象與理想，因此，這類演講的內容結構往往是講述許多事實來說明某一境況有多糟糕，爲何必須採取行動來解決它。的確，有時候，這是架構一場演講的理想方式……倘若你有把握你的聽眾已做好心理準備，願意被你的演講內容攪得很難過的話。

問題是，若聽眾坐聽了太多這樣的演講，他們情緒上已經疲乏，他們將開始感到厭煩，甚至出現同情心疲乏症。若這種情形發生於你的演講結束前，你的演講將不會產生影響。

要如何避開這種情形呢？第一步是別把你的演講架構成講述一個**課題**（issue），而要架構成闡述一個**思想**（idea）。

我的前同事瓊恩．柯罕（June Cohen）如此解釋這兩者的差別：

以課題爲導向的演講從**道德說教**出發；以思想爲導向的演講從**好奇心**出發。

課題揭露問題；思想提出解答。

課題說的是：「這很可怕，不是嗎？」思想說的是：「這引人關注，不是嗎？」

相較於把演講架構成懇求聽眾關心，不如把演講架構成試圖解答一個令人困惑的謎，更能吸引聽眾；前者令聽眾感覺像是要求，後者令聽眾感覺獲得一個贈禮。

檢查清單

在發展你的演講主軸時，可以使用以下的檢查清單：

- 這是我熱中的一個主題嗎？
- 這可以激發聽眾的好奇心嗎？
- 獲得這項知識，對聽眾是個收穫嗎？
- 我的演講將帶給聽眾一個贈禮，抑或對他們做出要求？
- 這資訊新鮮嗎？抑或是聽眾已經知悉的資訊？
- 我能夠在給予的演講時間內清楚解釋這個主題，並提出必要例子嗎？
- 我對這個主題知道得夠多而能夠做出一場讓聽眾的時間花得值得的演講嗎？
- 我具有談論這個主題的信譽嗎？
- 我可以用哪十五個字濃縮我的演講的核心思想（主軸）？
- 這十五個字能夠說服人們相信他們會對我的演講感興趣嗎？

演講教練艾碧嘉・坦能鮑姆（Abigail Tenembaum）建議，找一位可以成爲你的演講聽衆的人來測試你的主軸，別用書寫形式，要以口語方式來測試。「大聲講述，通常可以幫助演講人看出哪些內容明晰，遺漏了什麼，以及如何改進。」

暢銷書作家伊莉莎白・吉爾伯（Elizabeth Gilbert）也支持使用針對一位聽衆的方法來準備演講，她爲我提供這個建議：「從你的生活中找一個人作爲對象，在準備你的演講時，把此人當成你的演講的唯一聽衆。別找和你從事相同領域的人，找一個伶俐、有好奇心、關心世事的人，而且是你很喜愛的人，這樣才能對你的演講注入生氣與感情。最重要的是，確保你是在對一個人講話，不是對一個人口群（例如二十二歲到三十八歲之間、從事軟體工作領域的人），因爲一個人口群不是一個人，若你針對一個人口群，你的演講聽起來就不像在對一個人說話。你不必去對方的家裡，對著他們練習你的演講六個月，你甚至不必讓他們知道你在練習演講，你只需挑選一位合適的聽衆，盡全力做出一段令對方震撼、或感動、或入迷、或深覺有趣的講話。」

不過，吉爾伯指出，最重要的是挑選一個你投注熱情的主題，「談你知道的東西，談你知道、並且由衷熱愛的東西，我想聽你談對你的生活最重要的主題，而不是你認爲新奇的任意一個主題。向我呈現你數十年來熱中的東西，而不是什麼新鮮、激進的玩意兒，相信我，我將津津有味地傾聽你熱中已久的東西。」

在選定你的主軸後，你就可以開始規劃要在這主幹上掛上什麼東西。灌輸思想的方法很多，接下來五章，我們將分別討論演講人使用的五種重要工具：

- 連結（Connection）
- 敘事（Narration）
- 解釋（Explanation）
- 說服（Persuasion）
- 揭示（Revelation）

你可以混搭使用它們，有些演講只使用其中一種工具，有些演講則是結合使用多種，還有少數演講結合使用了這五種工具（通常是大致依照上述順序）。不過，由於這五種工具截然不同，因此值得分章討論它們。

II

演講工具篇

5 連結

生動貼近

知識的灌輸不能靠硬塞，只能靠吸引。

在把一個思想植入他人的腦袋前，你必須先獲得他們的允許。對於向完全陌生的人開啓自己的腦袋，人們自然是非常小心謹慎，畢竟，那是他們最寶貴的東西，因此，你必須設法克服這種提防戒心。怎麼做呢？把蜷伏於你內在的那個你敞開來，讓他們看一看。

聽演講是全然不同於閱讀一篇論述的兩回事，演講絕對不是只有言辭，演講是由人遞送言辭，演講若想產生影響，必須先建立與聽衆的連結。你可以做出內容最精采的演講，有非常明晰的解釋和犀利邏輯，但若你不先和聽衆建立連結，你的演講內容就進不了他們的心房，縱使他們某種程度地了解你的演講內容，也不會被活化取用，只會被存入他們腦袋裡某個很快就被遺忘的檔案櫃裡。

人不是電腦，他們是有著種種怪異招數的社會性生物，他們有進化的武器抵禦危險的知識汙染他們倚賴的世界觀，那些武器有名有姓：懷疑心態，不信任，不喜歡，厭煩，不理解。

哦，還有，那些武器很寶貴。若你的腦袋敞開大門迎接所有要進來的語言，你的生活將很快地分崩離析，「咖啡會致癌！」「那些外國人眞噁心！」「購買這些漂亮的廚房用刀！」「寶貝，我能讓你好好享受……」我們會先評估我們看到或聽到的每個東西，然後才決定要不要接收它，把它視爲可據以行動的思想。

因此，身爲演講人，你的首要工作是設法讓聽衆卸下那些武器，和他們建立連結，使他們願意、甚至欣然地讓你進入他們的腦袋幾分鐘。

若你不喜歡「武器」這個比喻，咱們就回到把演講視爲一趟「旅程」的這個概念吧。演講是一趟你帶領聽衆踏上的旅程，也許你已經找到了一條通往好目的地的好路徑，但你必須先使這趟旅程看起來誘人，才能吸引他們上路。首先，你得前往他們那兒，贏得他們的興趣，並讓他們信任你這位導遊，否則，可能還未展開旅程就已經陷入泥淖了。

我們告訴我們的演講人，TED有熱情、友好的聽衆，但儘管如此，能夠和聽衆連結契合的演講人，以及那些不知不覺中引起聽衆懷疑或乏味或不喜歡的演講人，兩者的演講能夠產生的影響程度差別甚大。

所幸，有很多方法可幫助演講人在演講的一開始和聽衆建立這種重要的連結。以下是五項建議。

從一開始就和聽衆目光接觸

人很善於對其他人做出立即判斷：是敵是友；討人喜歡或不討人喜歡；機靈或愚鈍；自信或猶豫。我們用以做出這類快速判斷的線索往往非常淺顯：此人的穿著，走路或站立姿態，臉部表情，肢體語言，專注力。

優秀的演講人懂得設法盡早和聽眾建立連結，他們可能使用簡單方法，例如在臺上自信的走步，環顧臺下，和兩、三名聽眾目光接觸，面帶微笑。來看看心理學家凱莉．麥高尼格（Kelly McGonigal）在TED演講中探討壓力的好處時，開場的幾段：「我要坦承一件事，**〔她暫停了一下，雙手往下垂，露出一絲微笑〕**但首先，我想請各位對我做個坦承，**〔她走向聽眾〕**在過去這一年，**〔她專注地環顧在座的每張臉〕**曾經感受過些許壓力的人，請舉手，有人嗎？**〔她先露出謎般的微笑，片刻後，轉成燦爛笑容〕**」這幾句話，這幾個動作，讓她立即和聽眾建立連結。

當然，不是所有人都像凱莉那樣天生好口才、輕鬆自然、或美麗，但我們全都可以做到的一點是，和聽眾目光接觸，面帶微笑，光這一點，就可以創造出大差別。印度藝術家拉哈瓦（Raghava KK）和阿根廷民主運動人士琵雅．曼西尼（Pia Mancini）在演講時，都和聽眾保持很好的目光接觸，他們的演講才剛開始，你就覺得被深深吸引。

這是有理由的，人類進化出一種高等能力：只要注視他人的眼睛，就能解讀他們。我們能夠潛意識地察覺某人臉上眼部肌肉的最細微變動，不僅可以藉此判斷對方的感覺，也可以判斷能否信任對方（還有，我們在這麼觀察與判斷對方的同時，對方也在這麼觀察與判斷我們）。

科學家的研究顯示，光是兩人彼此注視的動作，就能引發鏡像神經元（mirror neuron）的活動，產生感同身受的作用，接收對方的情感狀態。我露出笑容，將使你內心也微笑起來，雖說只是稍稍微笑，但影響甚著。若我緊張，你內心也會感到些許焦慮，我們彼此對望時，我們的心智也同步作用。

我們的心智同步作用的程度，有部分取決於我們對彼此的直覺信任程度。激發這種信任的最佳工具是什麼呢？沒錯，是微笑，自然的微笑（人們能夠覺察出偽裝的微笑，並且立即覺得自己受到操縱，隆恩．葛曼〔Ron Gutman〕曾在ＴＥＤ演講中談論微笑的隱藏力量，這七分半鐘的演講非常值得一看）。

目光接觸，再佐以偶爾露出真誠親切的微笑，是具有驚人功效的一種技術，能夠改變聽眾對一場演講的感受（不過，很不幸的是，這有時會被另一種技術破壞：舞臺燈光。一些舞臺燈光的布置令演講人被強烈的聚光燈照得目眩，甚至無法看清聽眾，你應該事前和活動主辦者商榷這點。若你在臺上，感覺燈光強度不理想，使你無法和聽眾目光接觸，可以請求工作人員把臺下的燈光調強或把臺上的燈光調弱）。

在ＴＥＤ，我們對當天演講人提出的第一個建議是：經常和聽眾目光接觸，親切，真誠，自然地呈現自己。這將開啓大門，使他們信任你，喜歡你，開始感染你的熱情。

走上講臺時，你應該想著一件事：再走幾步，你和人們分享你的熱情的機會就在眼前，僅僅相隔咫尺。別急著開口，走入聚光燈下，挑一些臺下聽眾，注視他們的眼睛，點頭問候，露出微笑，這樣，你就創造了初步連結，可以開始上路了。

展露你的脆弱

使聽眾卸下武裝的最佳方法之一，是先展露你自己的脆弱，這猶如一位粗壯的牛仔走進酒館時，敞開他的外套，顯示他沒攜帶武器，使在座所有人都放鬆下來。

布芮妮・布朗在休士頓 TEDx 做出了一場談「脆弱」的精采演講，她的開場很貼切：

> 幾年前，有位活動策劃人打電話給我，因為我要去做一場演講，她說：「我很傷腦筋，不知道要在傳單上如何介紹妳。」我心想：「為何會傷腦筋呢？」她說：「我看過妳的演講，我想應該稱呼妳為研究員，但我怕在傳單上這樣介紹妳的話，沒人會來聽演講，因為他們會認為妳枯燥乏味、無足輕重。」

聽完這開場白，你已經喜愛她了。

同理，若你感到緊張，這可能反而對你有利。聽衆馬上就能覺察你的緊張，你可能擔心你的緊張使他們看不起你，恰恰相反，他們會開始爲你加油鼓勁。我們常鼓勵那些看起來很緊張的演講人，別擔心，就上臺吧，有必要的話，就向聽衆承認你很緊張。若你感覺緊張得說不出話來，那就暫停一下……拿瓶水，喝一點，告訴聽衆你的感覺：「請等我一下……各位可以看得出，我有點緊張……我馬上就恢復了。」通常，聽衆會給你暖心的鼓掌鼓勵，期盼你能成功。

在任何演講臺上，脆弱都可能發揮功效。在 TED 演講臺上，最驚人的時刻之一，出現在神經外科醫生暨暢銷書作者薛溫・努蘭（Sherwin Nuland）的一場演講，講述的是電擊治療的創舉史，把電流通入嚴重精神病患者的腦部來進行治療。努蘭在這個領域具有豐富知識，而且很風趣，把原本有點嚇人的東西講得很有意思。但說完電擊療法的創舉發展後，他停頓了一下，說道：「我爲何要在此告訴各位這個故事呢？」他說他想分享他從未說過或寫過的一件事，此時，全場鴉雀無聲，要是有根針掉在地板上，大家都可以聽到。

「因爲將近三十年前，我的生命是兩段很長的電擊療程救回來的。」努蘭說。接著，他揭露自己的衰弱失能型憂鬱症祕密史，嚴重到醫生們打算對他動腦前額葉切除術，所幸，在最後一刻，他們嘗試電擊治療，經過二十次的治療後，最終奏效了。

努蘭對聽眾揭露他的深層脆弱，使他得以強而有力地結束他的演講：

> 一直以來，我覺得自己像個冒牌貨，因為讀者們並不知道我剛剛告訴你們的故事。所以，我今天講述這個故事的原因之一，坦白說，是出於自私，我想解除我心頭的負擔，讓大家知道，撰寫這些書的作者並不是未曾受過心靈困厄的人。但我想，更重要的是，在座有許多人不滿三十歲，在我看來，你們似乎全都正值美好興奮的職涯巔峰，但是，任何事都可能發生在你身上，世事無常，人有旦夕禍福，童年往事的記憶可能回來糾纏你，你可能被甩出常軌，茫然迷失……相信我，若連我都能熬過那樣的困境，任何人都可以克服他們生活中的逆境，重新振作。至於那些年紀較長的人，已經歷經艱難，也許像我一樣，曾經失去一切，從頭來過，你們大概會覺得我敘述的故事中有一些情境很熟悉。人生裡有復元，有救贖，也有重生。

這是你應該去觀看的演講，薛溫・努蘭在二〇一四年去世了，但他的脆弱以及脆弱帶來的鼓舞啓示，將永存不朽。

願意展露脆弱，這是演講人可以運用的最有力工具之一，但是，和任何強而有力的東西一樣，必須謹慎使用。布芮妮・布朗看到許多演講人錯誤解讀她提出的忠告，她告訴我：「公式化或造作的個人揭露分享將使聽眾覺得受到操縱，往往導致他們嫌惡你和你所說的話。脆弱不是要你過度揭露，沒有界限的脆弱不是脆弱，刻意斧鑿的連結，意圖引起注意的花招，這些都不是脆弱，不會產生貼近聽眾的連結。我發現，最好的釐清方法是認真檢視我們的意圖，這揭露分享是爲了輔助在臺上的演講，還是爲了探索自己？若是前者，這揭露分享將有助益；若是後者，將減損人們對我們的信心。」

布朗強烈建議，**不要**揭露你還未探索並了解的自己的那些部分。

「我們必須先了解自己的故事之後，才能把它與他人分享，使人們感受到它是一種贈禮。唯有當演講人本身的療癒及成長不仰賴聽眾的反應時，才是與他人分享的時機。」布朗說。

眞實的脆弱才有力量，過度的揭露分享則否。若你不確定，應該先找個誠實的朋友，測試你的演講。

使聽眾發笑，但別令他們侷促不安

使聽眾專注於聆聽演講，有時並不容易，幽默是個吸引聽眾的好方法。倘若蘇菲・史考特說的沒錯（參見第二章），笑的進化目的之一是爲了建立社會性連結，那麼你跟著某人一起笑時，你們兩人都會感覺你們站在同一邊，這是建立連結的一項好工具。

事實上，幽默已經成爲許多優異演講人的一項超級武器。截至二〇一五年，在TED網站上，肯恩・羅賓森爵士探討學校正規教育未能培養創造力的演講已有三千五百萬人次點閱觀看。那場演講被安排在研討會的最後一天，他這麼開場：「這次大會很精采，對吧？眞是令我印象深刻（been blown away，直譯爲被吹走），所以，我現在要離開了」，聽眾大笑。基本上，這整場演講，聽眾笑聲連連。從那一刻起，他就緊緊吸引我們。幽默砍除人們聆聽一場演講時的大抗拒力，在開場時提供引人發笑的小小贈禮，此舉是在暗示你的聽眾：**親愛的朋友，跟我一起來趟兜風吧，這將會是一大樂事喲！**

和你一起笑的聽眾將很快地喜歡上你，當人們喜歡你時，他們更可能認眞看待你說的東西。笑吹開人們的防禦，使你突然間獲得一個和他們溝通的機會。

在一場演講中，早早引起聽眾發笑，還有另一個大好處：這強力顯示你正在和他們連結。莫妮卡・陸文斯基告訴我，在她的TED演講中，聽眾爆笑的那一刻，她的緊張就消失了。倘若這是對演講人的一個訊號，它也是對聽眾的一個訊號；笑聲隱含的意思是：**我們這群人和這位演講者契合，人人都變得更專注。**

一些最出色的演講人把其演講的一大部分投入於建立這種連結，以羅賓森的這場演講爲例，頭十一分鐘幾乎全都用來講述非常好笑的教育相關故事，這些故事並未怎麼推進他這場演講的核心思想，但它們建立了和聽眾的高度連結，我們心想：**這實在太有趣了，我從未想過「教育」竟然可以成為這麼有趣的一個主題，你真是太有魅力了……我願意跟隨你到任何地方。**當他終於嚴肅的進入他的主題、談論學校教育扼殺創造力時，我們緊緊地、專注地聆聽他說的每一字、每一句。

同樣地，人權律師布萊恩・史蒂文生在其探討不正義的引人入勝演講中，前四分之一的時間講述一個有關於他的外婆如何勸服他絕對不要喝酒的故事。這故事講完時，聽眾爆笑，突然間，我們全都感覺和他連結契合了。

小心：成功地花這麼多時間講述幽默故事，這是很特別的贈禮，不建議絕大多數人這麼做。不過，若你能找到一個令人們發笑的簡短故事，它很可能使你流暢地傾瀉剩餘的演講內容。

科幻漫畫作家羅伯・雷德（Rob Reid）提供另一種很不同的幽默：諷刺。他從頭到尾保持嚴肅語氣，聲稱要提出正經的「版權數學」（copyright math）分析，但過了約莫一分鐘後，聽眾開始發現，他其實是在嘲笑版權法把每一首非法下載的歌曲視爲導致十五萬美元的侵權損失。聽眾一開始只是咯咯咯地笑，但很快就演變成捧腹大笑。

當然啦，這並非總是奏效。幾年前，一位TED演講人顯然以爲講述有關於他的前妻的一些尷尬故事是逗趣之舉，或許，聽眾中有一些友人在竊笑，但其他聽眾則是感到侷促不安。另一位演講人在演講中引述每一句別人的話時，試圖模仿他想像中此話的原講述者可能使用的口音，也許這位演講者的家人覺得這麼做很逗趣吧，但在講臺上，這令人覺得困窘（除非你別具才華，否則，我強烈建議避免使用你本身以外的口音！）。

三十年前，不少演講人在演講中大開性別、種族、殘疾人士的玩笑，各位，千萬別這麼做，世界已經改變了。

幽默是一門需要技巧的藝術，不是人人都做得來，沒效果的幽默比沒幽默還要糟。講述一個你從網路上下載的笑話，可能會弄巧成拙，引發反效果，事實上，笑話本身聽起來陳腐、不雅、做作。你應該使用逗趣、但眞實、和你的演講主題直接有關的故事，或是風趣幽默地使用語言文字。

TED團隊中最風趣的人，是負責我們的研究會員（TED Fellows）方案事務的湯姆·瑞利，有多年期間，他在TED研討會閉幕時總是來場搞笑演講，頑皮逗趣地串起該次研討會的所有演講人，開他們的玩笑。他提供以下建議：

一、講述和你的主題有關的軼事趣聞，這可以展現自然的幽默。最棒的幽默是根據你對你周遭事物的觀察，然後誇大或混合它們。

二、準備一段風趣的話，以備萬一你口條不順或音頻出差錯或投影片螢幕點選器故障時使用，聽眾已經在場，你的機智幽默可以馬上贏得他們的同情。

三、在你使用的視覺工具中融入幽默，你也可以在你說的話和展示的東西之間使用幽默的反差對比，有很多可能性可以引起聽眾發笑。

四、使用諷刺，說反話，然後再表露你的實際意圖。不過，這不容易做得好。

五、時機很重要，若有可以引起聽眾發笑的時機點，你必須把握機會一試。這可能需要你鼓起勇氣停頓一下，但這麼做時，別顯得你在刻意博取喝采。

六、很重要的一點：若你不風趣，就別試圖顯得風趣。事前先找你的家人、朋友、或同事試試你的幽默，是否引起他們發笑呢？若沒有，修改它或刪除它。

危險之舉（縱使是具有幽默天賦的人，也要謹慎）：

一、千萬別使用低級與冒犯的言辭，你不是在深夜喜劇俱樂部演講！
二、打油詩或其他看似有趣的詩作。
三、俏皮話。
四、譏諷挖苦。
五、搞笑搞得太長。
六、以宗教、種族、性別、政治為主題的幽默。這些族群的成員之間或許可以開這些玩笑，但族群外的人不可以。

在適當的場合中，這些或許管用，但很有可能引發反感或導致冒犯，不論引起聽眾這兩者中的哪一種感受，你都很難再贏回他們的心。

若你計畫做出很多場演講，值得嘗試找出可以奏效的、你自己風格的幽默。若你不是要作出很多場演講，那就不必處心積慮地爲營造幽默而傷腦筋，不是人人都做得來，還有很多可以和聽眾建立連結的其他方法。

放下你的自負

你願意把你的腦袋信託給充滿自我意識的人嗎？沒有什麼比令聽眾覺得演講人是個自吹自擂

者更具殺傷力的了，若演講一開始就令聽衆有這種感覺，那得當心了。

我清楚記得，多年前的一場TED演講是這樣開場的：「在我成為知名品牌之前……」就這麼一句開場白，你就已經知道這不會是一場好演講了。這位演講人最近在市場上獲致一些顯著成功，他正處於成功後的陶醉狀態，我們將在這場演講中聽到他講述這一點點滴滴。這是我記憶中唯一一場被噓聲中斷過的TED演講，就算你眞的是個不世出的天才，極其傑出的運動員，勇猛無比的領導人，最好還是讓聽衆自己去覺察吧。

TED演講人薩爾曼．可汗說的好：

> 做你自己，最糟糕的演講是演講人試圖變成不是自己的某人。若你是個傻氣的人，那就展現你的傻氣；若你是個容易激動的人，那就展現你的情感。但唯一的例外是，若你是個自負、自我中心的人，千萬別表現出來，你務必得假裝成不是這樣的人。

一些演講人用幽默來刻意淡化他們的自負。

丹尼爾．品克（Dan Pink）談「激勵科學」的TED演講已有上千萬點閱人次，他那天走上臺時，看起來有點自負，開口說話時，聲音有點過大，但幾秒鐘後，他已經收服我們。他這麼說：

> 一開始，我必須坦承一點。二十多年前，我做了一件令我後悔、不是特別引以為傲的

事，就很多方面而言，我但願沒人知道這件事，但我覺得我應該在此揭露此事。一九八〇年代末期，因為年輕人的鹵莽，我去讀了法學院。

高明！這下子，我們全都喜歡他了。

自貶，若是做得巧妙，很有功效。東尼．布萊爾（Tony Blair）是這項技巧的高手，他常用自貶來贏得原本可能對他懷有敵意的聽衆的歡心。在獲選爲英國首相前，在一場演講中，他開場時述說了一個故事，他說他承認，這個故事可能令人們擔心他是否夠格掌政。他說，有一次，他造訪荷蘭，和達官顯要共進晚餐，遇到一位盛裝出席的五十多歲女士，這位女士詢問他是何許人也，他回答：「東尼．布萊爾。」她再問：「你從事什麼工作？」他回答：「我領導英國工黨。」他也反問她是何許人也，她回答：「我是碧翠克絲（Beatrix）。」，他再問：「妳從事什麼工作？」

〔**片刻尷尬後**〕她回答：「我是女王。」換作是另一位演講人，大概會直接說他曾經和荷蘭女王共進晚餐，以自抬身價，還未進入演講主題，他就已經失去聽衆的歡心了，因爲他們嗅到了他的自負與誇耀。但布萊爾的刻意自貶贏得笑聲、好感，與信任。

自負以種種形式出現，習於成爲注意焦點的演講人可能不察自己顯露了自負：

- 提及名人以自抬身價；
- 講述聽起來只為炫耀的故事；
- 誇耀你或你的公司的成就；

● 演講內容幾乎全在談論你本身，而不是談其他人可以使用的思想。

我可以告訴你，你應該回歸演講的基本面，謹記你的演講目的是贈予一個思想，不是自我推銷。但縱使如此，你仍然可能有所疏失而顯露自負，很多時候，自己很難察覺。每一位領導人都需要一位他可以信賴取得直率、誠實反饋意見的人，不害怕得罪你或是必要時無畏於冒犯你的人。若你覺得你對自己最近的成就引以為傲，你應該事前找這個你信賴的人作為聽眾，試驗你的演講，讓他們有機會說：「聽起來有部分很精采，但要我說實話嗎？你稍嫌以自我為中心。」

說故事

說故事太重要了，重要到我將以專章（下一章）來討論，但現下要談的是，說故事的最重要功用之一是和聽眾建立連結。

我們天生愛聽故事，故事能夠立即引發興趣、移情作用、情感、好奇，故事能夠強力建立起演講的脈絡，激發人們關注演講主題。

精采的故事可以出現於演講的任何階段，故事可以作為很好的開場，可以在中途作為舉例說明的好方式，有時也可以作為精采的收尾（但這較不那麼常見）。

經濟發展顧問厄尼斯托．瑟羅里（Ernesto Sirolli）想在TED演講中，談援助非洲發展的更好方法，當你要演講這麼一個艱澀的主題時，最好先和聽眾建立連結。以下是他的做法：

我們的第一個專案……是我們義大利人決定去教尚比亞人如何種植糧食作物，於是，我們帶著義大利的種子，來到尚比亞南部沿著尚比亞河的壯麗谷地，我們教當地人如何種植義大利番茄、櫛瓜等等。當然啦，當地人對這一點也不感興趣……我們很詫異，當地人身處如此肥沃的谷地，卻不事農耕。但我們沒問他們為何不種植任何作物，我們只說：「感謝上帝，我們來到這裡，我們及時把尚比亞人從飢餓中拯救出來。」當然，我們在非洲種的所有東西都長得很漂亮，我們看到棒極了的番茄……真是令人難以置信，我們告訴尚比亞人：「瞧，農業多麼容易啊！」當番茄成熟了，變紅了，一夜之間，兩百多隻河馬從河裡跑出來，把它們全吃了！我們對尚比亞人說：「天哪，河馬！」尚比亞人說：「是啊，這就是我們這裡沒有農業的原因。」

把幽默、自貶、及洞察結合起來，弄出一個故事，你就站在一個迷人的起始點。最能和聽衆建立連結的故事，是你本身或是你周遭人們的故事。眞誠地講述失敗、困窘、不幸、危險、或災難的故事，這往往是聽衆從純粹興趣轉變爲深切專注的時刻，他們開始感染你的情緒，開始關注你、喜歡你。

但請小心，一些故事可能被講述成帶有自誇或情感操縱的味道。當你在解釋你如何巧妙地把一個問題轉化爲令人興奮的成功時，你可能非但沒能和聽衆建立連結，反而令他們嫌惡。當你在演講結束時，從你的外套口袋裡掏出你的長子的照片，告訴聽衆，他被診斷出罹患絕症，你把這場演講奉獻給他時，此舉可能使聽衆的不舒服感強過同情。

說故事的原則是：眞實。這是眞實的你在講述這個故事嗎？一個不錯的檢驗方法是：設想你會不會對一群老友說這個故事？倘若會的話，你如何對他們說這個故事？朋友很能檢驗出不眞實，聽衆也是。眞實，你就不會錯得太離譜。

這個忠告適用於探討建立連結的這一整章。我有時稱這些建議爲工具或方法，但很重要而必須在此強調的一點是，別這樣看待它們，它們必須是眞心想要和聽衆建立連結的欲望的一部分，你是人，聽衆也是人，把他們視爲你的朋友，伸出你的手和他們交握。

噢，還有政治

要結束這章之前，我不能不感嘆阻礙建立連結的最大殺手：部落思維（tribal thinking）。不論是政治社群、宗教社群、或種族社群，全然抗拒你想闡揚的思想的社群成員是充滿挑戰性的聽衆。

我在前文提到東尼．布萊爾時，你是否很不高興呢？執政多年後，尤其是因爲他支持對伊朗開戰以來，布萊爾被一些人討厭極了，討厭到就算只是提到他的姓名，都會升高他們的緊張程度。在他們看來，舉他爲例是不當的選擇，他們根本不理會這個例子僅僅是爲了解釋。

政治會產生這種作用，宗教也會。一些觀點太根深柢固，以至於當一位演講人似乎對這些觀點構成威脅時，人們就會進入很不同的心緒模態，他們拒絕聆聽，還怒火中燒。

這是很大的問題。近年間影響最大的演講之一，是艾爾．高爾（Al Gore）自二〇〇五年開始宣揚全球氣候危機的系列演講，後來被拍成紀錄片《不願面對的眞相》（*An Inconvenient Truth*）。他強力使用每一種你能想像得到的演講技巧：引人注目的投影片、仔細的邏輯、流利口才、幽默、熱情倡言、辛辣嘲諷對立觀點，甚至還提及了有關他女兒的動人故事。他做了一場非正式的TED特別演講，這場演講深切影響了許多出席者的生活，促使其中一些人辭掉了工作，全職投入氣候課題。

但有個問題。在政黨路線明顯分歧的美國，高爾是政治人物，我們的黨派傾向豎立起近乎堅不可摧的高牆，擋住來自另一邊宣傳的思想。一半的美國比以往更深切和高爾連結，擁抱《不願面對的眞相》，永久改變了他們的世界觀；但另一半的美國完全沒有和高爾及其倡導的思想連結，他們直接把它擋在外面。這個思想由政治人物高爾倡導，光是這個事實就意味著這個思想不可能被對立的另一邊視爲正確。十年後，氣候議題仍然如同以往那樣被政治化，原本應該是科學議題的，不幸淪爲一個政治陣線的考驗。若是由共和黨人狄克．錢尼（Dick Cheney）或卡爾．羅夫（Karl Rove）來主導一個重大的全球性議題，民主黨人大概也會做出相同的排拒阻擋。

我們的政治（與宗教）扞格所造成的毒害，誠然是現代世界的一大不幸，當人們不想傾聽或未做好傾聽的準備時，溝通就無法發生。

若你想和那些激烈反對你的人連通，你的唯一機會是盡全力站在他們的立場去設想。別使用可能引發部落反應的語言，先從他們的觀點出發，用**他們的**眼睛來看這世界，使用這裡敘述的每一種工具，以你們共同的人性爲基礎來建立連結。

所幸，多數演講機會面對的是基本上溫和友好的聽衆，你應該可以很容易和他們建立連結，這樣，你的演講就能發光。

6 敘事
故事具有難以抗拒的誘惑力

故事幫助塑造我們，我說這話，千眞萬確，考古學和人類學提供了最佳證據，顯示人類的心智隨著說故事一起演進。

大約一百萬年前，我們人類的祖先開始懂得用火，這似乎對他們的發展有著深遠影響。火可以取暖，火可以作爲防衛用途，火可以用來煮食，這對大腦的成長明顯有益。不過，火還有其他功用。

火創造了一種促進社會性連結的新磁石，它的溫暖熱力和閃爍之光吸引人們在天黑後聚集，這發生於過去三十萬年間每一個古老的狩獵採集者文化裡。

在這聚集的時間，他們做什麼呢？在許多文化中，一種形式的社交互動變得很普遍：說故事。

人類學家寶莉．韋斯納（Polly Wiessner）花了四十年研究一些狩獵採集文化，記錄誰在何時說了什麼，她在二〇一四年發表一篇研究報告指出，白天的談話內容和晚上聚集時的談話內容明顯不同。白天的交談，縱使是有較多人參與時，都是談經濟性質主題，或是社交閒聊；到了晚上，情緒輕鬆柔和了，大家可能唱歌、跳舞、做些禮拜儀式，但大部分時間花在說故事，故事把人們從各地引至營火邊，故事進入聆聽者的心靈與理智。活者與逝者的故事，現在與以往的故事，種種故事激發興奮、緊張、敬畏，男人說故事，女人也說故事，最出色的說故事者往往是老年人，有些老年人已經眼不明耳不聰了，但他們說的故事仍然受到人們的崇敬。

韋斯納教授告訴我，故事非常有助於增進人們的想像、夢想、及了解他人的能力，故事讓人的心智去探索龐大的社會網絡，超越他們個人的社交群範圍界線，建立想像的社群。故事爲優異的說故事者帶來社會地位，爲優異的聆聽者提供可據以行動的洞察（例如，一個專注的聆聽者可能在一個敘述的故事中學到如何避免威脅性命的危險），因此，那些說故事和聆聽故事的技巧可能是伴隨人類進化而被汰選出來的。

所以，並非純粹只是人類全都愛聽故事而已，故事大概也幫助塑造了我們分享智慧和接收資訊的方式。

當然，故事的力量持續至今，小說、電影，及電視打造出億萬元的產業，可資爲證。

不意外地，許多最精采的演講也是用故事來支撐。不同於艱澀的解釋或複雜的論述，人人都能理解融會故事。故事通常有一個簡單的線性結構，使它們容易領會與跟進，你只需讓說者帶你上路，一次一步。感謝我們有圍繞營火聽故事的悠久歷史，我們的心智非常善於隨著故事前進。

聽故事時，你很自然地產生移情作用，神入故事中人物的體驗感受，你會沉浸於他們的思想和心緒。你感同身受，當他們緊張或興奮或高興時，你也有相同的感覺，這使你關心結果，因此專注其中。

精采的故事有哪些元素呢？典型的公式是：一個主角的目標遭遇了意外阻礙，出現危機，這個主角試圖克服這阻礙，進入了高潮，最後是結局（這中間可能有干擾和曲折情節。）

在講臺上分享一個故事時，記得四個要領：

- 有一個能夠使聽眾產生移情作用的人物。
- 透過好奇心、社會情節、或真實的危險情境來營造張力。
- 提供適量細節，細節太少，故事就不生動，細節太多，故事就不流暢。
- 有個令人滿意的結局，像是有趣，或感人，或有啓示含義。

當然，一切取決於執行，因此，你應該雕琢你的故事。當故事來自我們本身的生活時，我們往往裝入過多對我們本身而言重要的細節，但聽衆不需要知道這些細節。或者，更糟糕的是，我們忘記了講述一個重要的脈絡背景，沒有了這個脈絡背景，故事就失去了意義。

以下是一個出色的故事：

我八歲時，父親帶我去釣魚，我們坐上一艘小船，離岸五哩遠，突然來了一場暴風雨，我父親讓我穿上救生衣，在我耳邊説道：「兒子，你信賴我嗎？」我點點頭。他把我拋下船，〔**停頓一下**〕沒騙你，他真的把我丟入海中！我掙扎著浮出水面呼吸，整個人凍得不得了，只見驚濤駭浪，可怕極了，然後……我父親也跳入海中。我們驚恐地看著我們的小船翻覆沉沒，但他一直緊抱著我，告訴我，我們不會有事的。十五分鐘後，海岸防衛隊的直升機抵達。原來，我父親知道船受損了，即將沉沒，他已經把我們所在的位置告知他們。他認為，若繼續留在船上，船翻覆時，我們可能被陷在海裡，倒不如把我拋入大海。這個經歷讓我學到「信賴」的真義。

以下是不佳的故事：

我八歲時從我父親那兒學到信賴。那一天，我們出海去釣鯖魚，遇上暴風雨，在暴風雨降臨前，我們沒釣到魚。我爹知道船即將要沉沒了，因為這是一艘土星牌充氣橡皮艇，這種橡皮艇通常是滿牢固的，但這艘橡皮艇曾經被刺穿過，我父親擔心可能會再發生。不論如何，暴風雨太猛了，橡皮艇撐不住，已經開始洩氣了。於是，他向海岸防衛隊求援，那時，他們是全天候待命的，不像現在。他把我們的所在位置告訴他們，然後，為免可能被沉船陷在海裡，他讓我穿上救生衣後，把我拋入海中，接著，他自己也跳下來。我們就在海中等待海岸防衛隊到來，果然，十五分鐘後，直升機出現了，我想，那應該是西科斯基黑鷹直升機（Sikorsky MH-60 Jayhawk）。我們終於得救了。

第一個故事有一個你關注的人物，有營造出令人揪心的緊張情節，最後有個圓滿結局。第二個版本亂七八糟，太早揭露父親的意圖，扼殺了戲劇性；沒有描述這個孩子當時的感受；說了太多聽衆不關心的細節，其他如驚濤駭浪之類相關貼切的細節反而沒提。最糟糕的是，沒有說出支撐整個故事的關鍵之詞：「兒子，你信賴我嗎？」要講述一個故事，你得知道**為何**要說這個故事，把不需要、無助於凸顯你的核心意旨的所有細節都刪除，但仍然留有足夠細節，可激發聽衆生動想像故事情境。

一些最精采的演講使用一個故事來架構，這樣的架構爲演講人提供很多益處：

- 照顧到主軸（它就是故事的敘事結構）。
- 若故事引人入勝，可以激發聽衆的強烈反應。
- 若這是一個有關於你的故事，可以引發聽衆神入理解你最關心的一些東西。
- 由於故事是線性結構，因此很容易記住你要說什麼，你的大腦非常勝任於想起一個接一個的連續情節。

因此，許多演講人乾脆用一個演講時段來分享他們的故事，這是最簡單、最容易準備的演講類型。而且，這很輕鬆，你**知道**自己的故事，比在座的任何一個聽衆知道得更多。

若你的這段人生旅程不凡，你能夠凝聚地敘事，那麼，這種類型的演講可以做得很出色。但這其中也有要注意的陷阱。切記，演講的目的是施予，個人的親身故事有時無法達到這目的，它們或許有趣、或引人入勝、或提升演講人的自尊，但沒能自動地給予聽衆可以帶走的東西：洞察，可據以行動的資訊，觀點，脈絡，希望。

這是很令人遺憾的事。我們婉拒一些人的TED演講申請函，最大的理由之一就是，他們有引人入勝的軼事，但沒有一個核心思想可以把所有敘事包裹起來。這令我們遺憾難過，因爲這些演講人多半是很棒、很迷人的人，但是，沒有一個包覆的核心思想，就會徒然錯失一個機會。

你必須有技巧地編輯你的旅程故事，以可以讓他人從中汲取含義的方式，把旅程中的所有重要時刻連結起來。若不這麼做，就算你的這段人生旅程十分感人，你的演講也會令人覺得是在漫談，自我陶醉。倘若你的演講揭示了你學到的重要啓示，並且用謙遜、誠實、揭露脆弱的方式闡述旅程的每一步，聽衆就會和你一起欣然踏上旅程。

若你想講述你自己的故事，還有另一個絕對要素：**這必須是真實故事**。這一點似乎很顯然，但演講人有時會誇大，甚至編造。正因爲故事可以產生如此大的影響，他們想把自己或組織擺在盡可能最佳的燈光下，以至於他們有時越過了**真實**這條線。這麼做是摧毀你的聲譽的最容易途徑，當演講公諸於世時，可能有成千上萬的眼睛在觀看，只要有一個人注意到你說的內容不太對，你大概就有麻煩了。不值得冒這個險。

把一個眞實故事和想要用此故事來使他人受益的意圖結合起來，你就能贈予聽衆一個特別的禮物。

心理學家艾琳諾．朗登（Eleanor Longden）願意和公衆分享她的故事，她從大學時期開始腦中便出現各種聲音，這使她被診斷爲患有思覺失調症（schizophrenia），還被送去精神病院治療，甚至被逼到意圖自殺。光這故事本身就已經很吸引人，但她把演講內容編輯得使聽衆在離去時，對於思覺失調症、精神病、以及我們該如何重新思考這類病患的反應，有了新的啓示性洞察。以下是節錄自她的演講結尾：

最大的榮耀或榮幸莫過於幫助治癒他人，忍受目睹他人病痛的痛苦，伸出援手，分擔他人的痛苦，對他們的復元懷抱希望。同樣地，我想告訴那些痛苦與不幸的倖存者，我們不需永遠過著被那些發生在我們身上的損傷定義侷限我們的生活，我們是世上獨一無二、無可取代的人，我們內在的東西永遠不會被真的佔據、扭曲、或奪走，希望之光永遠不會熄滅。

探險家班・桑德斯（Ben Saunders）的南極探險之旅幾乎令他喪命，他是個優異的說故事者，有壯麗的照片來輔助展示故事情境，接近演講尾聲時，我們預期他會像一般的探險家那樣呼籲我們走出去，在我們接受的任何挑戰中發現真我。但出乎意料之外的是，他道出他經歷過的一些艱辛，他說，抵達他夢想多年的探險目的地並沒有比探險旅程本身來得更令人滿足。這提供了什麼啓示呢？別把你的快樂寄望於未來。以下是他的部分演講結語：

倘若我們不能滿足於旅程中的此地、此時此刻，不能在一團混亂與艱辛奮鬥、充斥著未知和未能完成的待做事項、以及下次可以做得更好的遺憾與期望中感覺到滿足，那麼，我們可能永遠都不會感到滿足。

作家安德魯・所羅門（Andrew Solomon）在ＴＥＤ敘述他孩提時受到的屈辱，那時他還未出櫃，公開成爲同性戀者。後來，故事轉入有關於身分的論述，令人振奮，人人都能感到關乎己身，並且能夠從中學習。這是他的部分演講結語：

> 總是有人想要泯滅我們的人性，但總是有重建人性的故事。倘若我們活得精采，我們就能擊敗憎惡，擴展每個人的生活。

肯恩．羅賓森爵士令人笑聲連連的演講闡揚小孩的創造力的重要性，並用一個故事來支撐這個核心思想。他敘述一九三〇年代時，一位醫生如何注意到一個在學校學習表現甚差的小女孩具有強烈的跳舞欲望，因此，他沒有對這女孩施以藥物治療，而是勸她的母親送她去上舞蹈課。這個女孩是吉莉安．林恩（Gillian Lynne），她後來成爲非常成功的編舞家，和音樂劇作曲家安德魯．韋伯（Andrew Lloyd Webber）共同創作。在羅賓森精采絕倫的演講風格下敘述的這個故事，生動地呈現出學校教育在處理創造力方面的危險性與潛能，這個故事也把這場演講從嬉笑轉變爲深具啓示。

寓言的功效

一些故事被精心用來作爲隱喻，這類故事可名之爲**寓言**。

傳統上，寓言是內含道德或精神啓示的故事，歷史中的許多宗教老師使用此工具，產生很大的效用，我想，大家都會同意，耶穌基督的故事內含的觀點遠多於羅賓森爵士講述的故事。包括，我們可以把「寓言」這名詞的含義擴大涵蓋任何具有隱喻作用的故事。

法學教授勞倫斯・雷席格（Lawrence Lessig）是個出色的寓言使用者，他在二〇一三年TED演講中指出，美國的政治流程已經被金錢腐蝕到無法補救的地步。他請我們想像一個名叫「萊斯特國」（Lesterland）的愚人國，只有名爲萊斯特的人民才有投票權，這顯然很荒謬。但他指出，在美國，顯要的政治獻金提供者人數大約等同於萊斯特國的萊斯特們人數，而美國國會議員的優先要務，大致是由這些顯要金主訂定的，因此，實際上，只有這些金主的觀點和投票具有舉足輕重的影響力。在這個寓言中，我們全都活在萊斯特國。

作家麥爾坎・葛拉威爾（Malcolm Gladwell）也很擅長寓言，他的著作的驚人銷售量和他的TED演講的高點閱人次，反映了這種形式的言論的吸引力。信不信由你，他最受歡迎的演講是一個關於新形式義大利麵調味醬的發展故事，但他用這個故事作爲一則寓言來提出一項洞察：不同的人想要非常不同的東西，但往往沒有語言可資說出他們想要的東西，直到找到適當的提問來提出要求。

這些演講的巧妙處在於它們從故事中萃取出意義。別強迫灌輸聽衆他們必須從你講述的故事中得出什麼結論，這麼做是侮辱他們的智力，但你必須確保你講述的故事有足夠的內涵，能讓你的聽衆連結各點，自行領會其中的含義。因此，事前了解你的聽衆，這點很重要，面對那些已經對你所屬領域有起碼知識的聽衆，寓言也許可以產生很好的功效，但對那些不熟悉你所屬領域的聽衆，就需要做出更多說明。因此，你應該在事前找了解聽衆的人測試你的演講內容，看看是否夠明晰而不會不得體。

走寓言這條路，有很多其他風險。有時候，使用比擬法並不適當，非但起不了啓示功效，反而有誤導作用。或者，你可能花太多時間講述故事，而未能引出結論。但若能處理得宜，寓言可以發揮娛樂、知識、及啓示的功效。

故事還可以提供另一項功效：解釋。就這個目的而言，故事通常不是主要的吸引點，而是提供支援，它們通常是簡短的插入，旨在說明或強化一個思想。我們將在下一章更深入的討論故事的這個用途。

此外，切記：故事深深引起每個人的共鳴。把你的演講編輯成一個故事或一系列相關的故事，可以大大增進你和聽衆的連結。但請務必做到一點：讓故事有意義。

7 解釋

如何解釋艱澀的概念

哈佛大學心理學家丹尼爾．吉爾伯（Daniel Gilbert）的TED演講有個困難任務，他打算在簡短的演講中解釋一個複雜概念——「合成的快樂」（synthesized happiness），說明爲何它導致我們普遍錯誤預測自己的未來。

我們來看看他如何處理。首先，他說：

當你有二十一分鐘的發言時間時，相較之下，兩百萬年似乎是一段很長的時間。

這是一段定錨於現在、但馬上引發好奇疑問的開場白，接著，他說：

但就進化史而言，兩百萬年是很短的時間，不過，在兩百萬年間，人腦的體積增大為近三倍，從我們的祖先能人（homo habilis）的一．二五磅腦袋，到在座每個人兩耳之間近三磅的大肉塊。為何大自然如此迫切於讓我們人人都有一個大腦袋呢？

這是不是稍稍激發了你的好奇呢？這是做出成功解釋的第一步，一旦腦袋被挑起了好奇，它就敞開了，想要接收新思想了。

吉爾伯繼續挑逗聽眾的好奇：

> 噢，原來，人腦增大為三倍後，它們不僅僅是變成三倍大，它們還有了新結構。人腦變得那麼大的主因之一是，它新增了一個部分，叫作……「前額葉皮質」（prefrontal cortex）。前額葉皮質究竟有何功能，使得人腦的整個結構要在進化過程的一瞬間來個大改造呢？

在繼續燒旺我們的好奇心的同時，吉爾伯塞進了他要作爲基礎的第一個概念：**前額葉皮質**。

> 前額葉皮質的最重要功能之一是作為一個體驗模擬器。飛機駕駛員在飛行模擬機內練習，以免在駕駛真正的飛機時發生嚴重致命的錯誤，人類有這種非凡的適應力，讓他們能夠先在腦袋中模擬體驗，爾後才在真實生活中做出嘗試。我們的祖先無法這麼做，其他動物也無法做到像我們這樣的程度，這是一種非凡的適應力，其非凡程度媲美我們的對生拇指、直立，及語言，這些能力使我們人類得以進化，走出森林，走進購物商場。

在不經意的幽默中，我們獲得了另一個很酷的新概念：**體驗模擬器**（experience simulator）。這是一塊重要基石，吉爾伯用一個簡單的比喻——飛行模擬機，鋪設了這塊基石，我們已經知道飛行模擬機是什麼，因此能夠想像體驗模擬器可能是什麼。但能不能用一個例子來使這項概念更明晰呢？可以的：

班傑利冰淇淋（Ben & Jerry's）沒賣肝臟和洋蔥口味的冰淇淋，並不是因為他們製作過、嘗過後，知道這些口味的冰淇淋很難吃，而是因為光是坐著模擬想像那味道，你就知道很難吃，不必實際製作了。

舉這麼一個生動的模擬器例子，你就完全懂了。但接下來，演講內容來了一個有趣的轉折：

現在，我們來看看你的體驗模擬器如何運作。在繼續我的演講前，我們來做個快速診斷。我請各位思考一下兩個不同的未來，你們可以試著模擬它們，然後告訴我，你認為你比較喜歡哪一個未來。第一個未來是中了樂透，第二個未來是下半身癱瘓。

聽眾笑了出來，但帶點緊張，不知道接下來會怎樣。沒想到出現了一張很驚人的投影片，吉爾伯向我們展示的資料顯示，在中樂透一年後或下半身癱瘓一年後，兩組人的**快樂程度實際上相同**。什麼？這怎麼可能？這個「體驗模擬器」的新概念突然把你帶到一個令你出乎意料之處，一個困惑之處，吉爾伯向你呈現的事實令你覺得沒道理，你正體驗到**知識鴻溝**，你的心智渴望這個「知識鴻溝」能被填補。

因此，吉爾伯接下來便做了這個填補工作，他提供另一個新概念：

我的實驗室所做的研究……獲得令我們相當吃驚的一個發現，我們稱之為「影響偏見」(impact bias)，這是我們的體驗模擬器運作不當的一種傾向……導致你以為不同結果的差異程度頗大，但實際上的差異程度並沒那麼大。

吉爾伯提出了一個名稱——**影響偏見**，使這個奧祕概念變得更加可信，但在試圖填補知識鴻溝之下，我們的好奇心燃燒得更旺了，我們在預測我們的未來快樂時，眞的可能會錯誤到如此嚴重的程度嗎？吉爾伯利用我們的好奇心，揭露他要提出的主概念：

從實地研究到實驗室研究，我們看到選舉勝出或落敗，贏得或失去愛侶，取得或未取得一個升遷，通過或未通過一門學科考試等等，這類輸贏勝敗的實際影響程度和影響期間遠輕於或短於人們原本的預期。令我大為吃驚的是，最近有一項研究，調查人生中的重大創傷如何影響人們，此研究發現，除了少數例外，重大創傷發生三個月後，對你的快樂程度已經沒有什麼影響了。

為什麼？因為快樂是可以合成的！……人類有種我們或可視之為「心理的免疫系統」的能耐，這是一種認知流程的系統，大都是無意識的認知流程，幫助人們改變他們的世界觀，使他們對自己生活的世界有較好的感覺。

就這樣，吉爾伯使用**前額葉皮質**、**體驗模擬器**、**影響偏見**等幾個概念，完成對**合成的快樂**的解釋。而且，爲了更加明晰化，他還使用**免疫系統**來比喻，你已經知道免疫系統是什麼，因此把合成的快樂想成心理的免疫系統並不難。吉爾伯並非以一步大躍進的方式來介紹「合成的快樂」這個概念，而是一片片地，還佐以比喻，以引導並展示如何把每一片結合起來。

但截至此時，我們也許仍然未充分相信，因此，吉爾伯舉了一連串心理免疫系統作用的例子來說服我們相信他的論述：

- 一位因為醜聞而辭職的國會議員在多年後說他下臺後在各方面反而變得更幸福；
- 一位因為冤獄吃了三十七年牢飯的人在被無罪釋放後說，坐牢是「極為愉快的經驗」；
- 比提·貝斯特（Pete Best）原為披頭四樂團鼓手，後來被解僱，但他日後說：「我現在過得比繼續留在披頭四還要快樂。」

這些例子對吉爾伯論述的概念非常具有佐證功效。接下來，他繼續說明到處都可見到這種現象，以及你可以如何透過這種合成的快樂，過更明智、更快樂的生活。總之，既然我們內在有能力可以自行合成製造快樂，又何必向外苦苦追求？

到此爲止，我們已經看到足以揭示高明解釋的核心要素，以下扼要重述：

步驟一，他從我們現下的處境開始。首先是現下時地，他說：「當你有二十一分鐘的發言時間時……」其次是概念上的處境，他沒有假設我們都熟知心理學或神經科學。

步驟二，他點燃名為「好奇心」之火。好奇心使人們疑問「為什麼？」及「如何？」，感覺某個東西似乎沒道理，於是，有一個知識鴻溝必須被填補。吉爾伯在一開始就點燃了我們的好奇心，接著又展示有關於下半身癱瘓者和中樂透者的資料，這些資料令人大出意料，於是，好奇心燒得更旺盛了。

步驟三，他逐一引進概念。若不先介紹主概念賴以建立的這些基石概念——前額葉皮質、體驗模擬器、影響偏見，聽眾就無法了解主概念。

步驟四，他使用比喻。為使聽眾更加理解他所說的東西，他使用了飛行模擬機和心理免疫系統之類的比喻。為使解釋令人滿意，必須設法把令人困惑的部分和人們**現有**的心智模式建立起連結，比喻和類比就是建立這種連結的重要工具，它們幫助解釋的具體化，直到人們終於理解、領悟，發出滿意的「啊哈！」。

步驟五，他使用例子。小故事（例如比提．貝斯特的故事）幫助固著解釋，這猶如對大腦說：**你認為你了解這個概念了嗎？把它套用在這些事實上，若適切，就代表你已經了解了**。

他的解釋完成後，我們對這世界的心智模式已經升級了，變得更豐富，更有深度，更正確，更能反映事實。

解釋乃是有意識地把新元素加入人們的心智模式裡，或是以更正確的方式重組人們心智模式中現有的元素。如前所述，若講話的目的是要把一個思想灌輸至某人的腦袋裡，那麼，解釋是達成此目的的必要工具。

許多最棒的TED演講係以高明的解釋雕塑出它們的精采，有一個漂亮的詞可以形容這些演講贈予的禮物：**了解**。我們可以把它定義爲：把一個世界觀升級至更能反映現實。

來自神經科學、心理學、教育理論等領域的種種證據顯示，必須透過這樣的流程，才能產生了解。了解是層層堆砌而成的，每一層提供建構更上一層的元素，我們從我們知道的東西起始，點點滴滴地增加，每個部分都是使用我們已經了解的語言來定位，佐以比喻與例子。比喻也許揭示新概念的「形狀」，讓我們的大腦知道該如何有效放入這概念，若沒有這「形狀」，概念無法安置定位，因此，在規劃一場演講的內容時，一個重要部分是必須在你介紹的概念和爲了促進了解這些概念而需要佐以的例子及比喻這兩者之間取得適當均衡。

辭典編纂者愛琳・麥基恩（Erin McKean）爲比喻的功效提供了一個好例子，她說：

> 若你的演講是對一般聽眾談JavaScript，你可以向他們解釋，人們的心智模式通常把電腦程式視為一套順序執行的指令，但JavaScript的程式指令是可以**同步**執行的，也就是說，第五條指令未必都是在第四條指令之後才執行。想像這就好比你在早上整裝時，可能先穿上鞋子，再穿牛仔褲，或是先穿了牛仔褲，再穿內褲！這種情形可能發生於JavaScript程式。

一個比喻，聽衆就懂了。

若你的演講核心內容是解釋一個新概念或思想，你應該思考：你認爲你的聽衆已經知道哪些東西？你的關聯題材是什麼？爲建構你的解釋，需要哪些基石概念？你要用什麼比喻及例子來闡釋這些概念？

知識的禍害

不幸的是，這並不是那麼容易。我們全都受害於一種經濟學家魯賓．荷加斯（Robin Hogarth）名之爲「知識的禍害」（the curse of knowledge，或譯「知識的詛咒」）的認知偏誤，概括地說，當我們對某個東西知之甚詳時，我們往往忘記過去我們還不懂這個東西時的那種感覺。對次原子粒子非常熟悉的物理學家，可能以爲人人理所當然知道什麼是「魅夸克」（charm quark）。最近在一場雞尾酒討論會中，我很震驚地聽到一位很有才華的年輕小說家問道：「你一再使用『natural selection』（「自然汰選」，或譯「天擇」）一詞，這到底是什麼意思呢？」我以爲凡是受過教育的人都了解進化的基本概念，但我錯了。

認知學家暨實驗心理學家史蒂芬．平克（Steven Pinker）在其著作《寫作風格的意識》（*The Sense of Style: The Thinking Person's Guide to Writing in the 21st Century*）中指出，要成爲論述及文筆清晰的作家，最重要的條件或許是克服這種知識的禍害。在寫作上是如此，在演講方面，需要程度更甚，畢竟，閱讀著作時，讀者有機會暫停，反覆閱讀一個句子多次後，才繼續讀下去，演講則否。平克指出，光是意識到這種認知偏誤還不夠，你必須讓你的朋友或同事幫你檢視你的稿子，請他們毫無保留地針對任何他們不了解的內容提出反饋意見。這同樣適用於演講，尤其是那些意圖解釋複雜東西的演講，應該先和同事及朋友分享你的講稿，然後私下對一群聽衆試講，詢問他們：**這些內容有條理嗎？有無任何令人困惑的內容？**

平克非常善於解釋我們的心智運作方式，我向來欽佩他的這項能力，因此請他對此提供更多指引。他告訴我，爲使他人確實了解，必須充分溝通一個思想或概念的**層次結構**：

> 認知心理學的一個重大發現是，大腦的長期記憶仰賴條理清晰的內容層次結構，一批內容中有次內容，次內容中有更次內容。因此，演講人基本上應該使用一次元的演講工具（亦即一個詞句接著一個詞句的方式）來傳達一個多次元結構的東西（亦即有層次結構或交叉關聯結構的東西）。演講人起初腦海裡有一整個網絡的概念，他必須訴諸語言的自然性質，把這些概念轉化成一連串的詞句。

這需要很小心的處理，雕琢每一個句子，以及句子和句子之間的連結。演講人必須確保聽衆知道每一個句子和前一個句子的邏輯關聯性，它們之間的關係是相似性，或是對比，或是進一步闡釋，或是舉例說明，或是歸納概括，或是前後關係，或是因果關係，或是作用影響，或是與預期背道而馳。他們必須知道他們現在思索的一個論點究竟是一個題外話，還是主論點的一部分，抑或是主論點的例外等等。

倘若把解釋性質的演講結構想像成有一個核心主軸，外加連結於主軸的其他分支部分——軼事、例子、擴大論述、題外話、釐清說明等等，那麼，整個結構就像一棵樹，主軸是樹幹，連結其上的其他部分是分枝。但爲了使聽衆了解內容，必須讓他們知道目前講述的內容是位於這棵樹的哪一個部分。

這往往是「知識的禍害」衝擊最嚴重的部分，聽衆能夠了解每個句子，但演講人忘了呈現各句之間的關聯，對演講人而言，這些關聯性很顯然，但聽衆並不了解。

以下是一個簡單例子，演講人說：

> 黑猩猩的力氣遠大於人類，人類學會使用工具來增大他們天生的力氣，當然，黑猩猩也使用工具。

聽衆很困惑，這段話的重點是什麼？演講人可能想要主張工具比力氣更重要，但又不想隱含黑猩猩從不使用工具。或者，演講人想說的是，黑猩猩現在已經能夠學習如何擴增牠們原本就已經比人類還要強大的力氣。上述三個句子彼此未連結，導致混淆不清，應該用以下兩段講詞之一取代：

> 雖然，黑猩猩的力氣遠大於人類，但人類更善於使用工具，那些工具使人類的天生力氣擴增至超過黑猩猩的力氣。

或是（以下講詞和上述講詞的含義非常不同）：

黑猩猩的力氣遠大於人類，現在，我們已經發現，牠們也會使用工具，他們能夠使用那些工具來學習如何擴增牠們天生的力氣。

這個例子要凸顯的是，在演講中，一些最重要的元素是賦予演講內容整體結構一些提示線索的連結性質片語，例如：「雖然……」「一個最近的例子……」「另一方面」「我們以此為基礎……」「我們先從反面角度來探索一下……」「我跟各位講兩個故事，這兩個故事可資闡釋這個發現……」「這裡講個題外話……」「截至此時，各位可能持反對觀點，認為……」「所以，總結而言，……」

同等重要的一點是，句子和概念的順序必須正確，以使聽眾能夠循序漸進地了解。我們把本書的初稿提供給一些人閱讀指教，很多人提供類似這樣的反饋建議：「我想我了解，不過，要是你能把這兩段對調，並稍加解釋它們之間的關聯性，會更清楚。」明晰度對於一本書而言很重要，對於演講而言，重要程度更甚。最保險的做法是徵求對你的演講主題陌生的人提供協助與建言，因為他們最能覺察鴻溝。

生物學家黛博拉．高登（Deborah Gordon）在TED演講中解釋，我們可以如何從螞蟻群落的行為中學到重要的網絡概念，她告訴我，在演講的準備工作中，設法消弭解釋鴻溝是很重要的一部分：

演講不是讓你丟進內容的一個容器或箱子，演講是一種流程，一種軌道，目的是把聽眾從他們現處之地帶領至一個新地，因此，必須有條理地循序漸進，不能讓任何人在途中迷失。不能太華而不實地跨越，但若你能飛，你想帶著聽眾一起飛，你必須抓緊他們的手一起飛，不能鬆手，因為要是有人掉下去，那就完蛋了！演講前，我先找對此演講主題一無所知的朋友及熟人演練，詢問他們對演講的哪些內容有疑惑，或是他們有何不明白之處，希望藉由為他們填補這些鴻溝，我也能為其他聽眾填補相同的鴻溝。

尤其重要的是術語的檢查，演講內容中若有你的聽眾可能不熟悉的任何術語或首字母縮略字，都應該刪除或做出解釋。最令聽眾失望的，莫過於聽你講了三分鐘的 TLAs，卻不知道 TLAs 是什麼①。若演講內容中只有一個這樣的疏忽，或許無傷，但若演講內容中充滿術語，一頭霧水的聽眾將聽不下去。

我並不是主張所有東西都要解釋到非常淺顯的程度，把聽眾當成小六生一般。在 TED，我們使用的一個原則取自愛因斯坦的格言：「凡事盡可能簡化，但別過於簡化。」②別侮辱聽眾的智識，有時候，使用專業名詞是有必要，對多數聽眾而言，你不需要說明 DNA 指的是含有獨

---

① TLA 是「Three Letter Acronym」（三個首字母縮略字）。

② 世人無法確定愛因斯坦是否一字不差地說了這些話，但一般普遍認爲這觀念出自於他。

特基因資訊的特殊分子。你不需要做出過度解釋，其實，最優秀的解說者只做出足夠的說明，讓人們覺得這概念或思想是他們自己融會理解後生成的。這些演講人的策略是引進一個新概念，只描述足夠的輪廓，讓用心思考的聽衆可以自行領會，這對身爲演講人的你而言極具時間效率，也讓聽衆的心智作用獲得深層滿足，演講結束時，他們將沐浴於自己的聰慧光輝之中。

從解釋到興味盎然

還有另一個重要的解釋工具：在試圖灌輸你的思想或概念之前，先說明它不是什麼，或說明不正確或行不通的思想或概念。你可以注意到，我已經在本書中使用過這種方法了，例如，我先述說不宜的演講風格，之後才討論適宜的風格。若一個解釋是意圖在充滿各種可能性的大空間中建立一個小的心智模式，那麼，先把這空間縮小，是較有助益的做法。先排除掉一些貌似有理的可能性，可以讓聽衆更容易靠攏你要闡釋的思想或概念，舉例而言，神經學家桑德拉・阿瑪特（Sandra Aamodt）想解釋何以讓大腦意識去引導，對減肥有幫助，她說：「我並非指你必須學打坐冥想或瑜伽，我指的是有意識地吃：學會了解你的身體發出的訊號，讓你在飢餓時才吃，飽了就停止進食。」

在TED演講人當中，一流的解說者包括漢斯・羅斯林（Hans Rosling，用生動的圖表把數據資料視覺化詮釋）、大衛・多伊奇（David Deutsch，框外科學思考）、南熙・坎維舍（Nancy Kanwisher，把神經科學變得淺顯易懂）、史蒂芬・強生（Steven Johnson，探索創意來自何處）、大衛・克里斯提安（David Christian，宇宙大歷史）。我強烈推薦所有這些演講人，他們每一位都灌輸給你強而有力、令你永生難忘且受益的新東西。

若你很善於解釋，你可以用此能力，令聽眾興味盎然。科學家邦妮·巴斯勒（Bonnie Bassler）研究細菌之間如何溝通，她的TED演講深入闡述她的實驗室進行的一些相當複雜、但令人興奮的研究，爲幫助我們了解，她開啓了一個引人興趣的可能性世界。來看看她怎麼做。

她首先設法使我們覺得這演講主題和我們有切身關聯性，畢竟，不是每個聽眾都很關心、在乎細菌，因此，她在開場不久後，這麼說：

> 我知道你們自認為是人類，我也是這麼看待你們。我們每一個人是由約一兆個細胞構成的，這些細胞讓我們能夠做我們所做的種種事情，但是，在你一生中的任何時刻，都有十兆個細菌細胞在你的內外身體上。所以，一個人身體上的細菌細胞數量十倍於他的人體細胞數量……這些細菌可不是消極的寄宿者，它們非常重要。它們維持我們的生命，它們在我們身上覆蓋了一套如同鎧甲般的無形保護層，隔絕來自環境的侵害，使我們得以保持健康。它們消化我們吃進去的食物，它們製造我們所需的維生素，它們教育你的免疫系統把有害的微生物阻擋於體外。它們做了種種幫助我們、了不起的好事，是我們得以存活的不可或缺的角色，但媒體從未報導過它們的這些功勞。

好了，這下子，細菌這個主題和我們有切身關聯了，這些蟲子對我們很重要了。接下來，一個出乎意料的疑問激發了我們的好奇心：

我們的疑問是，它們如何做到種種好事或壞事呢？我的意思是，它們如此的微小，我們得用顯微鏡才看得到它們，它們過著只是生長與分裂的無趣生活，它們向來被認為是不喜社交、孤僻的有機體，因此，在我們看來，倘若它們只是個別單獨行動的話，它們太渺小了，無法對環境產生任何影響。

這愈來愈引人好奇了，她打算告訴我們，細菌是成群結隊地行動嗎？我迫不及待想知道更多！巴斯勒接著帶領我們檢視一些深入的探索，這些探索發現的種種跡象顯示，細菌必須協調一致地行動。其中一個令人驚奇的故事是，會發光的夏威夷短尾烏賊其實是利用其體內會發光的弧菌的集體一致發光行為，使烏賊得以在夜間行動時不會留下影子，以免被捕食。之後，終於來到她的核心主題，她告訴我們，她的研究發現致病細菌是如何對人體發動攻擊的，它們無法單獨發動攻擊，它們靠著發出溝通的分子，一起發動攻擊。當更多細菌在你體內繁殖後，這種分子的濃度（數量）持續增加，直到它們突然集體知道自己有足夠數量，可以發動攻擊時，它們便開始一起分泌致病毒素，這叫作**群體感應**（quorum sensing）。哇！

巴斯勒說，這項探索發現開啓了對抗細菌的新策略：不需要殺死它們，只需切斷它們的溝通管道就行了。在抗生素抗藥性問題氾濫的今天，這眞是令人振奮的新概念。

演講最後，她提出一個更廣的含義：

我認為，這是多細胞的起源。細菌已存在地球上數十億年，而人類呢，只有數十萬年，因此，我們認為，多細胞組織的運作規則是細菌制定的……倘若我們能夠在這些原始有機體上弄懂這些運作規則，就有希望把它們應用於其他人類疾病和人類行為上。

在巴斯勒的演講的每個階段，每一段都是精心地建構於前面內容的基石上，每一個術語都做出了解釋，這使她能夠循序地爲我們開啓新的可能性之門。她談的是一門複雜的科學，但卻使得我們這些非專業的聽衆聽得興味盎然，終場，我們全都起立鼓掌喝采，令她受寵若驚。

你必須先學會如何解釋一個新思想或概念，才能對聽衆闡釋灌輸它，這只能逐步地做，逐步地引發聽衆的好奇心，每一步都要以聽衆已經了解的東西爲基石。善用比喻和例子，它們非常有助於展示一個思想或概念是如何拼湊而成的。留心知識的禍害！千萬不要做出可能導致聽衆困惑而聽不下去的假設。當你清晰地解釋了某個特別的東西後，興味與啓示就會隨之而來。

8 說服
論證能夠永久改變人們的看法

解釋是在人們的心智中建立一個全新思想，說服就比較激進些了，在建築之前，需要先做一些拆除工作。

說服指的是令聽衆相信他們目前看待世界的方式不太正確，演講人意圖拆除人們心智中那些不正確或行不通的部分，重新建入更好的東西。若能成功做到，對演講人和聽衆都是一件興奮之事。

認知科學家史蒂芬．平克徹底改變了我對於暴力的看法。

在媒體餵食下長大的人，大概都會認爲我們的世界充滿暴力——戰爭、兇殺案、攻擊、恐怖主義，而且，暴力問題似乎愈來愈嚴重。平克用十八分鐘的演講說服ＴＥＤ聽衆，這種設想大錯特錯，倘若我們把攝影機往後移，看看更長期的實際歷史數據，就會發現，這世界的暴力行爲其實是減輕減少了，而且，這種趨勢已經持續了數年，數十年，數世紀，數千年。

他怎麼做呢？首先是做一些拆除工作，在說服我們之前，必須先提供指點（priming），讓我們的心智做好準備。平克首先提醒我們，早年的暴力行爲有多麼駭人，例如五百年前的法國有一種公眾娛樂方式，把活生生的貓吊起來，再把繩索慢慢下降，讓貓垂到下面的火堆裡，聽貓咪發出痛苦哀號。還有，在古代社會，超過三分之一的成年男人死於暴力。基本上，平克說的是：**各位可能以為暴力行為愈來愈惡化，但你們忘了早年的暴力行為有多可怕**。

接著，他分析現代媒體如何傾向喜愛報導暴力及戲劇性事件，而不論那些事件是否在整個生活中具有足夠的代表性。他揭露了一個機制，透過此機制，我們可能高估了實際的暴力程度。有了這個指點，聽眾就更容易認眞看待他呈現的統計數字與圖表，這些數字與圖表顯示，從兇殺到戰爭，所有形式的暴力行爲實際上是明顯減少了。這其中，平克使用的一項重要技巧是提出相對於人口規模的統計數字，眞正重要的不是絕對數字（暴力行爲致死的總人數），而是相對數字——個人遭遇暴力行爲致死的機率。

平克接著討論這種出乎人們意料的趨勢的四種可能解釋，並得出以下的樂觀結論：

> 不論是什麼原因導致暴力行為減少，我認為，暴力行為的減少有深切含義，它應該迫使我們別只是思考：「為何會發生戰爭？」也要思考：「為何會出現和平？」別只是思考：「我們做錯了什麼？」也要思考：「我們做對了什麼？」因為我們顯然做了一些對的事，找出我們到底做對了哪些事，絕對有益。

四年後，這場演講衍生出一本著作《人性中的善良天使》（*The Better Angels of Our Nature*），進一步發展他的這項論述。

我們姑且假設平克的觀點正確，那麼，他贈予了數百萬人一份美好的禮物。多數人一輩子認爲每天的新聞愈來愈糟，戰爭、恐怖主義、及暴力問題已經惡化到失控；但是，當你聽到並相信平克的論述，思想爲之改觀，認爲儘管暴力事件仍然發生，但這問題其實是呈現改善趨勢時，陰鬱烏雲便爲之消散！說服能夠永久改變人們的看法。

說服及指點能夠永久改變人們的看法

心理學家巴瑞．史瓦茲改變了我對於「選擇」的看法。在西方國家，我們著迷於選擇的最多化，我們信奉自由，而選擇的最多化是通往自由最大化的途徑。但史瓦茲呼籲我們改變這種觀點，在探討「選擇的弔詭」的TED演講中，他逐步地剖析說理，說服我們：在無數境況中，過多的選擇其實令我們不快樂。史瓦茲使用的拆除工具箱非常無痛，他結合使用片斷的心理學理論和一連串的例子——從醫療行爲，到令人挫折的購物體驗，全都搭配了很有趣的《紐約客》(*New Yorker*) 相應主題漫畫。他提出的思想反直覺，但這趟旅程充滿趣味，我們幾乎沒注意到，就在這旅程中，我們所有人長久以來抱持的世界觀已經被粉碎了。

作家伊莉莎白．吉爾伯的TED演講可資例證，說故事可以成爲說服工具箱中很具功效的一項工具。她的這場演講意圖改變我們對於創作才能的觀念，她認爲，我們不該把這種才能想成是一種與生俱來的東西，你要不就是具有創作天賦，要不就是沒有這種天賦；我們應該把它想成是一種你不時會收到的禮物，在適當時刻，它會現身。若只是平鋪直敘地說出這些思想，聽起來大概不是很有說服力，但吉爾伯用她的說故事能力來說服我們。開場時，她先述說自己的故事，她出版了一本暢銷書《享受吧！一個人的旅行》（*Eat, Pray, Love*）後，開始感受到不知能否再複製這種成功的焦慮煩惱，又說了其他知名創作者擔心自己端不出符合期望的表現的有趣生動故事。她也說明歷史中一些時代的人們對「天才」（genius）這個字有何不同看法，他們並不認爲創造力是存在個人身上的東西，他們認爲創造力是來自某處、降臨於你的東西。說完這些之後，吉爾伯才能講述一個有關美國詩人露絲・史東（Ruth Stone）的故事，史東告訴吉爾伯，當靈感來臨時，她怎麼做：

> 她可以感覺到靈感降臨，因為靈感降臨時的力量會撼動她腳下的大地，她知道，此時她只能做一件事，套用她的話，就是拚命跑。她拚命跑回屋裡，感覺就像被這首詩追趕似地，她必須以夠快的速度拿到紙筆，好在靈感擊中她時，能夠抓住它，立即寫下來。

若吉爾伯在演講一開始就講述這個故事，會顯得很唐突，但把這個故事擺在此處，就非常自然，而且可以定錨鞏固她的核心思想。

促發這種世界觀改變的關鍵之鑰是，這旅程必須一次一步地前行，先以幾種不同方式指點我們的心智，然後才進入主論述。

我所謂的**指點**，是什麼意思呢？哲學家丹尼爾・丹尼特（Daniel Dennett）提供了最佳解釋，他創造了**直覺幫浦**（intuition pump）一詞，意指能夠直覺地使一個結論貌似有理、可信的隱喻或語言技巧，這就是指點。指點並不是嚴謹的論述，只是輕推他人朝你所要的方向的一種方法。巴瑞・史瓦茲講述的購物故事就是一種直覺幫浦，若他平鋪直敘地說：「太多的選擇可能導致你不快樂」，我們可能會對此抱持懷疑，但他指點我們：

曾經，牛仔褲只有一種款式，你購買它們，穿上去很不合，很不舒服，但穿、洗夠多次後，就會開始覺得還行。我的舊牛仔褲穿了多年後，想買條新的替代，我告訴店員：「我想買條牛仔褲，這是我的尺碼。」店員問：「你想要合身的，適中寬鬆的，還是十分寬鬆的？你要排扣式，或是拉鍊式？要石洗褲，還是酸洗褲？要刷破款嗎？褲管要小喇叭款、窄管、還是……」他問了一堆。

當他講述這個故事時，我們感受到他購買牛仔褲當時的壓力，也想起自己在無盡的購物跋涉時承受的壓力。儘管他的故事是一個男人的一則故事，這單一故事本身不可能足以證明「太多選擇可能導致你不快樂」的論點，但我們知道他朝往什麼方向。突然間，他的論述似乎更有道理了。

丹尼特指出，許多最受推崇的哲學文章不是推論，而是強有力的直覺幫浦，例如柏拉圖的洞穴寓言，或笛卡兒的惡魔論證。以惡魔論證爲例，笛卡兒想要懷疑一切可以被懷疑的事物，因此，他想像有一個惡魔在蒙蔽欺騙他的整個意識思想，這個惡魔能夠編造出整個世界，讓他誤以爲眞正的世界就是他看到的這個世界。因此，一切事物都可以被懷疑，他唯一能夠確信而不用懷疑的就是他正在思考與懷疑，這思考與懷疑的體驗是眞確的，這至少意味了他的存在，因此，他說：「我思故我在」。若不假設有這麼一個惡魔，就很難推論這個邏輯。我們的心智不是如機器人般的邏輯機器，它們需要被輕推指點，以朝往正確方向，直覺幫浦就是用來做出這種輕推指點的有力手段。

對人們做出指點後，你就更容易提出你的主要論點。怎麼做呢？使用最崇高、最能產生很長期影響的一種工具，這項工具的命名使用的是我很喜愛的一個哲學用詞：**論證**（reason）。

論證的長遠影響

相較於任何其他的心智工具，論證能夠得出確定程度全然不同的結論。理性思辨若能以眞確的假說爲起始點，那麼，合理地推論出的結論也必然眞確，且可以被**認知**爲眞確。倘若你能夠具有說服力引領某人進行理性思辨，你意圖灌輸給他的思想就會停駐於他的心智中，永遠不會消去。

不過，要使這種流程奏效，必須分解成小步驟，每一步必須具有高度說服力，每一步的起始點必須是聽眾能夠清楚看出眞確的東西。因此，這流程的核心機制是「若……那麼……」（if-then）：若X爲眞，那麼，各位，這顯然意味著Y（因爲**每一個**X隱含了一個Y）。

慈善事業改革家丹尼爾．帕羅塔（Dan Pallotta）的演講被評爲最具說服力的TED演講之一，他在這場演講中論述我們看待慈善事業的方式導致非營利組織的經營艱難無比。爲說服人們相信他的論點有理，他從一個組織的五個層面來剖析探討：薪酬水準，人們對於組織的行銷活動的期望，冒險意願，等待組織產生影響的時間，取得資本管道。在剖析每個層面時，他使用銳利的語言，佐以漂亮的資訊圖表，以凸顯我們對一般營利公司和非營利組織的二分法有多麼荒謬。這場演講的內容充滿極具說服力的「若……那麼……」。

舉例而言，他指出，我們鼓勵營利公司冒險，但若非營利組織採取冒險之舉，我們便會皺眉質疑，接著，他說：「你我都知道，若我們禁止失敗，便會扼殺創新；若扼殺募款活動的創新做法，就無法募到更多錢；若無法募到更多錢，就無法成長；若無法成長，更不可能解決嚴重的社會問題。」證明完畢，若我們希望我們的非營利組織解決嚴重的社會問題，我們就不能禁止它們失敗。

還有另一種形式的論證法，有時極具功效，那就是**反證法**（reductio ad absurdum）：證明你的論點的**反**論將得出相反結果。若反論為錯，你的論點便會被強化（設若沒有其他可能的論點得以成立的話，甚至會因此被證明為對）。演講人很少使用完全且嚴謹版本的反證法，但他們常訴諸反證法的精神，提供一個非常明顯相反的例子，以展示反論是不證自明的謬論。以下是取自帕羅塔的演講的一個例子：他說，若非營利組織的領導人領高薪，我們便會皺眉嫌惡：「你想靠著販售暴力電玩遊戲給孩子們來賺五千萬，儘管去做吧，你若成功了，我們會讓你登上《連線》（*Wired*）雜誌封面。但你想靠著治癒感染瘧疾的小孩，賺取五十萬，你就會被視為寄生蟲。」鏗鏘有力的正反對例，一矢中的。

另一種有力的方法是削弱反論的可信度，但必須審慎使用。這種方法最好用於議題上，不要直接針對反對者。你可以說：「不難了解為何媒體多年來在這方面帶給我們一種不同的印象，畢竟，戲劇性事件報導才能使報紙有好銷路，沒多少人愛看枯燥乏味的科學證據。」但倘若你說：「他當然會這麼說，因為他拿錢說這些話」，那就會令聽者感到不安不適，這樣的說詞可能很快地從論證演變成中傷他人。

把聽衆變成偵探

有一個更具吸引力的論證方法，在TED，我們稱之爲**偵探故事**（detective story），一些最具說服力的演講完全用這種方法來架構。首先推出一個大謎題，接著遊歷種種論證，以尋找可能的解答，逐一排除後，直到剩下唯一一個可行的解答。

藝術家暨插畫家西弗萊・沃海克（Siegfried Woldhek）的演講可資爲例，他想證明達文西的三幅著名畫作其實是他人生不同階段的自畫像，爲此，他把演講內容架構成探索以發現達文西的「眞實相貌」。他首先展示一百二十幅達文西所作的男性肖像畫，問道：這些畫作中有哪些是自畫像呢？我們要如何得知呢？接著，就像偵探刪除嫌犯般，他開始使用他身爲肖像畫畫家的技巧，刪除這一百二十幅畫中不可能爲自畫像的畫作，直到最終只剩下三幅畫作。

接下來是決定性的結論。雖然，這三幅畫是不同年齡的男性畫像，它們是不同年代畫的，但他們全都有相同的臉部特徵，而且，這些特徵和第三方以達文西爲模特兒雕塑的塑像的臉孔特徵非常相像，這塑像是唯一被世人普遍接受的達文西相貌。

沃海克的演講之所以如此具有說服力，是因爲我們這些聽衆感覺我們彷彿和他（演講人）一起走了一趟學習之旅，他不是平鋪直敘地告訴我們眞相，而是邀請我們加入他的發現過程，我們的心智自然會更投入。伴隨著我們逐一刪除反論，我們漸漸地被說服了，而且是**我們說服了自己**。

這個方法可被用於把最艱澀的主題轉變成非常有趣。演講人常面臨的一個挑戰是，如何把疾病、飢餓，或人性墮落之類的艱澀主題變成吸引聽衆到場並聽了津津有味的演講。

經濟學家愛蜜莉・奧斯特（Emily Oster）想要說服我們相信，經濟學的工具可以幫助我們對愛滋病及愛滋病毒做出不同的思考，但她不是直接提出一個經濟學論點，而是變身爲一名偵探。她展示一張投影片，標題是「我們知道的四件事」，她逐一討論它們，並提出一些驚人證據，有效地逐一推翻這些我們自以爲知道的事，藉此開啓另一扇門，讓她提出另一種理論。

這種架構的功效在於它深入利用我們對故事的喜好，她的整個演講感覺就像在述說一個故事，但更棒的是，這是一個解謎的故事，好奇引發更多的好奇，直到得出一個令人滿意的結論。但在此同時，它還有一個強而有力的邏輯推理爲基礎，若這些已知的論點全都不正確，只剩另一種可信論點，那麼，這個論點必定爲眞。這個謎於焉解開！

光有邏輯推理還不夠

有時候，論證性質的演講很難變得生動，人不是電腦，他們的邏輯思考電路並非總是他們最容易使用的思考電路。爲了使一場演講具有說服力，光靠無懈可擊的邏輯推理步驟還不夠，它們固然是必要，但不充分。多數人能夠被邏輯推理說服，但他們並不一定被邏輯推理鼓舞，若未受到鼓舞，他們可能很快就把這個論點拋諸腦後。因此，論證的語言可能需要佐以其他工具，使結論不僅合理，也有意義、有趣、討喜。

在這方面，除了先前提到的直覺幫浦、偵探故事，還有很多其他可使用的工具。

- **在演講之初注入一些幽默**。這可以傳達一個有助益的訊息：「我將帶領各位進行一些認真吃力的思考……但這將會相當有趣，我們一起流汗，一起歡笑。」
- **加入一則軼事**。也許可以揭露你是如何感興趣而投入這項議題的，這可以讓你人性化，倘若人們知道你為何熱中此議題，他們更可能聆聽你的論證。
- **提供生動的例子**。若我想說服你，外部事實並非如你以為的那樣，我可能會先展示一張生動的視覺錯覺投影片，這投影片可資證明，事物的真相未必是你看到的外貌。
- **引用第三方的認證**。「我在哈佛的同事和我花了十年檢視這些資料，我們一致結論認為必須用這種方式看待」；或是：「因此，不是只有我這麼認為，每一個有兩歲男孩的母親都知道的確如此。」諸如此類的說詞，必須謹慎使用，因為這兩句話本身都不是理由充足的論證，但它們或許能使你的論點更有說服力，這得視聽眾而定。
- **使用有力的視覺工具**。帕羅塔用圓餅圖來展示比較兩種非營利組織募款行動的結果，第一種是義賣餅乾，管銷費用率五%，第二種是透過專業募款機構，管銷費用率四〇%。第二種方法看起來很糟糕、浪費，因為管銷費用率這麼高，但聽了帕羅塔的下文分析，你就會為之改觀了：

「我們把道德和節約混為一談了。道德告訴我們，管銷費用率五%的義賣餅乾行動，在道德上優於花了四〇%管銷費用率僱用專業募款機構，但我們忽略了最重要的資訊：這些大餅的實際大小如何呢？若義賣餅乾的行動因為沒有投資於擴大規模，只募得了七十一美元的慈善款，而專業募款機構因為投資於擴大規模，募得了七千一百萬美元呢？我們會更愛哪塊大餅？那些飢餓者會更愛哪塊大餅？」

他說這些的同時，投影片上的第二個圓餅圖擴大，第一個圓餅圖縮小，這下子，第二個圓餅圖上的非間接成本部分變得遠大於原先，他的論點爲之彰顯，並產生很大的影響。

帕羅塔的演講贏得巨大的起立鼓掌喝采，線上點閱人次超過三百萬。這場演講張貼於網路上三個月後，三個最大的慈善事業評價機構發表聯合新聞稿，採用帕羅塔的許多論點，結論道：「慈善組織服務的人們與社區需要的不是低管銷費用，他們需要的是高績效。」

但不是所有論證性質的演講都能收到如此立竿見影的成功，這類性質的演講通常比一些其他性質的演講更難以處理，它們可能也不是最受歡迎的演講。不過，我認爲，在我們的網站上，它們在最重要的演講之列，因爲**論證是建立長期智慧的最佳之道**。一個堅實的論點，就算未能立即被所有人接受，支持者也會漸增，直至銳不可擋。

事實上，有一場TED演講專門探討這個：史蒂芬．平克和哲學家麗蓓嘉．紐柏格．高斯坦（Rebecca Newberger Goldstein）之間的蘇格拉底式對談，高斯坦漸進地說服平克，整個歷史中的道德演進，其最深層的驅動力是理智，不是同理心，也不是文化演進，雖然，這兩者也扮演重要角色。有時候，論證的影響力可能得歷經多個世紀才能實現，在這場演講中，高斯坦引用歷史上一些理性思辨者對奴隸制度、性別不平等、及同志人權的論述，他們的理性論述出現於這些運動發生的百多年前，但這些論點啓發了這些運動，是這些運動的成功之鑰。

平克與高斯坦的這場對談堪稱爲所有TED演講內容中最重要的一個思辨論述，但截至二

○一五年，其點閱人次還不到一百萬。論證不是成長快速的野草，它是緩慢成長的橡樹，但它的根扎得既深且牢，而且，長成之後，能夠永久改變大地景色。我渴盼有更多思辨論證類型的ＴＥＤ演講。

在此我用以下三句總結：

- 說服是用更好的世界觀取代人們現有的世界觀。
- 說服的核心是論證的力量，論證具有長期影響力。
- 論證最好佐以直覺幫浦、偵探故事、視覺工具，或其他用以點出可信度的指點方法。

9 揭示

令我屏氣凝神！

連結，敘事，解釋，說服……這些都是重要工具，但贈予聽衆一個思想的最直接方式是什麼呢？

直接向他們**展示**。

許多演講採用這種定錨方式，以有趣、具啓示作用的方式，向聽衆展示你的作品或發現。這種方式一般稱爲**揭示**，在揭示型的演講中，你可能：

- 展示來自一項全新藝術工作的一系列影像以說明它們；
- 演示（操作展示）你發明的一種產品；
- 描述你對於一種自給自足的未來城市的願景展望；
- 展示你最近去亞馬遜叢林旅行時拍攝的五十張出色相片。

揭示型演講有無限可能的種類，它們的成功取決於揭示的東西。

在揭示影像的演講中，你的主要目的可能只是創造驚奇感和美學樂趣。倘若你的演講是展示一種發明，你可能是想令人們驚奇，想創造一種新的可能感。倘若你的演講是勾勒一種未來願景，你應該使它生動且具有說服力，令聽衆嚮往。

接下來，我們逐一深入討論這三大類別的演講。

驚奇之旅

驚奇之旅型的演講揭露一系列的影像或驚奇時刻，如果把演講比爲一趟旅程，那麼，我們可以把驚奇之旅想成由一位藝術家帶領你參觀工作室，洞察每件作品；或是由一位出色的探險家當你的嚮導，帶領你行經奇特富趣的地域。每一步是簡單的一步，從一件作品到下一件作品，不停地帶來驚奇感：**「如果你喜歡那個……等你看了這個再說，精采的還在後頭呢！」**

要是作品很優秀，這趟旅程將充滿趣味，增廣見聞，或提供啓示。藝術家、設計師、攝影師，及建築師最常使用這種演講結構，不過，凡是有視覺性質作品的人都可以使用它，包括科學家在內。

舉例而言，科學家大衛．蓋洛（David Gallo）揭露海底驚奇的簡短演講，就是一次極棒的驚奇之旅，或者，就這場演講來說，是一次驚奇的潛水之旅。他展示一系列令人目瞪口呆的發光生物影像及影片，接著再用連續鏡頭展示一隻章魚藉由瞬間改變牠的皮膚型態，變成和牠身後的珊瑚完全一致，使牠的身形消失，你根本看不出來，眞正是巧妙極了。蓋洛對奇特海洋生命的敬畏與興奮之情快速感染了在座聽衆，他除了描述我們看到的影像，也提供了具有引發驚奇感作用的背景說明：

這是個未知的世界，直到今天，我們只探索了約三%的海洋世界，但我們已經發現了世界最高的山脈，世界最深的峽谷，水下的湖，水下的瀑布……在我們曾經以為沒有生命的地方，我們發現了更多生命……其多樣性與密度更甚於熱帶雨林，這告訴我們，我們根本還不夠了解這個星球。還有九七%，不論你認為那是九七%的空白，還是充滿驚奇的九七%。

這只是結構簡單的五分鐘演講，但觀看人次已經超過一千兩百萬。

另一場簡單、但超級具有吸引力的驚奇之旅，是科學作家瑪麗．羅奇（Mary Roach）談性高潮祕辛的演講，她向我們講述我們以往不知道的、有關於性高潮的十件事。其中包括一段丹麥豬農對豬進行施精前愛撫以提高其成功受孕的影片，你或許不該和你的伴侶或小孩一起觀看這場演講！驚奇之旅未必得是認眞嚴肅的主題，它們也可以是有趣、刺激、撩人的主題。

從演講人的觀點來看，這種演講的誘人之處在於其結構很清楚，你只需帶領聽衆一次一件地行經你的作品或你熱中的東西。每一件佐以投影片或影片，你只需一件一件地講述，一路創造趣味興奮感。

不過，要使驚奇之旅獲致最佳成效，應該要有一個清晰連結的主題思想，而非只是介紹你的工作的最近系列例子。倘若沒有一個清晰連結的主題思想，這類演講可能很快變得乏味。「現在，我們來看我的下一項計畫」，這是一句平淡無味的過渡詞，很容易使聽衆開始躁動。較好的做法是提供一個連結，例如：「下一項計畫將進一步擴大這個概念……」

更好的做法是用一個主軸，把所有東西串連起來。席亞．漢布瑞（Shea Hembrey）的TED演講引領我們參觀「一百位藝術家的作品展」，每件作品全然不同……畫作、雕塑、相片、影片、多媒體，涵蓋廣泛的藝術概念。其主軸是什麼呢？這一百位藝術家，每一位都是他本人！沒錯，這些作品全都是漢布瑞創作的。因此，每一件新作品愈是不同，我們的驚奇感愈高。

但是，驚奇之旅型的演講有種種可能出錯的狀況。首先是當演講人用不親和的語言來描述其作品時。一些專業人士有個很糟糕的傳統，那就是使用非常艱澀難懂、過度智識化的語言來描述他們的工作，藝術家和建築師是最常犯此毛病的專業者。當專業人士感覺需要在談話中使用他們的行話時，應該不會意外地發現，一些他們邀請的賓客悄悄地從後門溜走。**在這項作品中，我試圖挑戰在後現代主義派辯證中身分相對於社群的範式……**你若試圖講類似這樣晦澀難懂的話，拜託，請拿出你最銳利的剪刀，把它從講稿中刪除！

史蒂芬．平克告訴我，這類語言比誤用術語還要糟糕：

> **範式**、**辯證**，這些並不是像DNA那樣無法避免使用到的術語，它們是泛概念，有關於其他概念的概念，不是有關於特定事物的概念。學術文章、商業演講、公司新聞稿、晦澀的藝術評論，這些既乏味又難懂，因為它們充滿泛概念，例如方法、假設、概念、條件、背景脈絡、架構、議題、程度、模式、觀點、流程、範圍、角色、策略、傾向、變數等等。

個別使用這些詞語，有其用處，但必須節制地使用，若把它們堆疊起來使用，聽眾將難以理解。

驚奇之旅型的演講其目的應該是帶給聽眾內幕消息，**用親和易懂的語言**和我們分享你在創造這項作品時的夢想是什麼，向我們展示你的創作過程，你是如何達成的？過程中犯了什麼錯？插畫家大衛·麥考利（David Macaulay）的TED演講和我們分享他畫的羅馬畫，他不僅展示完成的畫作，也講述他在過程中犯的錯，曾經遭遇的困境，以及他如何走出錯誤與困境，最終出版了他的插畫書，這使得在座聽眾中所有從事創作工作者都可以從他的演講學到一些東西與啟示。揭露創作過程，是任何講述創作的演講可以贈予聽眾的重要禮物之一。

最重要的是，把演講設計得宜，讓作品本身帶給聽眾最佳體驗。倘若你的作品是視覺性質，可以考慮減少你使用的言語，聚焦於視覺。十二分鐘長度的演講可以從容地展示超過一百個影像，也許，一些序列影像的展示只容許每張投影片有兩秒鐘的螢幕時間，在這種情況下，一項演講人鮮少使用的工具將有助於擴大它們的功效，那就是：**沉默**。動力雕塑（kinetic sculpture）家魯本·馬歌林（Reuben Margolin）的演講，是驚奇之旅型TED演講的最佳例子之一，他用低語作爲展示其精采作品影片的烘襯背景，用完美的語言爲一系列純淨的靈感下標，而且，他有勇氣不時地保持沉默。這場演講的一些最動人時刻是他簡單介紹作品背景後，便沉默地讓我們觀看，以便沉浸於他的作品視覺中。

爲了保持演講的活力，最聰明的方法之一是讓投影片自然地順序播放，工業設計師羅斯·洛夫葛羅夫（Ross Lovegrove）展示其來自大自然靈感的設計工作，就是一個絕佳例子。在這場演講中，他以事先精心安排好的時間順序展示上百張他的作品的投影片和影片，他順著每張影像的出現來講解，這種形式確保了流暢的步調。路易·史瓦茲柏（Louie Schwartzberg）展示其電影《看不見的神祕世界》（*Mysteries of the Unseen World*）時，也採用相似的形式，整場演講，他播放此電影的片斷剪輯，用他的聲音做抒情敘述，令聽衆全神貫注，瞠目結舌。

許多在公司內舉行的演講，若能被想成和設計成驚奇之旅，將可明顯改進其效果。若你用項目符號條列格式（bullet points），逐點逐項地簡報你的部門最近的工作，聽衆可能很快感到枯燥乏味。試著思考：我們可以如何把這些計畫連結起來，弄得具有趣味？我們可以如何傳達它們的趣味、意外、或幽默？如何從「瞧瞧我們完成了什麼」的調性轉變爲「瞧這多麼有趣」的調性？能不能不使用項目符號條列格式，改用每一步佐以一張有趣影像的形式？努力想想看，你是否發現了什麼獨特、可以和公司其他同仁分享而使他們受益的東西？啊，倘若你的簡報演講採用這種形式，也許就能吸引人們，使他們不會乏味地開始滑手機。

不論是商業、科學、設計、或藝術性質的演講，別只是帶領人們走過你的作品或工作，而要規劃一趟有趣、吸引人、啓迪人、帶給人們驚奇與趣味的旅程。

活潑生動的演示

倘若你要揭示的東西不僅是視覺性質，還是一項技術、發明，或一種全新的流程，那就不能只是讓聽衆觀看它，還需要讓聽衆看到它的操作，你必須演示它。

在任何研討會上，精采的演示可以成爲最令人難忘的部分，你在臺上展演，讓人們一窺可能的未來。

韓傑夫（Jeff Han）在二〇〇六年（iPhone問世的兩年前）於TED演講中展示多點觸控螢幕技術時，你可以聽到臺下聽衆的驚訝喘息聲。明泊霖（Pranav Mistry）展示第六感技術時，也創造了類似的效果與影響，他演示當你結合一支手機、一部個人用投影機、以及一台能夠偵測你的姿勢的相機，就能出現驚奇的可能性。舉例而言，用你的手指遠距地框住遠方一個物件，就能拍下那個物件的相片，然後在就近的任何一個白色面板或牆上呈現這張相片（譯註：其原理是把滑鼠中滑輪的感測技術移植到人的手指上，在手指指尖部位貼上感測面板，取代滑鼠）。

當然啦，在做一場這樣的演講時，最重要的元素是你要展示的這樣東西的品質，它是不是非常具有吸引力的發明或設計？倘若是的話，揭示它的方式有很多種，但不論你採行哪一種，你都不應該把演講前半段的時間用於說明此技術的複雜背景脈絡，因爲你的聽衆還沒看到這項技術的操作，這些複雜的東西可能令他們摸不著頭緒，很快就聽不下去。

當你想展示一個令人驚奇的東西時，讓自己稍稍來點演出花招吧。我不是指油嘴滑舌或自我吹捧，而是要你帶給我們一些興奮，暗示我們即將看到什麼，然後帶我們行經一些必要的背景脈絡，最好是能夠漸層地走向強而有力的高潮，在揭露那驚奇的東西的一刻，達到那高潮。

馬可斯．費雪（Markus Fischer）是個傑出的發明人，在二〇一一年於愛丁堡舉行的TEDGlobal演講中，他向我們展示一個看起來像隻巨大的海鷗、而且能夠飛的奇特機器人。事實上，它太逼眞了，演講結束後的野餐會上，他向我們實際操作展示，讓這機器人振翅飛起時，逼眞到引來一群眞的海鷗撲擊，牠們顯然被這隻新的競爭者嚇到了。在這場演講中，費雪用前十分鐘講述飛行的技術細節，沒有暗示要展示什麼，一些聽眾失去興趣，等到令人瞠目結舌的部分出現時，也就是讓這隻海鷗繞著全場飛時，這問題便消失了，全場聽眾興奮騷動不已。不過，這場演講的線上版本，我們稍稍修改了他的演講內容順序，變成以下的開場白：「能夠像鳥一般地翱翔，這是人類的一個夢想」，這句話立即給了這場演講一個漂亮的背景，也使得線上點閱人次激增至數百萬。

韓傑夫的演講就做對了這一點，他的開場白如下：

> 今天能夠來到這裡，我非常興奮，我將向各位展示實驗室剛出爐的東西，我真的很高興讓各位成為舉世最先親眼目睹它的人之一，因為我相信這項技術將從此大大改變我們和機器互動的方式。

短短幾句話，他給了引發好奇與興趣的暗示，暗示我們即將興奮地一窺未來。接下來，他便可以自在地解釋技術部分，然後才進行操作演示部分。他先說明背景，接著展示此技術能夠做到什麼，整場演講令人屏氣凝神，喝采連連，驚奇不已。

發明家麥克·普里查（Michael Pritchard）的TED演講也採用類似的結構，他首先快速引領我們思考沒有安全乾淨飲水的生活會是什麼模樣，接著解釋他設計的「救命濾水瓶」（lifesaver bottle）的技術原理。換作是其他的演講人，可能就此結束演講，但這種演講的眞正效力在於展示，而非講述，普里查就此打住，開始他的展示。臺上擺放了一個裝了河水的大玻璃容器，他再倒入混濁的池塘水、污水場流出物、兔子的大便，把容器裡的水變得污穢不堪。接著，他舀出一些污水，倒進「救命濾水瓶」，蓋上附有抽壓桿的蓋子，抽壓幾次後，把製成的無菌水倒進玻璃杯，讓我喝一口，所幸，嘗起來很不錯。就這樣，技術理論變成現場演出的證明。展示完畢，普里查接著講述這項技術對救災及全球公共衛生的含義，事實上，他的現場生動演示已經贏得聽眾的信服。

韓傑夫和普里查使用的演講結構可用於絕大多數的演示性質演講：

- 一開始來個暗示、賣關子的眉幕（teaser）；
- 解釋必要的背景、脈絡、及（或）發明故事；
- 演示，愈視覺化且趣味化愈好，只要不作假就行了；
- 說明此解釋的含義。

有時候，光是一個演示就足以讓聽眾去想像眞正令人興奮的應用及含義。這樣的演示將不再只是一個演示，而是一個未來展望，這是我們接下來要討論的。

夢想的力量

人類有一項其他物種不具有的技巧（截至目前爲止，就我們知識所及，其他物種不具有這項技巧），這是一項極其重要的技巧，重要到令我們用許多的語詞來標示它的各種版本：想像力，發明，創新，設計，願景／展望。我們能夠在心智中建構出這世界現在的模樣，再改裝它，創造出一個實際上還不存在、但有朝一日也許會實現的模樣。

更棒的是，我們還能向他人揭示這些尚不存在的世界，期望他們也會對這些可能的未來世界感到振奮。有時候，更神奇的是，一些人共同勾勒一個未來世界後，他們用它作爲一個藍圖，並採取行動，把這個想望中的世界化爲現實。劇作家說服製片公司把其劇本製作成電影；發明人說服某公司將其發明打造成物；建築師說服客戶出資興建建物；創業家鼓舞一支新創事業團隊，相信他們能塑造未來。

分享與宣揚夢想的方式有很多，可以透過影像、草圖、展示操作……或只是透過言詞。

歷史上最強而有力的一些演講之所以撼動人心，就是因爲它們以極具說服力的口才與熱情來溝通一個夢想。當然，最著名的演講是馬丁・路德・金恩二世（Martin Luther King Jr.）於一九六三年八月二十八日在華盛頓特區林肯紀念堂所做的那場，在精心的脈絡陳述激發聽衆強烈渴望終結長達幾世紀的不公不義情形後，他開始勾勒宣揚他的夢想：

我有一個夢想，我夢想有朝一日，這個國家將站出來實現其信念的真諦：「我們相信這些真理是不證自明的，那就是人人生而平等。」

我有一個夢想，我夢想有朝一日，在喬治亞的紅山上，昔日奴隸之子和昔日奴隸主人之子能以兄弟之誼平起平坐……

我有一個夢想，我夢想有朝一日，我的四個小孩將生活在不以他們的膚色評價他們、而是以他們的品格來評價他們的國度裡。

金恩的演講總長十七分鐘又四十秒，這場演講改變了歷史。

前美國總統甘迺迪推動登陸月球計畫時，首先宣揚他的夢想，他在演講中使用了一些驚人語詞：

我們選擇在這十年內登陸月球，並完成其他的事，並不是因為它們容易做到，而是因為它們很艱難……我知道，就某種程度來說，這是一項信念與憧憬之舉，因為我們現在並不知道這將對我們帶來什麼益處。但是，我要說，我的同胞們，我們應該登上那個距離休士頓控制中心二十四萬英里遠的月球，建造一具超過三百英尺高、長度相當於這足球場的巨大火箭，使用新種合金打造，其中的一些合金，我們現在還未發明出來，能夠承受數倍於截至目前問世的任何材料所能承受的熱與壓力，且裝配的精密程度勝過世上最精巧的手錶，裝載了所有用於推進、導航、控制、通訊、食品及維生的器材與設備，執行一個從未嘗試過的任務，登上一個未知的天體，然後安全地返回地球，以超過兩萬五千英里的時速重返大氣層，產生的熱溫大約是太陽溫度的一半，就像今天此地這麼熱。要做到這一切，把它做成功，並且在這十年內率先做成的話，我們必須大膽……但我們將會完成，我們將會在這十年結束之前完成。

你可能會認爲，用這種充滿冒險與不確定的語詞來描述一項計畫，恐怕會產生反效果，但是，這演講之所以能成功，不僅僅是因爲它生動地勾勒未來，也因爲他引領我們去夢想一項英勇行動。他帶領我們走一趟未來之旅，去閱讀未來終將被敘述的一個故事。

大多數的TED演講使用的是較談話性質的語言，但是，演講人能夠帶給聽眾的最佳禮物之一，是勾勒一個令人信服或嚮往的未來景象。事實上，勾勒夢想的演講人向來在最振奮人心的TED演講人之列，他們說的不是現實世界，而是可能的未來世界。這類演講若是做得好，將令聽眾振奮，引發他們充滿可能感。

薩爾曼．可汗在TED演講中，一步步地揭示他的教育改革願景——用影片教學可以讓孩子以自己的步速熟稔教材，他做得很出色，你可以感覺全場漸漸振奮起來。

製片家克里斯．米爾克（Chris Milk）在TED演講中，展示他如何使用虛擬實境技術複製敘利亞難民營中的生活體驗。很多人憂心虛擬實境將導致人際疏離，米爾克提出一個令人興奮的反面觀點：虛擬實境設備可以變成激發同理心的機器。

海洋生物學家席薇雅．厄爾（Sylvia Earle）使用生動影像和甚具說服力的語言，描述我們的過度漁撈及過度污染的海洋造成的危機，不僅如此，她還談到倘若我們開始創造「希望點」（hope spots）——能使海洋生命復原的保護海域，可望邁向什麼境界。她的願景非常令人嚮往，一名聽眾當場寫了一張一百萬美元的捐獻支票給她，並且在此後的六年間仍然繼續贊助她，在這段期間，全球獲得保護的海域面積已經增加到超過三倍。

有效宣揚夢想的兩項要素是：

- 描繪你想望的另一種未來的生動面貌；

●以具有說服力的方式這麼做，激發他人也想望這樣的未來。

想在一場演講中同時做到這兩點，並不容易。第一個部分通常需要使用視覺輔助，肯特・拉森（Kent Larson）在十八分鐘的TED演講中描繪激進的設計概念，例如摺疊車、能夠隨需要而改變空間功能的公寓，可以讓城市容納更多人口，但又不致過度擁擠。這些設計概念未必會成功，但拉森以視覺方式展示它們，使它們看起來更有說服力。

建築師湯瑪斯・海德威克（Thomas Heatherwick）在其演講中展示的一張投影片，堪稱是我在TED演講中見過的投影片裡頭最具吸引力的一張，這張投影片呈現吉隆坡的一處公寓大樓設計，這些有著優雅曲線的大樓把底部佔地面積縮小，騰出更大的地面面積以建造漂亮的公園。這張投影片描繪了一個未來，我嚮往自己誕生於這樣的未來。

不過，並非所有的未來世界描繪都令人嚮往，常有新技術被揭露時，聽眾不知該感到興奮還是害怕。在二〇一二年的TED演講中，當時的美國國防部國防先進研究計畫署（DARPA）署長雷吉娜・杜根（Regina Dugan）揭露一系列技術，例如高速滑翔機、蜂鳥無人飛行器，令人瞠目結舌，但想到這些技術可能被用於軍事，也令人有幾分惶恐不安。有關基因工程、或是電腦在群眾中識別臉孔的能力、或是擬真機器人的發展之類的演講，引發聽眾毛骨悚然的程度可能勝過其趣味誘人的程度。

演講人該如何避免引發聽眾產生這種不安感呢？唯一的方法是清楚闡釋何以這種未來是值得追求的境界，或是以強調人類價值的方式來展示此構想，而非只是標榜聰明技術。

布蘭・費倫（Bran Ferren）在二〇一四年的TED演講中採用這種處理手法。他談論何以他認爲自動駕駛車將引領出一個非常不同的未來，但一開始，他談的是他孩提時代和父母一起造訪羅馬萬神廟（Pantheon）時獲得的啟示。演講最末，他呼籲鼓勵並幫助孩子們接觸各種領域的東西，以激發他們追求與打造未來世界的靈感：「我們必須鼓勵他們去找到自己的路，縱使那是非常不同我們的路。我們必須幫助他們了解，在這個愈來愈倚賴科技的世界，有些東西似乎未得到足夠的賞識，藝術與設計不是奢侈品，也不是和科學與工程不相容，事實上，藝術與設計是促使我們與眾不同的要素。」原本是純科技的憧憬，或許還是個令人有點惶惶不安的想像未來，但有了這樣的開頭與結尾，就變得人性化且令人充滿樂觀希望。

幽默也可以幫得上忙。胡安・安立奎（Juan Enriquez）在TED做了一系列令人思路大開的演講，探討生物學和基因學的未來發展，若非他在展示每張投影片時注入了一些引人發笑的幽默，這些東西可能令人驚恐。在他的幽默之下，這未來看起來是奇妙的，而不是令人驚惶的。

最後，一個未來願景愈是可據以行動愈好。故事公司（StoryCorps）創辦人大衛・艾賽（Dave Isay）的TED演講宣揚傾聽故事的好處，鼓勵大家向親近的人詢問有關於他們生活的深入問題，並且把這些談話錄下來。然後，他分享一套可以讓任何人簡單容易地做此事的應用程式，然後把錄音上傳至國會圖書館，永久保存。他憧憬一個人們認真傾聽彼此的世界，這願景很激勵人心，我們把這場演講放到網站上數日後，就有成千上萬的人錄下他們從未做過的有意義談話。

這就是夢想的力量。夢想可以散播給他人，創造振奮與信念，並藉此實現夢想。夢想帶給我們增生的可能感，因而激勵我們更努力於追求實現自己的夢想。當一位有抱負的夢想家找你一起來一趟夢想之旅時，那是你拒絕不了的邀請。

混搭

我們探討了演講人使用的五項重要工具──連結，敘事，解釋，說服，揭示，事實上，多數演講並不是純粹地屬於其中一種類型，而是包含了這其中的多種元素。舉例而言，社會心理學家愛咪．柯蒂（Amy Cuddy）的高人氣演講，談論你的肢體語言如何影響你的自信程度，她的演講內容巧妙地結合了解釋和說故事。薩爾曼．可汗的演講一開始講述自己的故事，後來帶領我們來趟驚奇之旅，參觀他的可汗學院建立的非凡特色，最後抵達一個夢境──令人振奮的新類型教育潛力展望。

因此，我要在此重申：**這些方法不是用來限制、束縛你的**，它們是工具，幫助你設想如何讓你在聽眾的心智中進行建設工程。以最有力、最真誠、最適合你想灌輸的思想的方式來挑選、混搭、及擴充它們。

設若你有了主軸和演講內容，並且巧妙地結合使用連結、敘事、解釋、說服、與揭示，把它們編織起來，那麼接下來呢？

接下來該讓個人秀上路了。

我們將檢視演講準備流程的四項要素，這將決定你的演講是一首妙曲，還是一場聒噪。這四項要素是：

- 要不要包含視覺，倘若要的話，是怎樣的視覺？
- 要先寫好講稿並熟背，抑或臨場而談？
- 如何演練這兩種類型的演講？
- 如何開場與結尾，才能達到最大效果？

準備好了嗎？跟我來，我們有活兒要幹呢！

III

準備流程篇

10 視覺
那些投影片會扣分！

生活在二十一世紀的我們，有能力以各式各樣的技術來輔助口語，倘若做得好的話，可以把演講提升至全新水準。相片、插畫、精美印刷品、繪圖、資訊圖表、動畫、影片、音頻、大數據模擬等等，這些全都有助於提升演講的解說成效及其美學吸引力。

不過，你首先仍然應該問問自己，你眞的需要使用任何的視覺輔助工具嗎？說來或許令人驚訝，但事實是，點閱人次最多的TED演講中，至少有三分之一完全未使用投影片。

怎會如此呢？講話加上影像，一定比光講話還要有趣，不是嗎？噢，未必。投影片會導致聽衆的注意力至少稍許移開演講人，轉移至螢幕上，倘若演講的全部效力繫於演講人和聽衆之間的連結上，那麼，使用投影片可能反而有削弱作用。

當然，螢幕和演講人之間並非必然存在零和型態的注意力消長。螢幕上展示的東西佔用聽衆的心智運作類型，通常不同於講話佔用的類型，舉例而言，美學vs.分析。但是，倘若你的演講核心是高度私人連結性質，或是你有其他用以增添演講活潑度的手段（例如幽默或生動的故事），那麼，你或許最好別使用視覺工具，只聚焦於親自對聽衆說話。

以下原則適用於所有演講人：不使用投影片勝過使用了糟糕的投影片。

話雖如此，優異的投影片的確爲多數演講增色，而且，對某些演講來說，視覺工具是左右成敗的關鍵。

TED原本是純粹針對技術、娛樂，及設計這三個領域的研討會，設計師的蒞臨很快地助長了使用投影片可增進簡潔與成效的期望，可以說，這項傳統是TED演講得以起飛興盛的主要理由。

那麼，優異的視覺效果具備哪些要素呢？

這可區分爲三大類：

- 揭露
- 解釋功效
- 美學吸引力

下文將逐一探討。

揭露！

使用視覺工具的最顯然理由是爲了展示難以描述的東西，大多數藝術家和攝影師展示其作品時，當然得靠這個，探險家展示其旅程時，或是科學家揭露一項發現時，也可以使用視覺工具。

海洋生物學家愛蒂絲・威德（Edith Widder）是最早以影片捕捉巨型烏賊活動情形的科學團隊成員，她的整場 TED 演講都是以揭露這些捕捉到的影片為主幹。當那些奇妙的生物終於躍上螢幕時，聽眾驚奇得瞠目結舌。但使用影像來揭露，未必需要有這麼震撼的效果，重點在於建立脈絡背景，提示聽眾，然後……砰！讓視覺的東西發揮其神奇力量，用最少的裝飾，以全螢幕呈現它們。

解說！

一張照片勝過千言萬語（雖然，我們需要用言詞來表達這個概念）。最佳的解說通常是結合使用言詞和影像，你的心智是一套整合的系統，我們的世界有很大部分是視覺成像，當你想確切解釋某個新東西時，最簡單、最有效的方法通常是展示與說明。

但你說的內容和你展示的東西必須貼切搭配，才能獲致這種成效。有時候，演講人展示的一張極其複雜的投影片會令聽眾感到困惑，他也許是下意識地試圖使聽眾震撼於其工作或作品的巨大範疇與精細程度，但當他繼續解說時，聽眾忙於觀看這張投影片，困惑地試圖把他說的話和投影片裡的東西拼湊起來。

為了避免這種情形，要訣是讓每張投影片只呈現一個核心概念。一些演講人，尤其是科學家，似乎下意識地抱持一個假設，認為他們應該把投影片的數量減至最少，於是，他們在每張投影片中擠入了大量資料。在投影片是實體物、必須放到投影機上的年代，你或許需要這麼做；但如今，十張投影片的成本和一張投影片的成本相同，唯一的限制是你的演講時間的長短。因此，一張過於複雜、可能需要花兩分鐘解說的投影片，可以改用三、四張較簡單的投影片取代，你可以用等量時間逐一展示與解說。

TED職員湯姆．瑞利如此說明管理認知力負荷的必要性：

> 同時使用語言和投影片，就是同時輸出兩股認知流，演講人必須有技巧地結合這兩股認知流。倘若你講述的是理論物理學的東西，這對聽眾的認知力構成很大的負擔，一張內含數十個元素的投影片也一樣。在這類情況下，聽眾的大腦必須決定到底是要聚焦於你的言詞，或是聚焦於投影片，或是同時聚焦於兩者，這通常不由自主，因此，你必須設計好注意力的走向，確保不會發生投影片的高認知力負荷導致聽眾跟不上或沒聽清楚你說的話。

同理，在你完成一張投影片的解說後，就不需要再讓此投影片繼續停留在螢幕上。以下是瑞利的建議：

> 換上一張空白、黑色的投影片，讓聽眾的心智暫時不必應付影像，更專注於你說的話，等到你再播放別的投影片時，他們的心智就會做好準備，再度處理影像。

倘若你的目標是一張投影片介紹一個重要概念，可以考慮能否在投影片中用其他元素來凸顯要點，尤其是圖表類投影片。舉例而言，如果你要談二月的雨量總是比十月的雨量多，你展示了一張年雨量圖表的投影片，何不用相異的顏色來標示凸顯二月和十月，這對聽衆是一大幫助。

要是你接著比較三月和十一月，那就用另一構件（build）或另一張投影片，同樣地用不同顏色來標示凸顯這兩個月份。別把所有東西擠在一張投影片上。

大衛．麥坎雷斯（David McCandless）非常善於使用精巧的投影片，把資料轉化爲易於了解的視覺化圖表。舉例而言，在二〇一〇年的TEDGlobal研討會上，他展示了兩張投影片，第一張的標題是「誰的軍事預算最高？」，裡頭有十個大小不同的方塊，每個方塊代表一個國家，方塊大小反映了這些國家的軍事預算規模。想當然耳，美國這個方塊遠遠大於其他國家。

但是，第二張投影片展示的是軍事預算佔國內生產毛額（GDP）的比例，突然間，美國掉到了第八名，前四名依序爲緬甸、約旦、喬治亞共和國、沙烏地阿拉伯。僅僅用這兩張投影片，你的世界觀就徹底改變了。

很多演講人似乎仍然相信，在投影片上塡入許多文字（而且，往往是他們打算用嘴巴說出的那些字句），可以提高解說成效。這絕對是錯誤的觀念，那些典型的PowerPoint投影片——先放上一個標題，下方用多種項目符號條列出長串文字，這絕對是最容易導致聽衆失去注意力的格式，因爲聽衆在演講人解說每一點之前先閱讀了這些文字，等到演講人講述某一點時，感覺已經不新鮮了。每當我們看到演講人帶著這樣的投影片來到TED時，我們總是倒杯飲料給他們，和他們一起坐在電腦螢幕前，溫和地徵詢他們同意我們做刪除、刪除、刪除的工作，也許是把每一點變成一張獨立的投影片，或是把許多句子精簡成一句，或是用一個影像取代它們，或是全部刪除。

用投影片文字重複你在臺上講的話，根本沒有價值。若你想用幾分鐘的時間傳達及灌輸一個思想，或許值得在螢幕上用一個字或一句話來提醒人們這個主題，但若非此目的，螢幕上的文字會和你說的話競爭人們的注意力，而非有所增益。

縱使文字投影片很簡單，也可能間接減損你的演講效果。與其使用一張寫著「**黑洞是一個質量強大到任何光都逃逸不掉的天體**」的投影片，還不如使用一張寫著「**黑洞有多黑？**」的投影片，然後用口語講述原本要用的那張投影片內含的資訊。用簡潔幾個字的投影片挑起聽眾的好奇心，使你說的話更有趣。

認真思考，你就會發現背後原理其實很簡單，視覺工具的主要用途不是傳達文字，要傳達文字內容，你的嘴巴最擅長這件事；視覺工具是用來分享你的嘴巴無法做得很好的東西：相片、影片、動畫、重要資料。

螢幕可以在頃刻間解釋原本可能得花上幾小時述說的這類東西。在TED，我們最喜愛的解說型視覺工具提倡人是漢斯．羅斯林，他在二〇〇六年的TED演講中使用一段動畫圖，這段動畫圖僅僅四十八秒鐘，但他用這四十八秒顛覆了所有人對「開發中國家」的觀念。若你未觀看過這場演講影片，我也無法在此向你解釋它，因爲這得寫上好幾段，而且，就算寫上幾段，我也還是無法描繪清楚，這就是重點：**它必須展示於螢幕上**。所以，你可以在電腦上Google搜尋「Hans Rosling: The best stats you've ever seen」，觀看這段令人驚奇且改變思想的動畫圖（這段四十八秒鐘的動畫圖出現於此演講的第四分零五秒處）。

不是人人都能像羅斯林這般高明地用視覺工具來解說，但至少人人可以自問：**為了解釋我想**

說的東西，視覺工具是必要的嗎？若是，我該如何把它們和我的口語內容做出最佳搭配，使它們結合起來產生優異效果？

趣味！

視覺工具有個常被忽視的功效：賦予一場演講極大的美學吸引力。

有件事令我很詫異：視覺藝術家常侷限自己，只展示他們作品的一小部分。在演講中，概念性質的東西，其數量應該有所限制，至於影像性質的東西，就不需要太過限制了。很多人之所以犯這個錯，是因爲他們以爲必須解說每一個影像，其實不需要。若你邀請了一群重要觀衆到你的龐大展覽廳參觀你的作品，但你的時間只夠聚焦於其中一個展覽室，你仍然會先帶領他們快速巡過其餘展覽室，以使他們了解你的更廣大作品。就影像來說，五秒鐘的瀏覽，就算沒有任何言詞解說，也能產生效果。既然能夠如此容易地提供這種禮物給聽衆，何必有所保留呢？

有種種方式可資架構帶給聽衆視覺享受的演講，縱使演講主題本身較生硬或不怎麼美麗，也能顯著提升聽衆的趣味感。

設計師暨TED研究會員露西．麥瑞（Lucy McRae）在其TED演講中，放進數十段有趣、華麗的影像和影片，它們本身全都引發驚奇感，儘管她談的是體味。

同理，圖解形式的演講，若佐以優雅字型、插畫、及（或）特製動畫，可以變得很動人。

這些是一些基本原則，但在使用視覺工具時，魔鬼就在細節裡。我邀請湯姆．瑞利爲我們提供更深入些的指導，在他看來，糟糕的視覺是一大害處。湯姆，接下來交給你了！

湯姆・瑞利寫道：

好的！我們首先來看你將使用的工具。

簡報軟體訣竅

截至二〇一六年，市面上有三種主要的簡報軟體工具：PowerPoint、Keynote、Prezi。PowerPoint 被用得最多，不過，我個人覺得 Keynote 較容易使用，排印格式和製圖也較佳。Prezi（TED 是其早期的投資者之一）提供另一種形式，不同於 PowerPoint 一張接著一張播放投影片的線性方式，Perzi 讓你可以在二維的投影螢幕上游動，拉近拉遠地聚焦於你的重點。

現今的多數投影機和螢幕是現代寬螢幕電視機尺寸 16:9，而非舊型電視機的 4:3 尺寸，但是，簡報軟體以 4:3 形式開啓，你必須立即改變爲 16:9 形式，除非你的演講主辦單位仍然使用 4:3 型的投影機。

別使用軟體內建的項目符號、文字、破折號等等範本，那樣會使你的簡報看起來和其他人的簡報一樣，況且，內建範本會形成限制束縛。我建議你從完全空白的投影片開始製作，若要展示很多相片，請用黑色背景，在螢幕上，投影片的黑色背景會消失，你的相片將跳脫出來。

多數相片應該以「全出血」（full bleed）格式展示，這不是恐怖片用詞，而是一個行之有年的印刷名詞，指的是影像涵蓋全螢幕，沒有邊緣或邊框。連續播放三張全出血格式相片，勝過把三張相片擠在一張投影片上。相片通常仍以 4:3 格式拍攝，因此，若你想在展示相片時不切頭切底，你應該把相片放在黑色背景的投影片上，這樣就會留下不唐突的左右兩邊黑邊。

關於相片解析度：使用盡可能最高解析度的相片，以避免投影於大螢幕時產生惱人的像素化（pixelation，影像模糊化）。解析度愈高愈好，絕對沒有「解析度過高」這種問題，除非是導致軟體速度慢下來。

字型／字樣

通常，每場簡報／演講最好只使用一種字樣（typeface），一些字樣比其他字樣更合適。我們通常建議使用粗細中度的無襯線字型，例如 Helvetica 或 Arial，但別使用過細的字型，因為讀起來吃力，尤其是在黑色背景上，不易看清楚。若有疑問，以簡單為原則。

字體大小

小字體會導致觀眾閱讀吃力，在多數情況下，請使用二十四 P 或更大的字體。每場簡報／演講，你選擇的字樣大小至多不要超過三種，每一種字體大小應該有其使用理由，大型字體用於表頭／標題，中型字體用於你的核心概念，小型字體用以說明概念。

相片中文字背景

若你打算在相片中放進文字，務必放在觀眾能清楚閱讀之處。若相片內容太熱鬧，無法直接放進文字，可以在底部加上一個小黑條，用反白字體寫在這黑條內。

文字顏色

關於這項，原則是：**簡單，對比**。白底襯黑字，白底襯深色字，黑底襯白或黃字，這些看起來都很好，因為它們形成強烈對比，容易閱讀。原則上，每場簡報／演講只使用一種文字顏色，除非你想展現強調或驚訝。絕對不要在淺色背景上使用淺色字體，或是在深色背景上使用深色字體，例如在黃底淺藍字，或黑底紅字，這些讀起來都很吃力。

視認性

選擇了字型及顏色後，在你的電腦螢幕上觀看你的簡報，或者，更好的方法是在電視機或投影機螢幕上觀看，站在離螢幕六至十二英尺遠的地方觀看。你能不能看清楚螢幕上的所有東西？相片看起來清晰，沒有像素化？若看起來不清晰，就得調整。

別做的事

- 「子彈」（bullet，條列格式的項目符號）是《教父》（*The Godfather*）裡用的東西，盡全力避免使用。
- 「短跑競賽」（dash，破折號）是奧運項目，別放在文字的開頭。

- 別使用底線（underline）或斜體字，它們讀起來太吃力。粗體字則無妨。
- 有時候，下拉式陰影（drop shadow）可改善視認性，尤其是使用於相片上方加入的字，但謹慎節制地使用這種陰影效果。
- 別在同一行字上使用多種文字效果，看起來只會更糟。

解釋與圖表

使用構件（builds）功能——亦即透過一系列點選，逐步爲一張投影片加入文字及影像，每增加一個部分，就解釋此部分的方式，使人們一次只聚焦於一個概念。讓你的聽衆有足夠時間消化每一步，每一步別加入太多資訊於投影片上，聽衆會招架不住。

註明相片出處

在科學界，註明每張投影片上每張相片的來源，這點尤其重要。但最好別使用大字體標示這些引用註明，以免把聽衆目光從投影片內容吸走。若所有影像出處相同，例如全都取自《國家地理》（*National Geographic*）雜誌，你可以大聲地感謝《國家地理》雜誌，或是加入一張投影片，寫道：「所有相片皆出自《國家地理》雜誌」，這樣，你就不用在每張投影片上重複註明了。

若你需要註明相片來源，應該置於每張投影片的相同位置，使用相同字型、相同大小的字體（字體不大於十 P）、相同文體。原則上，這類註明應力求精簡，例如「Photo Credit: Augustin Alvarez, Ames Research Center, NASA, Mountain View, CA」可以精簡爲「Augustin Alvarez, NASA」。請注意，一些版權所有人，例如博物館，可能拒絕以精簡形式標示其功勞，但你不妨詢問。我通常用反白字標示這類註明，並且旋轉九十度，以直行方式放置於投影片的右邊。事前詢問你的朋友，這些註明是否會導致目光焦點從影像本身移開？若會的話，那就代表這些註明太顯眼了。

你及你的團隊的照片

展示一張你在你的工作環境中的照片，是不錯的做法，例如實驗室、叢林地、大型強子對撞器（Large Hadron Collider）等等，但別多於一張，除非有理由。探險家班．桑德斯的演講敘述他的北極和南極探險之旅，爲敘述這些故事，他的身影出現於多數相片中，自然有其必要。此外，還有一整支團隊的人不屈不撓地協助，使桑德斯的探險得以成功，但展示他們的相片將會導致聽衆的焦點移開主軸故事。我們了解你想展示你的團隊的相片，和他們分享功勞，尤其是在以年鑑風格地編纂個人，但是，這對你而言重要，對聽衆並不重要。因此，別這麼做，若你一定要放一張團隊照片，請展示自然的合照，並且最好在背景說明部分描述你的團隊。

影片

爲展示你的作品及思想，影片往往是很棒的工具，但每段剪輯影片應該盡可能不超過三十秒，一場十八分鐘的演講，不要超過二至四段影片，除非你的作品絕對仰賴影片展示形式。最理想的是：㈠影片拍攝的是你的作品或工作，版權屬於你，而非擷取自他人的影片，例如《星際大戰》（*Star Wars*）片斷；㈡影片可資解說無法用靜態影像解說的東西；㈢影片製作精良（高清晰度，燈光好，音效佳）。影片若製作得很差，聽眾會一直想著它的糟糕品質，較少去想影片的內容。影片應該自然且原眞，不是由你的公關部門製作，或是配上誇張的錄音音樂。**建議**你：工作時，把整個過程和所有東西都錄影下來，日後也許能派上用場，縱使你不知道何時。TED 投資於拍攝高品質影片和相片，隨著歲月流逝，它們的價值只會變得更高。

你可以在你的簡報／演講中嵌入一段影片，但在上臺前，記得和 A/V 小組聯繫，確保順暢運作。

過場

這對許多演講人而言是個可怕的流沙，基本原則是：避免使用近乎所有的過場（transitions）效果功能。微光、火花、五彩碎紙、扭轉、曬衣繩、旋轉、方塊、縮放、交換、飛鉤、火爆、降落、彈出這些全都是 Keynote 軟體提供的投影片過場效果選項，我從未使用過它們當中的任何一個，除非是爲了幽默或諷刺。這些是耍花招，導致輕忽你的簡報主題內容本身，反倒聚焦於軟體的功能與技巧。不過，我倒是喜歡兩種過場：無（過場效果中的「none」選項，亦即瞬間從一張投影片切換至另一張，就像影片編輯）；從不同顏色淡出淡入（dissolve）。當你想要點選的投影片立即顯現時，「無」（或直接切換）過場效果是一個好選擇；至於「從不同顏色淡出淡入」，若把間隔時間設定在少於半秒內，看起來就很自然。這兩種選擇甚至有其潛意識的意義：選擇直接切換，意味著你切換至一個新概念；使用「從不同顏色淡出淡入」，代表這兩張投影片有某種程度的關聯性。這不是硬性規定，但很穩當。你可以在同一場簡報中使用直接切換和淡出淡入，但若沒有使用過場的理由，就別使用。總結而言，過場本身不該引起注意。

運送檔案

把你的簡報／演講內容傳送給你的主辦單位，另外，把你的全部簡報／演講內容和你的影片分開儲存於一個USB，也把你使用的字型包含在內，此USB隨身攜帶至會場。就算我已經事先把演講內容送至會場，我仍然會隨身攜帶，以備萬一。一個重要的提醒：在透過網際網路傳送或拷貝至USB之前，把所有檔案儲存在一個資料夾裡，再把此資料夾壓縮成一個.zip檔，這可以確保Keynote或PowerPoint軟體把你的簡報的所有資料收集於一處。每支影片應清楚標示，包含其位置，例如：「Siobhan Stephens投影片12：影片：Moth Emerges from Cocoon」。

版權

你使用的相片、影片、音樂、及任何特殊字型，都必須取得合法授權，或它們屬於創用CC（Creative Commons）授權，或它們是無保留供自由使用的。使用你自己的作品，最容易且最好，舉例而言，若你要在現場演講及線上演講使用惠妮．休士頓（Whitney Houston）的一首歌曲，可能得花數千美元取得授權。

測試

測試有兩種：對人進行測試；技術層面的測試。首先是對人進行測試，我建議找不屬於你的領域的家人或朋友進行你的簡報／演講測試，尤其是投影片部分。結束後，詢問他們了解了什麼，不了解什麼，以及他們是否有其他的疑問。這種測試極爲重要，尤其是很技術性質或抽象性質的簡報／演講主題。

技術層面的測試也同等重要。我花三十五美元購買了一個肯辛頓（Kensington）無線遙控器，插入我的電腦的ＵＳＢ槽後，就可以如同我在演講臺上那樣點選投影片。你應該測試看看投影片是否利落清晰？過場是否夠快？字型是否正確？影片是否順暢播放？有無任何技術性的小毛病？多加測試你的演講，可幫助你知道這些技術面的東西是否可靠。

事前一定要詢問主辦單位，屆時將使用哪種電腦來展示你的簡報，是否可以使用相同於你製作時使用的程式及字型來展示。倘若主辦單位使用的軟體相同於你使用的軟體，記得詢問他們使用的是什麼版本。

你務必使用最新版本的軟體，因爲主辦單位通常使用最新版本，若要在現場從一種版本轉換成另一種版本，將相當緊張，有時需要做出很多調整技巧。有一回，我在 Mac 電腦上使用 Keynote 軟體製作了一份簡報，主辦單位把這簡報輸入到個人電腦（ＰＣ）上的 PowerPoint 軟體，結果，在排練時，看起來一團糟，我說服他們去取得一臺 Mac 電腦和 Keynote 軟體，一切才運作順暢。

一定要在將用來展示你的投影片和影片的器材上進行測試，確保無誤之後，才上臺簡報或演講。尤其重要的是，請音效人員檢查你簡報或演講會場的音響裝置的音量，尤其是倘若你打算使用其音響系統的話，聽不見或是音量大到驚人，都會讓你很難堪。

請設計師協助

多數人能夠學會製作優良的投影片，但若涉及的利害關係較大，且預算允許的話，務必尋求簡報製圖設計師的協助。請注意，我說的不是隨便任何一位設計師，專長於網路或印刷品設計者未必嫻熟透過投影片表達思想的藝術與文理，因此，你應該先詢問設計師先前的作品。你可以在Behance 及其他網站上找到製圖設計師。

還有以下四個重點：

一、縱使你有一個公司的製圖部門做這項工作，你也應該從一開始就參與，要積極主動，別只是檢視設計師完成的影片，務必親身參與。多數設計師很擅長他們的工作，但他們是在協助你表達你自己，因此，你必須親自參與。

二、倘若你對別人提供的投影片建議感到不妥，你應該相信你的直覺，畢竟，上臺的人是你。

三、我們使用 Skype、電子郵件、Dropbox 等遠距方式和很多設計師合作，運作得很好，因此沒理由要你的設計師就在你近旁。

四、沒必要請昂貴的設計師協助。簡報／演講用的製圖，我喜歡找只有一至十五名員工的小型設計公司，因為這樣可以和其主要的設計師有更多共事。羅德島設計學院（RISD）、藝術中心設計學院（Art Center College of Design）、普瑞特設計學院（Pratt Institute）、藝術學院（The Art Institutes）、庫柏聯盟學院（Cooper Union）、以及世界各地的許多藝術學院，穩定供應學有專精的藝術與設計新近畢業生，你可以用不高的費用取得他們的協助。

版本控管

嚴謹使用版本控管以及 Dropbox 之類的工具來儲存你的所有草稿草圖、字型、相片、影片、及聲音，一個好做法是使用版本編號、你的姓名、場地、以及 TED 會期系列序號（若你知道的話）來寫檔名，例如：「v4trjwTomRiellyPrezTED2016Session11」，開頭的「trjw」指的是最近編輯此檔案的人。**建議你：把版本編號和最近編輯者的姓名首字母放在檔名的開頭，否則，你可能無法輕易辨識什麼是什麼。**檔案每次傳出或收回時，儲存爲有一個新編號的新版本，在和活動的製作組分享 Dropbox 連結之前，在 Dropbox 內建立一個存放舊版本的資料夾，至於最新版本，則儲存於另一個資料夾。在最終版本的檔名開頭或結尾標示「FINAL」。

在設計師開始設計工作之前，若你或某個團隊成員把盡可能多的材料（相片、影片、聲音等）收集整理，儲存於一個資料夾裡傳送給他，他會非常高興。還有，爲了幫助設計師，我有時會建立一個新的 Keynote 檔案，製作一些虛擬投影片，並加入一些說明，例如：**「這張投影片將展示我們試圖保育的一種物種」**；**「這張投影片將展示乾涸的湖床」**等等。

盡你所能地製作愈多這樣的虛擬投影片，把它們整理好後，把這檔案傳送給設計師參考。這等同於製片人貼在牆上的便利貼，幫助他組織他的構想。

最後要強調一點，關於製圖，基本原則是：少即是多。

現在交還給克里斯：

請大家為湯姆鼓掌！

最後，倘若你想看看先進視覺水準的實際運用，以下三位演講人使用的視覺效果令我們很欽佩。

保育攝影師麥克・史東（Mac Stone）在 TEDxUF 研討會上展示的壯麗影像，充分支持其演講主題：「會讓你想要拯救佛羅里達大沼澤地（The Everglades）的相片」。

在 TEDxVancouver 研討會上，傑爾・索普（Jer Thorp）談論清晰資訊圖表的影響力，並以無數例子來證明他的論點。

在 TEDxSydney 研討會上，生醫動畫師朱魯・貝利（Drew Berry）使用令人驚奇的 3D 動畫來顯示我們的細胞中隱藏的運作流程。

決定好要使用什麼視覺工具後，接下來該回到文字部分，想想看，你要如何把它們轉化為實際演講。關於這部分，有兩種迥然不同的方法，而且，世上最出色的演講人對於這點的看法還十分迥異。所幸，我們有法子可以彌合這歧見。

11 腳本
要不要熟背？

在最近的一場 TED 研討會上，我們邀請一位傑出新秀物理學家來談論這個領域值得注意的新發展。他在他任教的大學以出色科學演講人聞名，他開設的課程選修的學生總是爆滿，因爲他有好口才，能把複雜的東西講得淺顯易懂，把晦澀難解的東西講得生動有趣。排練時，他的熱情、口才、及條理令我們驚豔，我非常期待他的精采演出。

開場時，他表現得不錯，在臺上大步走著，說了一個引發好奇、令聽衆期待下文的隱喻。然後……第一個短路出現，他忘詞了，他露出微笑，請聽衆稍等一下，他拿出 iPhone 查看儲存在裡頭的講稿後，繼續說下去。但四十秒後，他又忘詞了，那個隱喻開始令人覺得摸不著頭緒，聽衆搔搔頭，開始爲他緊張，你可以聽出他的聲音變得生硬。他咳嗽，我遞給他一瓶水，似乎起了點幫助……，但實際不然。這場演講以龜速在我們眼前潰毀，如同喜劇演員茱莉亞．史威尼（Julia Sweeney）事後所言，他彷彿消失於他演講中談論的一個黑洞裡。他一再掏出手機查看講稿，後來索性看著手機讀講稿，微笑及熱情全都消失，喝光整瓶水，額頭汗珠冒個不停，聲音聽起來就像噎住了喉嚨，快要窒息了。好不容易講完，聽衆給了他尷尬同情的掌聲。

這是一場研討會演講，但他做夢也沒想到會是這種模樣。

事實上，錯不在他，錯在我。在準備階段時，我鼓勵他把握這次機會，來一場轟動的演講，要他事先精心研擬腳本，多數TED演講人使用這種方法，而且，排練時似乎很不錯。但這不是他的自然演講風格，他曾經在無數課堂上用當下出自他聰穎腦袋的流暢言語，精采地解說過這個主題，我應該請他把這種技巧帶到TED講臺上才對（事實上，他的確帶來這項技巧，正式演講的前一天，他在臺上精采地即席解說物理學的一個重大發展。是腳本毀了他的這場演講）。

演講的準備方式很多，你應該找出適合你的一種，因爲實際站上臺時，就算你事前準備了出色的東西，仍然有一堆可能出錯的狀況，例如：

- 你的語調令聽眾昏昏欲睡。
- 你的演講聽起來像在背誦。
- 還未講完你想講的一半內容，演講時間就沒了。
- 你因為試圖想起投影片和你的講詞該如何搭配而慌張起來。
- 你想播放的影片無法開啟，你的投影片點選器運作不順暢。
- 你沒能和個別聽眾進行目光接觸。
- 你在講臺上感到侷促不安，不知道是該稍稍走動，還是定定地站在一點，於是，你折衷但笨拙地移動雙腳。
- 你說了你以為聽眾會發笑的話，但聽眾沒笑。

- 聽眾在最**不該**笑出來的時候笑了。
- 你期盼聽眾起立鼓掌，但卻只有零星幾人禮貌性地鼓掌。
- 令人最擔心的狀況之一是，你忘了接下來要說什麼，你的腦袋一片空白，整個人僵在那裡。

所幸，只要認眞準備，就能把發生這些危險的可能性減至最低，不過，如上述故事所示，準備工作必須做正確。首先得知道你打算以**怎樣的方式**做你的演講，不同的演講人使用很不同的演講方式，本章嘗試幫助你辨識哪一種演講方式最適合你。

幾年前，TED對其演講方式訂定相當硬性嚴格的規定：**不能設置放講稿的講臺，不能以照本宣科的方式讀講稿**。大體而言，這些規定是有其道理的，那些沒有置稿臺保護、說眞心話的演講人，自然有一定程度的脆弱性，這是最純粹的人與人溝通，最能引起聽眾反應。

但是，作用力有種種形式。若每位演講人都是站在講臺中央，無比清晰地講出完美記憶的講詞，聽眾很快就會感到乏味。一群人參與爲期一週的研討會，令人印象最深刻的演講人往往是演講方式或情況與眾不同的那一個；若每位演講人都不使用置稿臺，只有一位古怪的教授推出一個置稿臺，淘氣地讀他的講稿，很可能，一週研討會結束後，大家最記得的就是他！

其實，最重要的是演講人感到自在、自信，以最能讓他們聚焦於自己熱情所在的方式演講。

我們邀請諾貝爾獎得主丹尼爾．康納曼（Daniel Kahneman）來TED演講時，發現了這點。被譽爲「行爲經濟學之父」的康納曼是非常傑出的思想家，有很多可以改變世界觀的概念。我們原本請他使用傳統的TED演講模式，不使用置稿臺，直接站在空蕩蕩的講臺上演講，若有需要的話，可以寫一些小小的提示卡備用。但是，在排練時，可以明顯看出他很不自在，無法完全記住他要講的內容，因此不斷地停下來，困窘低頭，努力回想。

最後，我問他：「丹尼，你做過無數演講，怎樣的演講方式令你最自在？」他說他喜歡把他的電腦擺在置稿臺上，讓他可以更容易地參考他的筆記。我們便嘗試這種做法，結果，他立即輕鬆自在起來。不過，他查看電腦螢幕的時間和次數稍嫌過多，因此，我們達成一個協議，讓他使用置稿臺，但請他必須盡可能多面向聽眾。實際演講時，他做到了，他的精采演講完全不會令人覺得像在背誦或朗讀講稿，不僅令聽眾有連結感，他也暢所欲言，沒有任何的尷尬困窘。

所以，我們現在已經不對TED演講人施加任何規定了，只是提供建議，幫助演講人找出令他們最自在、最有效的演講方式。

你首先必須做出的重要決定之一是（最好在準備階段之初就做好這個決定），以下兩者，你將採行哪一個：

A 寫出全部講稿（以供讀稿、熟背，或兩者並行）；抑或

B 訂定一個清楚的結構，實際演講時就每一點做出即席發揮。

這兩種策略，各有支持論點。

有腳本的演講

寫出全部講稿的一大好處是，你可以對演講時間做出最佳使用。你很難把你想說的所有東西濃縮於十分鐘、十五分鐘、或十八分鐘，若你的演講內容涉及難以處理的解釋，或是你的說服流程得分多個重要步驟，你可能必須逐字寫下來，雕琢每句每段，以臻完美。寫出腳本的另一個好處是，可以事前與他人分享稿本，我們喜愛演講人在研討會的幾個月前把講稿傳送給我們，讓我們有時間可以提供反饋意見，例如是否有哪些部分可以刪減，哪些部分可能需要進一步解釋。

不過，寫腳本的一大壞處是，除非你屆時在講臺上以適當的方式呈現，否則，演講可能令人覺得不新鮮。讀與說是兩種很不同的體驗，大體而言（當然有例外的情形），聽衆對後者的反應遠較強烈，這點令人費解，若兩者的內容相同，且在座所有人都知道它們都是這位演講人寫的，我們爲何要在意其傳遞方式呢？

或許是因爲人與人之間的溝通是一種即時呈現的動態過程，你說了一些話，我看著你的眼神，下意識地做出判斷：你說這些是認眞的嗎？你對這東西有熱情嗎？你投入且信諾於這東西嗎？身爲聆聽者，除非我確知這些，否則，隨便對你敞開我的心胸，太冒險了。這意味的是，看著某人當場把他的思想說出來（think out loud），這具有相當大的作用力，我們可以感受到你的說服力，看到一個重要思想被指出、辯論、最後成形，令我們感到有趣興奮。我們可以當場感覺到你眞心**認眞看待**你所說的東西，這使我們願意敞開心胸，擁抱這東西。

相反地，當文字是以被讀出的方式傳遞時，可能聽者感覺缺乏人味，冷淡。這有點像是在數位錄放影機（DVR）上觀看一場運動賽事，這場比賽的輸贏已經確定了，縱使我們觀看者不知道輸贏結果，我們的興奮感也遠不如看現場或即時轉播（還有，試想，若我們知道那些DVR裡的賽事評論是賽後加上去的，而且是照稿讀的，不是即時的抒發評論，感覺就更差了。讀稿演講可能令聽眾產生這樣的感覺）。

因此，倘若你選擇事先寫好腳本的方式，你可以採行以下三種主要策略：

一、對講稿內容嫻熟到使你的演講**聽起來**一點也不像事先寫好腳本（下文有進一步討論。）

二、參考你的講稿（擺在置稿臺上，但這置稿臺最好不要遮住你的整個身體；或是瞄視螢幕或信心螢幕〔confidence monitor〕），但在句子之間，記得抬頭和聽眾目光接觸。請注意，我說的是「參考」講稿，不是「讀」稿，你可能把整份腳本擺在你眼前，但切記，讓人覺得你是在使用說話語態，而非讀稿語態，聽眾能夠覺察這兩者的差異。你必須盡可能自然且熱情地講說，賦予字句意義與活力，和聽眾目光接觸，適時露出微笑或其他臉部表情。你必須對講稿內容夠熟悉，以至於你其實只是每隔一、兩句去瞄一下稿子，這當然需要做一些事前的努力，但很值得，而且遠比熟背全部內容要容易得多。

三、把腳本濃縮精簡成條列重點，現場用你的語言去表達每一點。這策略有其挑戰性，參見下一節「無腳本的演講」的討論。

只有兩種情況可以考慮使用讀稿方式：

一、你的演講加入了非常棒的影像或影片，你邊說邊播放它們。在這種情境下，你其實是在為這些影像或影片提供說明，聽眾的注意力擺在螢幕上。攝影師詹姆斯・納奇威（James Nachtwey）的 TED Prize 演講就是採用這種方式。

二、你是個非常出色的作家，聽眾了解他們是在聽一篇文字作品。不過，如下文所述，就算是傑出作家以情感豐富的文詞寫出的稿子，不用讀稿方式，可能還是比較有力。

儘管有上述種種警戒，對多數演講人而言，想要以最有力的方式講述想說的話，最可靠的方法還是事先寫講稿，然後對內容嫻熟到成爲你的一部分。不過，這需要花工夫，對多數人來說，十八分鐘的演講內容可能得花上五、六個小時去熟記，一天花一小時，這麼做上一星期。若你沒有這樣的時間，千萬別嘗試走這條路，以免實際站在講臺上時，拚命想記起講稿，那會很糟。

怎麼個糟法呢？大問題倒不是你可能完全僵住，而是聽衆能看得出你在背誦稿子。當你在努力想起下一句時，他們可能看到你的眼珠子在打轉；更可能的是，他們會注意到你的語調有點單調和機械化，因爲你正聚焦於想起正確的句子，而不是賦予那些句子實質意義。

這是相當不幸的事，你花了一番工夫寫講稿，卻沒能讓它有機會發揮作用。這個問題是可以矯正的，但得做出一些努力。

想像你在觀察一位朋友，他花了一星期左右的時間，試圖熟背他的講稿。你請他每天試著不看稿子，盡他所能地演講一遍，你將會注意到一件奇怪的事：在這過程之初，他的演講相當有說服力（雖然可能有點沒條理），他其實還沒有把講稿背下來，因此，他只是盡其所能地以他規劃的大致順序，說出他想講的資訊。

但幾天後，你注意到一個變化：他已經背下講稿的好些部分，因此，那些部分以有條理的段落呈現，但你感覺這些段落不再像先前那麼有活力了，你感覺到他的緊張，你聽到他說類似這樣的話：**「嗯，讓我們看看……」「等一下……」「讓我重來一遍……」**，或者，你只是聽到他有點機械化地背誦出那些段落。

這些線索透露出這演講是在背誦，不是有意義的講話。我把這個準備階段稱爲**恐怖谷**（uncanny valley），這個名詞借用自電腦動畫的一個現象：動畫技術繪製的人類角色非常逼真，但還未到無法辨識眞假的程度，以致令人毛骨悚然而心生嫌惡，還不如完全沒有逼眞感。倘若你的朋友在講臺上呈現這種狀態，他的演講恐怕會失敗，還不如別採用有腳本的演講，改以寫下七個重點，在講臺上即席就每一點稍加闡述，或是乾脆把講稿帶上臺。

不過，倘若他堅持熟背下去，到了第六或第七天，你將會發現一個令人振奮的變化：他已經嫻熟演講內容了，嫻熟到可以輕鬆地想起內容，於是，他可以把有意識的注意力再度聚焦於字詞的意義。

因此，對於那些打算熟背講稿的演講人，我想說的是：很好，**你正打算盡你所能地做出一場精采的演講，但務必讓自己通過恐怖谷，千萬別陷在那裡。倘若你不願意做到這點，那就別去背**

講稿！

該如何熟記講稿呢？TED演講人使用過種種方法。潘蜜拉·梅伊爾（Pamela Meyer）在其精采的TED演講中談論如何識破謊言，她提供以下建議：

在北卡羅萊納州的航員夏令營（Camp Seafarer），我們必須一邊唱著營歌，一邊涉水，更難的是，在涉水的同時，我們必須用食指比畫出搭配營歌節奏的複雜型態。倘若你在演講的同時，無法做另一種需要使用到心智精力的活動，那就代表你還未完全熟背你的講稿。你能在演講的同時，量出製作布朗尼蛋糕所需要的材料嗎？你能在演講的同時，把你桌上亂七八糟的文件整理歸檔嗎？若你能夠在演講的同時，做需要高度使用你的大腦認知系統的另一件事，你就能在聚焦於講臺演出的同時，把你的講詞說得很好。

觀看潘蜜拉的那場TED演講，你覺得她聽起來像在背誦講稿嗎？不，聽起來自然極了。TED演講人暨聲音藝術家萊夫斯（Rives）贊同潘蜜拉的建議，他說：

當我有時間去背講稿時，我會把它背得滾瓜爛熟，熟到如同一首曲子，在我嘴巴上可快可慢，抑揚頓挫流暢自如，我會一直排練，嫻熟至表演的境界，不需要去記起，達到完全擺脫背誦的程度。我個人熟記講稿的習慣通常是在正式演講前的晚上，在旅館房間裡，打開一個電視訪談節目，把音量調得比平常大聲一點，製造出很大的認知系統干擾，然後（沒騙你），我把一隻腿往後抬高，對著鏡子裡的自己背誦講稿。若過程中，我停止微笑的話，我就會重來一遍；若忘詞而停頓下來，我也會重來一遍。一直到我能夠完全流暢地背誦出整個腳本，我就不會忘記講稿內容了，我的微笑也會自然呈現。

若你常開車，你可以考慮把講稿錄下來（例如，把它讀入你的智慧型手機裡），以低音量播放，試著搶在錄音的一句話還未播完之前，把這句話講完。然後，把錄音內容播放速度加快（多數智慧型手機可以這麼做），再試著搶在錄音句子播完之前講完。最受青睞的TED演講教練之一吉娜．巴內（Gina Barnett）認爲，要訣在於能夠以加快一倍的速度背誦出講詞，當你能夠輕鬆做到這境界時，你就能在正式演講中很自然地以正常速度演講，並且百分之百聚焦於意義上。對於記憶講稿，她還有另一個很棒的洞察：「我告訴人們，練習不會使你做到完美，**練習會使不完美可以過關**，因爲當你很嫻熟某個東西時，你可以臨場應變，不會僵在那兒。」

這是要領：別想成你是在**背誦**講稿，應該**活化**它，表達它。你的唯一目標是達到不需費力記起講稿的境界，使你能用你的舞臺時間向聽衆傳達你的熱情與意義。**你必須令聽衆感覺彷彿這是你首次分享這些思想**。

這是可以做到的，不是每一場演講都值得做出這樣的時間投資，但有些演講值得做出這種時間投資。

關於有腳本的演講，還有另一個重要疑問：你該使用什麼類型的語言？口語，還是書寫式語言？我們在演講中使用的語言很不同於作家使用的語言，演講時用的語言比較直接，沒那麼咬文嚼字。

多數演講教練的建議是，絕對要使用口語，這樣才能在當下說得自然，畢竟，這是**演講**，不是**寫作**。馬丁・路德・金恩在他那場著名演講中並沒說：「我今天帶給各位的是一個生動、強烈、令人永遠記得的願景」，他說的是：「我有一個夢想」。

哈佛心理學教授丹尼爾・吉爾伯建議他的學生，先把他們的講詞錄下來，然後謄寫講詞，把它當成演講的初稿。爲什麼呢？他解釋：「因爲人們在寫東西時，使用的往往是沒人會在自然講話中使用的那些文字、片語、句子結構、及節奏。因此，若你先寫腳本，再把它修改成演講用版本，基本上，這是試圖把一種溝通形式轉變成另一種，你的這種鍊金過程很可能會失敗。」

也有很多演講人認爲，「寫」講稿的最佳方法是大聲講上好幾遍。

不過，到底哪一種方法才正確，答案是：別太墨守成規。優異的作家也能做出不一樣的演講，使用的是預先寫好的優雅語言。

來看看作家安德魯・所羅門在二〇一四年TED研討會上的感人演講節錄：

我們並不尋求鑿開我們身分識別的痛苦經驗，但我們在痛苦經驗中尋找我們的身分識別。我們無法忍受沒道理的折磨，但我們可以忍受極大的痛苦，若我們相信這痛苦是有目的的、有意義的話。順境在我們身上留下的印記比逆境來得淺，沒有喜樂之事，我們還是可以做自己，但沒有那些驅使我們去尋求意義的不幸逆境，我們就發掘不出真正的自己。

所羅門是個傑出的作家，從這段文字即可看出。這是通常會出現於書籍或雜誌報導中的語言，不是你和朋友在酒吧裡進行一對一交談時會使用的語言，從這當中的遣詞就可以看出，例如**鑿開**（hew）、**折磨**（torment）。這是優秀的文筆，但也是刻意要讓聽眾聽到原原本本的用詞，儘管他講的是預擬的講稿，但其用字遣詞令我們覺得置身於一位巧匠之手，我們**想要**他的這場演講有預寫的腳本（順便一提的是，安德魯告訴我，他在酒吧裡和朋友交談時，**就是**使用這些語言，我真希望我是個旁聽者）。

像安德魯這樣的演講是可以照本宣科的，或許，這樣的演講就**應該**照本宣科。但若你選擇走這條路，就算你是非常優秀的作家，也請你展現對聽眾的尊重，務必**嫻熟你的腳本**，嫻熟到你仍然能夠讓聽眾有**現場感**，賦予每句話意義與生命，經常抬頭和聽眾目光接觸。還有，若你想在接近演講結束時增添一個強力影響，可以考慮拋開你的腳本，離開置稿臺，拋開你的提示便條，走到臺前，用肺腑之言說結語。

無腳本的演講

「無腳本的演講」涵蓋的範圍很廣，從即興演出，到複雜準備與架構、伴隨大量視覺工具的演講。它們的共通點是，在實際演出時，你不會試圖去記起某個預寫的句子，你會思考題材，找最佳字眼來表達你要講的這個東西。你至多只有一套提示便條，指引你這場演講的主要元素。

關於無腳本的演講，有很多要談的。這種演講方式可以令人感到新鮮、生動、真實，彷彿你當場把你的思想說出來。倘若這是令你感到最自在的演講方式，並且你很嫻熟你的演講材料，這或許是你的最佳選擇。

但請務必區別**無腳本**和**無準備**，對於重要的演講，後者是不可原諒的。不幸的是，很多無腳本的演講產生了思慮不周的解說、沒有條理的推論、遺漏重要元素、漫談而超出演講時間。

該如何為無腳本的演講做準備呢？這高度取決於你打算帶領聽衆來一趟怎樣的旅程。以單一一個故事來架構的演講明顯較為容易，若你是想建立一個複雜的解釋或有微妙差異的論點，那就比較麻煩。但準備流程的重點是回到把演講視為一趟旅程的這個比喻，思考這趟旅程的每一步是什麼模樣，最起碼，每一步的標記可以作為你的條列點或腦海裡的筆記。

你也需要一個策略來避開這種方法的下列常見的潛在危險：

一、**你在現場突然間無法找到合適的字詞來解釋一個重要概念**。避免發生這種情形的方法是：大聲演練旅程每一步的幾種版本，直到你有信心你已經在腦海中釐清了每一步。

二、**遺漏了重要的東西**。你或許需要思考從這一步要如何切換到下一步，使整個順序自然流暢。或許，你必須熟記這些切換詞，或是把它們加入你的提示便條中。

三、**超出你的演講時間**。這種情形令研討會主辦者及安排在你後面的演講人很傷腦筋，也可能令聽衆招架不住，別這麼做。避免方法是：A、事前演練幾次，以確定你真的能夠在時間限制內講完你想講的內容，倘若不能的話，你必須刪減內容；B、演練時，注意時間，必須知道在演講時間過半時，你必須講到何處了；C、準備的演講內容不要超過你的演講時間限制的九〇％。

許多演講人犯的一個錯誤是使用投影片作爲他們的依靠支柱，最糟糕的形式是，一系列呈現內容和條列點的枯燥投影片，演講人拗口地念出這些內容。多數人現在已經知道這是很糟糕的演講方式，因爲聽眾已經在投影片上看到那些字，再從你的嘴巴說出，已經沒有力量了。這是已經廣爲周知的問題，不是新聞了。

架構得宜的投影片能夠提升你對演講順暢度的信心，但這必須做得很巧妙，舉例而言，你可以用一張投影片來把你的演講內容的每一個元素連結到你的主題上。倘若你突然卡住了，先推進到下一張投影片，這樣應該可以讓你重返軌道，但要強調的是，這不是理想的做法。巧妙的投影片過場時機可以爲演講增添很多影響力，而且，你應該盡可能在展示投影片之前來個眉幕暗示，舉例而言，先說：「這就把我們帶往未來城市（然後呈現投影片）」，相較於先呈現投影片，然後說：「啊，對了，我接下來想談談未來的城市」，前者顯然更優。

坦白說，手寫一疊提示卡的老方法仍然是讓你順暢前進的合適方法。在這些提示卡上寫下一些關鍵詞或句子，幫助你過場至下一步。

演講人必須了解一點，聽眾其實一點也不介意你停頓片刻，思考一下，你可能會覺得些許不安，但他們並不會，因此，你可以對此放輕鬆。明星級DJ馬克・朗森（Mark Ronson）在二〇一四年TED研討會上演講時，就高明地應付這種境況，他在某個時點突然卡住了，但他只是面露微笑，走去拿瓶水，喝一口，告訴聽眾，這是他的記憶支柱，然後，他瞄一瞄他的筆記，再喝口水，等到他繼續演講時，聽眾更喜歡他了。

熟背講稿，抑或有準備的無腳本現場演講，何者爲佳，TED演講人的看法很分歧。

作家伊莉莎白．吉爾伯堅決信奉熟記講稿，她說：

我總是熟背我的講稿，或至少盡我所能地接近充分熟背。熟背使我感到自在安心，即席演講令我感覺混亂無序且脆弱。縱使是我們這些喜歡做公開演講的人，也免不了擔心臨場突然出現腦袋空白的情形，但若我努力熟背講稿，使它變成就像一首詩或一首歌曲，那麼，縱使我的意識腦袋突然一片空白，我仍然能站在講臺上背出講詞。我寧願冒著可能令聽眾覺得我像在背誦記憶的險，也不願令聽眾感覺我好像迷失了，或是感覺我沒有做規劃準備，或是感覺我搞不清楚自己在說什麼。我第一次TED演講時，緊張焦慮到不行，頭五分鐘，我的意識腦袋完全癱瘓，不能運作，所幸，我的深腦記憶和我的嘴巴還管用，講詞就如同我排練時那般傾瀉而出。隨著時間過去，我恢復了熟悉的演講習慣後，便漸漸放鬆，暖甦，到了中場，我已經感到很自在，能夠稍稍即興而講了。但嚴謹的熟背使我在開場的緊張狀態下保持穩當，因此，我把熟背視為就像士兵的作戰訓練，當真的上了瞬息萬變的戰場時，你必須靠本能直覺運作，不能靠有意識的思考。

音樂人亞曼達．帕爾默贊同吉爾伯的看法，她說：

我是個即席而作的能手，但演講不是即席而作的場合，尤其是像TED這種嚴格限制時間的演講場合。我曾經考慮預留一些空間，讓自己稍稍即興而談，但當我寫稿、重寫、演練時，我發現，倘若我預先寫稿並熟記，把四十秒鐘的即興而談縮減為五秒鐘，當成調節劑，我的演講可以傳達更多意義。

潘蜜拉．梅伊爾告訴我，寫講稿的理由是讓你確保每一句都重要：

你知道，有時候，你做一場演講時，你喜愛其中部分內容勝過其他內容的情形嗎？你必須做到每一句講詞都愛的境界，因此，你得檢視你的腳本和投影片，思考：「這一句有助於傳達我的訊息嗎？這一句有趣嗎？真的很有趣嗎？我喜愛這句嗎？」如此檢驗每個句子和每張投影片，若有任何一個落入「或許」堆，都該刪除。

但薩爾曼．可汗持不同看法，他說：

比起逐字逐句無誤地說，遠不如相信你現場說的話來得更具影響力。我個人總是重點條列我想講的東西，然後現場用我的自然語言傳達這些思想，就像我在晚餐桌上對朋友說話那樣。要領是你的心智保持聚焦於這些思想，用言語自然地表達出來。聽眾看得出來你是在思考著你所說的話，抑或只是在背出你熟記的腳本。

史蒂芬．強生贊同可汗的觀點，他說：

在我的所有TED演講中，我很刻意不去背記講詞，就是因為聽眾能夠很清楚聽得出來你是不是在講背記的內容，這會喪失現場演講的自然互動性。背記式演講的另一個問題是，萬一失敗，會敗得很慘。若你參照大綱，即席而談，就算稍有閃失，忘了一小段，除了你自己，幾乎不會有人注意到。但若你講的是背記的內容，突然腦袋空白，你很可能僵在那裡，無法繼續下去，就像你腦袋裡的提詞裝置卡住了。

舉世最具才華的演講人之一肯恩．羅賓森爵士也屬於是這個陣營，他告訴我，他那場談創造力的轟動演講中有幾個部分是當場即興之作。羅賓森說：

> 演講人應該採行能讓他們在臺上自在、幫助他們放鬆的做法，若熟背方式能幫助他們，那他們就應該採用這種方式，但這種方式對我而言行不通。在演講時，我的優先要務之一是和聽眾建立親近關係，為此，我需要即興而作的空間。不論是面對十名還是一萬名聽眾，不論是討論會還是大集會，我都覺得必須是和他們交心而談（talk with），並且原真地這麼做，而不是自顧自地對他們大發議論（talk at）。不過，我會事前做仔細規劃。走上講臺時，我知道在下臺之前，我要說些什麼。但我也想和今天在座的人貼心、連結，不管我以前做過多少演講，今天的聽眾總是新的、不同的一群。

丹尼爾．吉爾伯認爲，不應該在這兩種演講方式當中擇其一，他會先寫講稿（小心地使用口

語），他說：

但實際站在演講臺上時，我不會嚴謹地照著腳本來，那麼，我為何要先寫腳本呢？因為在寫腳本時，你才能發現哪裡有漏洞！一場精采的演講是用腳本**和**即席而作堆砌出來的，就像精采的爵士樂演奏：第一，開場和結尾總是完全照腳本來；其次，在開始演奏前，就已經完全決定了大致結構；但第三，爵士樂有趣且迷人之處在於，表演當中總是有某個點（或幾個點）是演奏者不照腳本來，即興地創作貼切當時現場這群聽眾心情的曲調。演奏者可以用片斷這麼做，但他必須知道何時返回原軌，也必須知道原軌在哪裡。完全即席而作的演講就像自由爵士樂（free jazz），幾乎每次發生時都惹人厭。完全照腳本來的演講就像古典音樂會，複雜、精細、深沉、無瑕地演奏，但往往太可預期而導致聽眾昏昏欲睡，因為他們打從一開始就知道，不會有什麼驚奇出現。

廣告業泰斗羅利．蘇德蘭（Rory Sutherland）**也建議結合兩者之最：**

我記得應該是邱吉爾說過這句話：「排練你的即席演說」，或者至少在你的演講中留有一些選擇性空間。倘若演講時，從頭到尾都按照完美的順序步伐來，固然是在條理方面得分，但可能令聽眾感覺彷彿他們做了一場強行軍，而不是一趟愉悅的散步。

事實是，多數的TED演講人事前寫下整個講稿，並且熟記，但他們盡全力避免聽起來像在背講稿。倘若你有時間這麼做，並且努力通過機器人似的恐怖谷，或許最能讓你暢所欲言，且避開記背式演講的常見陷阱。但若是你沒有時間把腳本熟背到猶如你的第二天性般自然，或是你已經知道這種方式不適合你，不會讓你做出精采演講，那就千萬別走這條路。

重點在於找到可以使你感覺有信心的方式，並採行這種方式。

若你感到有點為難，不知如何抉擇，給你一個好消息：當你開始排練時，這兩種方式的差異就會開始淡化。兩種方式的起始點或許不同，但最終都會是一場細心準備、熱情演出的演講。

12 預演
且慢，我需要排練？

不論你決定採行哪一種演講形式，都可以使用一個很簡單、很明顯的工具來改進你的演講，但這是多數演講人鮮少使用的工具：**排練，重複排練**。

音樂人在上場演出前排練，演員在劇院開門迎接付費觀眾前不斷排練，公開演講的利害性可能不亞於、甚至高於任何音樂會或戲劇演出，但許多演講人似乎認爲他們不需排練，走上臺就可一次做好。於是，就這樣，一而再再而三地，數百或上千的聽衆必須忍受無數分鐘的不必要痛苦，只因爲一個人（演講人）未做好準備。這是很可恥的事。

近代最傑出的企業溝通者史帝夫·賈伯斯（Steve Jobs）可不是僅靠天賦做到此境界的，每一場重大蘋果產品推出說明會前，他總是花很多小時做嚴謹的排練，對每個細節一絲不苟。

絕大多數非常精采轟動的TED演講，其成功全是因爲演講人事前花費很多時間做準備及演練。吉兒·泰勒（Jill Bolte Taylor）二〇〇八年談論她中風的TED演講在網際網路上爆紅，她告訴我：

我事前練習了幾百小時，一練再練，連睡醒時，都會發現自己在背誦講稿。由於這些內容對我而言情緒太深刻了，我每次分享這個故事時，猶如再歷經一次那天早上的中風情境。也因為我的情緒是原真的，因此，聽眾感受到這個故事的原真性，我們一起走了這趟旅程。

幹細胞科學家蘇珊．所羅門（Susan Solomon）也同樣極爲相信事前排練的功效，她說：

到了正式上臺時，你應該已經排練過很多次，以至於你感覺彷彿在睡覺中、在任何聽眾面前都能做到。在朋友面前演練，自己演練，閉上眼睛演練，在庭院中散步時演練，坐在書桌前不看講稿演練。還有，切記在演練中要包含你的視覺工具，因為使用它們的時間點很重要。

瑞秋．波斯曼（Rachel Botsman）說，你應該慎選你的演練對象：

你應該在對你的工作一無所知的人面前演練，我就犯了一個錯，找那些對我及我的工作很熟悉的人作為演練對象。最好的反饋意見，來自那些能夠說出你的演講內容中哪裡和聽眾有鴻溝或你在何處假設聽眾知道 x、y、z 的人。

自稱內向之人的蘇珊．坎恩（Susan Cain）歸功她的排練聽眾使她的演講明顯改進：

我謹記TED的建議：倘若妳要背記妳的講稿，務必滾瓜爛熟到講詞可以很自然地說出口。光是在鏡子前或遛狗時練習還不夠，使用真正的講臺，對至少一名聽眾演練。我演講前的星期五晚上，華頓商學院教授亞當・格蘭特（Adam Grant）召集了他的三十名優秀學生和校友當聽眾，讓我對著他們排練我的演講。他們的反饋意見太精闢了，因此，我整晚熬夜重寫講稿最後三分之一的內容，然後，我必須利用那星期剩下的時間重新背記講稿。我不建議像這樣等到最後一刻！但我建議找一群真人聽眾以及像亞當這麼睿智的朋友當演練對象。

但令人驚訝的是這個：就連不信奉事先撰寫及熟背講稿的演講人也非常強調排練的重要性。

教育改革家薩爾曼・可汗說：

在你的臥室裡演練演講至少五次，解說核心概念。縱使你中途講得混亂了，或是忘了什麼，仍要強迫自己把這一輪講完，而且一定要計時。在我看來，演練的主要好處不是背記內容，而是使你變得從容自在，不那麼緊張。身為演講人的你自信且輕鬆，其他人也會較愉快。

科學作家瑪麗・羅奇的看法相同：

我的演講沒有逐字逐句寫下來或背下來，但我有演練至少二十五次，使用十張筆記卡和一個計時器。從這些重複演練，自然就會發展出非刻意的背記，我想，這就是你要追求的，熟背令你感到較安心，但有一點風險是好事，擔心也會帶來能量，保持一些擔心是有益的。

重點之一是**非刻意的背記**這句話，倘若你演練得夠多，你可能會發現你從中得知了最適合你的演講形式。克雷・薛基（Clay Shirky）來TED辦公室講論愈演愈烈的版權立法議題，我很驚訝他能夠在既沒腳本、也不使用備忘筆記之下，如此流暢講述這麼複雜的東西，我問他是如何做到的，答案是：重複演練。但其實是演練**創作**出他的演講，他解釋如下：

> 隆恩・瓦夫特（Ron Vawter）是我認識的演員中最優異的一個，有一次我聽到他回答一個有關於他的排練技巧的提問，他回答：「我只不過是把臺詞說得夠多遍，使它們聽起來就像我自己說的話。」我就是這麼做，我用演講來準備演講，我從一個基本概念開始，思考一、兩句前言，然後想像自己在對關心這個概念的人解說。
>
> 如此演練演講，一開始是感覺一下哪些內容合適，哪些不合適。那場TED演講內容，我原本除了電視產業之外，其他媒體產業存在的稀有性都談一點，但我一直感覺這樣硬塞不太對，便決定不要這麼做。一段時間後，演練開始聚焦於調整步速及時間。到了最後，我演練的是過場，投影片當然是有幫助，但演練過場特別重要，你必須讓聽眾可以從你的聲音聽出你何時在強調一個概念，何時是在改變題材。
>
> 準備演講時，我總是寫筆記，但從不寫講稿，演講不該令聽眾覺得你在讀講稿。我寫出

一張戲劇界人士稱之為「beats」的項目清單：先是《數位千禧年著作權法》（DMCA），然後是《制止線上盜版法》（SOPA），然後是網域名稱系統封鎖（DNS Blocking）等等。我在正式上臺前列出這些 beats 清單，作為最後一次回憶釐清。

把坎恩、可汗、羅奇、和薛基等人的建議結合起來，可以看出熟背式演講和現場即席式演講這兩者的差別開始淡化。當演講人把講稿背到滾瓜爛熟時，他們對內容已經熟知到可以使他們聚精會神於他們對這些想傳達的思想的**熱情**上。當即席式演講已經被演練了夠多次後，演講人知道他們應該走什麼軌跡，他們會發現，許多最有力的詞句已經烙印在他們的腦海裡。

這麼一來，我們談的就不是兩種不同的**發表**演講方式了，而是兩種不同的**建構**演講方式，有些人先寫腳本，其他人則是條列重點，但演練過程使這兩者變得更相近。兩種方式的目標都是精心建構演講內容，以現場聚焦方式發表。

你或許會說，你討厭排練過的演講，不論演講人把演講表現得多麼自然，你總是能看出他是否事前經過排練。**演講就應該新鮮、獨特、即席活現！**

我知道，也許有少數演講人可以做到這點，他們憑藉累積了一輩子的經驗，以及（或是）不凡的建構內容與現場聚焦能力。但對我們多數人來說，以「新鮮」方式發表演講，得付出可怕代價：缺乏聚焦，遺漏重點，不夠明晰，超出演講時間等等，我真的不建議這種方法。倘若一場演講令聽眾感覺聽起來像事前經過排練，問題絕不在於排練**過多**，而是排練**太少**，演講人還陷在「恐怖谷」中。

不過，我們得承認，排練是辛苦的事，令人有壓力，就算是在你的臥室裡大聲演練，也不容易。一些演講可能令你覺得不值得花時間這麼做，在這種情況下，你的最佳選擇是帶著條列重點備忘錄上臺，或是帶著講稿上臺，但盡可能多抬頭和聽眾目光接觸。但是，對於重要的演講，你眞的必須忍受這種辛苦，做事前排練，以減輕正式上臺時的緊張，這對你及聽眾都有益。而且，在排練過程中，壓力會漸漸被信心取代，然後被興奮感取代。

作家翠西．薛佛里爾（Tracy Chevalier）克服她對排練的嫌惡，發現排練眞的對演講有幫助：

> TED研討會組織人員很重視排練，他們叫我演練的次數太頻繁了，弄得我很惱怒，我做過許多公開演講，從未練習得如同TED所期望的那麼頻繁。但最終，我還是做了演練，而且感到很滿意。多數演講的時間不會限制得這麼緊，我的演講風格通常是談話、點到為止的形式，演練使你發現，多數演講有多麼空洞。演練，計算時機，刪除所有離題的話和不必要的東西。我也發現，大聲演練時，我可以想出好詞句，並記住這些，然後使用它們作為定錨或是降落墊。我沒有背記全部講稿，除非你是演員，否則，背講稿可能使你的演講聽起來很假，但我記住結構和那幾句作為降落墊的語詞，這使得演講更緊湊、更理想。

就連比爾．蓋茲（Bill Gates）這位舉世最忙碌的人之一，也花很多工夫為他的TED演講做出學習與排練。他曾經被認為是個糟糕的演講人，認眞做事前準備後，他改變了人們的印象，在公共衛生、能源、和教育等議題上做出優異演講。

倘若比爾・蓋茲、蘇珊・坎恩、翠西・薛佛里爾、薩爾曼・可汗等人都覺得，值得花時間為重要演講做演練，或許也值得你花時間這麼做吧。

在這些排練過程中或排練後，詢問你的排練聽衆：

- 我是否從一開場就吸引你（你們）的注意力？
- 我是否和你（你們）目光接觸？
- 我的演講是否成功的為你（你們）建立一個新概念？
- 你（你們）是否對這趟旅程的每一步感到滿意？
- 我是否舉了足夠的例子清楚闡釋每一點？
- 我的語氣如何？聽起來像談話（這通常是好現象），還是像在說教（這通常是不好的現象）？
- 我的聲調和步速有沒有足夠的變化？
- 我是否聽起來像在背誦講稿？
- 我的幽默是否自然，抑或有點笨拙？幽默量夠嗎？
- 視覺工具的效果如何？有所幫助，還是妨礙？
- 你（你們）有發現任何令人困擾的特徵嗎？我是否發出嘖嘖聲？吞嚥次數是否太多？是否從臺上的一邊移動到另一邊？是否頻繁使用「you know」或「like」之類的慣用語？
- 我的肢體姿勢自然嗎？

● 我是否準時結束演講？
● 有沒有令你（你們）感到有點乏味的時候？有沒有我可以刪除的內容？

我建議你找個人幫你把這些演練錄到智慧型手機上，讓你可以看看自己的表現，從這些錄影中，你也許可以馬上注意到你自己完全沒覺察的一些你不想呈現的姿態。

最後，我們來談談時間限制。注意時間，這點很重要，尤其是當你是眾多演講人之一時，超出時限就是佔用下一位演講人的時間。不過，注意時間限制，並非只是爲了避免惹惱後面的演講人或活動主辦人員，也是爲了使你的演講有最佳效果。在現今這個瘋狂的注意力經濟時代，人們偏好簡潔有力的內容，對鬆散的內容沒耐性。其實，這並非只是時代現象，歷史上許多最有力的演講言簡意賅，亞伯拉罕·林肯（Abraham Lincoln）的「蓋茲堡演說」（Gettysburg Address）只花兩分鐘出頭，排在他前面的那位演講人講了兩小時，但林肯的簡短演講永傳不朽。

到了正式上臺時，你最不想擔心的事就是時間，爲避免這個問題，用事前排練來調整你的演講。你應該把你的內容刪減至你確定可以遊刃有餘地在時間限制內講完，這樣，才能有時間供聽眾笑，並容許出一、兩個小差錯或干擾。到了上臺那天，若你確知你可以準時講完，你就無需擔心時間問題，可以百分之百聚焦於你應該鎖定的主題：充滿熱情地解說你非常關切的思想。

口語藝術家萊夫斯對此提供一個很好的指引：

你的終點線是你的演講時間乘以零點九，你的腳本和排練內容使用的時間量應該是演講時間限量的十分之九，例如，一小時的演講時間，演講內容量應該是五十四分鐘；十分鐘的演講時間，演講內容量應該是九分鐘；十八分鐘的演講時間，內容量應該是十六分十二秒。這樣，在演講臺上，你就不必去注意時間了，你將有喘息的空間可以調整你的步速，可稍稍暫停，可以出點小差錯，可以用點技巧激起聽眾反應。再者，這麼一來，你的演講內容會更緊湊，勝過那些完全照著時間限制安排節奏的演講人。

現在來總結一下：

- 對於利害性高的演講，事前多次排練很重要，最好是在你信任的人面前排練。
- 重複排練，直到你感覺在演講時間限制下很從容自在，並且堅持要求你的排練聽眾誠實地提供反饋意見。
- 你的事前排練目標，是練習到使演講結構變成如同你的第二天性般習慣且自然，使你正式上臺後可以聚焦於演講內容的意義。

13 開場與結尾

你想製造怎樣的印象？

不論你是否熟背你的講稿，都必須注意你的開場與結尾。演講的一開始，你有約一分鐘時間去引起人們對你要說的東西感興趣。你的結尾方式將顯著影響人們如何記得你的演講。

不論你如何發表演講的其餘部分，我強烈建議你寫下開場白和結語的腳本，並且熟背，這有助於減輕緊張，提高信心，增進演講的影響力。

優異開場的四種方式

聽眾注意力是非常寶貴的商品，剛上臺時是抓住它的契機，別用寒暄閒聊浪費它。你能站在這臺上有多榮幸，或是必須向主辦人的太太致謝，這些並不是那麼重要，重要的是說服聽眾，使他們半秒鐘都移不開注意力。你需要第一時刻就抓住人們注意力的開場：一句令人驚訝的話，一個引人好奇的疑問，一個簡短故事，一幅令人驚奇的影像。

當然，有時候，你可以用一、兩句致謝詞開場，尤其是在有強烈社群感的演講場合。此外，開場時向幾個人致謝，或許也是絕對正確之事，這使你成為社群的一員。不過，倘若你要這麼做，請用非常個人化的方式，最好帶有幽默或真切熱誠。比爾．柯林頓（Bill Clinton）是這方面的高手，他總是找一則個人軼事，令主辦單位感覺很棒，同時又和其餘來賓建立連結。不過，就算在社群場合，你的致謝詞也必須節制，不論什麼場合，一長串名單的乏味致謝絕對會導致聽衆注意力渙散。當你循規蹈矩地開場時，務必有具說服力的起頭。

切記，在我們這個時代，每一片內容都是注意力爭奪戰的一部分，和成千上萬的其他內容爭搶人們的時間與精力。縱使你站在臺上，面對坐著的聽衆時，也不例外，他們口袋裡有強力的分心物，叫作智慧型手機，他們可以用它來召喚上千種場外的其他東西來到他們眼前，一旦電子郵件及簡訊搶走他們的注意力，你的演講可能就註定失敗了。此外，現代人的生活中還有一個潛伏的惡魔——疲勞。這些全都是致命的敵人，絕對別讓聽衆有發呆分心的藉口，你必須當個聰穎的將軍，左右這場戰爭的結果。好的開始是你最重要的武器之一。

尤其是倘若你的演講被錄影下來，放到線上流傳的話，這更爲重要，無數其他的演講、文章、及測驗，一指點選即可入目。若你浪費了你的演講的開場時刻，一大部分線上聽衆還來不及認知到你的演講後面有趣的部分，你就已經失去他們了，這可能左右你的演講將如病毒般流傳，抑或不幸地死寂。

有四種方法可以讓你一開場就奪取聽衆的注意。

一、來點戲劇性

開場白很重要。

因爲出生時醫療程序不當造成腦性癱瘓的喜劇演員梅蓀．薩伊德（Maysoon Zayid）抖動著身體上臺，她的TED演講開場白是：「我不是喝醉了……但接生我的醫生喝醉了。」哇！儘管她的外表出人意料，但我們立即知道我們準備好好享受這場演講，她贏得了在場的每一個眼珠子和每一個腦細胞。

行動激進的廚師傑米．奧利佛（Jamie Oliver）前來TED領獎，他的致詞開場白是：「不幸地，接下來十八分鐘，有四位美國人將因爲他們吃的食物而死亡。」我想，你會想繼續聽下去。

在規劃你的開場白時，用你的演講主軸作爲指引。你要如何用你能想像得到的最誘人方式，來爲你的演講核心思想給個賣關子的眉幕？想想看，若你的這場演講是一部電影或一本小說，將如何開頭？這並非指你必須在開場的句子中塞進戲劇性的東西，所有演講人一上臺一定有片刻的聽衆注意力，但在第一段話結束前，必須給點引起聽衆好奇或興趣的東西。

札克．伊博拉辛（Zak Ebrahim）的二〇一四年TED演講有個動人故事，但在他的原始腳本中，打算如此開場：

> 我在一九八三年出生於賓州匹茲堡，有個慈愛的美國母親和埃及父親，他們竭力為我創造一個快樂的童年。我七歲時，我們的家庭開始起了變化，父親讓我接觸伊斯蘭教的一面，包括多數穆斯林在內，很少人看到伊斯蘭教的這一面。但其實，當人們花時間彼此互動後，不久就會發現，絕大部分時候，我們在生活中全都想要相同的東西。

這樣的開場還OK，但不是很吸引人。我們和札克研商，他把開場白修改成這樣：

一九九〇年十一月五日，一位名為艾爾薩伊德・諾賽爾（El-Sayyid Nosair）的男子走進曼哈頓一間飯店，刺殺猶太保衛聯盟首領梅爾・卡漢尼（Meir Kahane）拉比。諾賽爾起初在這件謀殺案上獲判無罪，但他因其他較輕的指控入獄服刑期間，和同夥開始策劃攻擊紐約市的十幾個地標，包括隧道、猶太教堂、及聯合國總部。所幸，這些計畫被美國聯邦調查局的一名線人阻止。但不幸的是，一九九三年的世貿中心爆炸攻擊還是發生了，諾賽爾最終被判參與此案。艾爾薩伊德・諾賽爾是我的父親。

這段開場白吸引了聽眾的注意力，線上版也一樣，他的這場演講的點閱人次很快就超過兩百萬。

社會學家愛麗絲・高夫曼（Alice Goffman）寄給我們的TED演講初稿開場白如下：

我就讀賓州大學大一時，修了一門社會學課程，這門課要求我們得外出，透過實地親身觀察及參與來研究城市。我在校園的一家餐廳打工，製作三明治和沙拉，我的老闆是個六十多歲的非裔美國女士，她居住在離賓州大學不遠的一個黑人社區。第二年，我開始當她的高一孫女阿伊莎的家教老師。

這是以她的自然方式敘述故事，但到了正式上臺那天，她已經修改成另一個能夠激發聽眾熱情的開場白版本：

在美國小孩長大成人的過程中，有兩個機構擔任監督角色。其一是我們常聽到的：大學。大學有一些缺點，它昂貴，它使年輕人負債；但總的來說，這是條滿不錯的途徑……

我今天想談監督美國小孩長大成人過程的第二種機構，這機構是監獄。

這個聰明的架構方式讓她可以談論並呼籲注意美國的受刑人悲劇：**嘿，他們也可以成為讀大學的孩子。**

當然啦，戲劇性也可能做得過火而適得其反。或許，你可以先和聽衆稍稍建立連結，然後才端上戲劇性震撼彈。還有，絕對不要把你想講的東西過度簡化。不過，只要做對了，這種方法是很富吸引力的演講開場。

二、激發好奇心

我若提供你聽一場有關於寄生蟲的演講，你可能會婉拒，但那是因爲你還沒聽過科學作家楊艾德（Ed Yong）的演講。他的ＴＥＤ演講開場如下：

一群牛羚，一群魚，一群鳥，許多動物喜愛成群結隊，這是自然界最美妙的景象之一。但牠們為何要成群結隊呢？常見的答案包括尋求數量帶來的安全感，或是成群結隊獵捕，或是為了求偶或繁殖。所有這些解釋雖通常正確，但其背後全都有一個關於動物行為的重大假設：認為動物能控管自己的行為，掌控自己的身體。但這通常不是正確的假設。

他接著說明一種蝦子通常習慣獨來獨往，牠們之所以會大量聚集在一起，只有一個原因，那就是牠們的腦部被寄生蟲佔據接管了。這些寄生蟲需要這種蝦子從原本的透明色變成顯眼的紅色，好讓捕食這種蝦子的紅鶴能夠容易地看到牠們，等蝦子被紅鶴吃下肚，寄生蟲便可以在紅鶴的肚子裡繼續其生命週期。不到一分鐘，你的腦子就開始翻筋斗了，**什麼**？自然界眞的能做到這個？你迫切想知道更多，如何做到？爲什麼？這意味什麼？

激發好奇心是你可以確保聽眾聚精會神的最靈活工具。倘若一場演講的目的是要把一個思想灌輸至聽眾腦中，那麼，好奇心就是驅動聽眾活躍參與的燃料。

神經科學家說，疑問創造出一條知識鴻溝，大腦努力想消弭這道鴻溝；因此，聽眾的大腦只能指揮其主人認眞聆聽演講內容，這好極了。

要如何激發好奇心呢？最顯然的方法就是問一個問題，但不是隨便任何一個問題，必須是個令人驚奇或出人意料的問題。

我們如何為所有人打造一個更好的未來呢？這個問題太概括，太陳腔濫調了，我已經膩乏了。

這個銀行戶頭裡只有不到兩百美元的十四歲女孩，如何使她的整個小鎮大步躍至未來？這就是個好問題啦。

有時候，一個小例示就能把一個尚可的疑問變成火力十足的好奇心激發器。來看看哲學家麥克・桑德爾（Michael Sandel）的演講開場：

有個我們必須一起重新思考的問題：在我們的社會中，金錢和市場應該扮演什麼角色？

你已經感興趣了嗎？也許有，也許還沒，但桑德爾繼續：

現在很少有東西是金錢無法買到的。倘若你在加州聖塔芭芭拉被判刑入獄，你應該知道，要是你不喜歡標準規格的牢房，你可以花錢買升級牢房。這是真的。你們認為得花多少錢？猜猜看，五百美元嗎？那裡可不是麗池卡登飯店（Ritz-Carlton），是監獄啊！一晚八十二美元。

如果他開場時提出的那個問題沒能立即吸引你的注意，這個瘋狂的監獄例子則是揭示了何以這個問題可能很重要。

事實上，激發好奇心的演講人通常不會直白地詢問一個問題，至少不會一開始就這麼做。他們只是用一種出人意料的方式去架構一個主題，並啓動好奇心的按鈕。

來看看神經學家拉瑪錢德朗（V. S. Ramachandran）的開場：

我研究人腦，人腦的功能與構造，請各位花個一分鐘想想這東西。這是三磅重的糊狀物，你用一隻手掌就可捧著，但它能凝視浩瀚星空，能思索無垠的含義，能思索它本身正在思索無垠的含義。

你好奇了嗎？我好奇了。同理，天文學家珍娜．李文（Janna Levin）也找到一個方法激發我強烈好奇她的工作：

我想請在座所有人思考一下一個很簡單的事實，很顯然地，我們對宇宙的了解，絕大部分都是來自光。我們可以站在地球上仰望夜空，用肉眼看見星星，太陽照亮我們的周邊視野，我們看到太陽照射月球反射出的光。自從伽利略用那還不精良的望遠鏡觀測天體以來，我們所知道的宇宙都是光穿越了浩瀚悠遠的宇宙史而讓我們獲知的。用我們的現代望遠鏡，我們已經能夠看到這絕妙的宇宙默片——這些回溯至大霹靂時期的快照。但是，宇宙並不是一齣默劇，因為宇宙並非寂靜無聲，我想說服各位相信宇宙有電影配樂，這配樂在太空中自行播放，因為太空能夠像鼓一般地顫動發聲。

好奇心是把你的聽眾吸向你的磁石，若你能有效操縱它，哪怕是艱澀的主題，你也能使它們變成引人入勝的演講。

我所謂「艱澀的主題」，並非只是指高級物理學之類的東西，關於困難課題及志業的演講更爲棘手。若你想提出有關愛滋病病毒或瘧疾或奴役的新概念，你必須知道，人們難以敞開胸懷擁抱這類主題，他們知道某些內容將使他們感到不自在，因此，他們往往會提前停止關注，拿出他們的手機。應付這種問題的一個好方法是先**激發他們的好奇心**。

如前所述，經濟學家愛蜜莉·奧斯特就是用這種方法來處理她探討愛滋病的演講，她沒有叨絮一長串聽衆可能意料之中的可怕情形，而是提出一個疑問：我們認爲我們所知道的關於非洲愛滋病問題的四件事，眞的正確嗎？她播放一張投影片，列出這四件事，它們看起來是正確觀念，但她顯然是要逐一質疑探討它們。就這樣，聽衆大腦中的一個區位啓動運作，她引起了他們的注意。

倘若你的演講主題艱澀，好奇心可能是引起聽衆全神貫注的最有力引擎。

三、秀出引人注目的投影片、影片、或物件

有時候，最佳的開場誘鉤是壯觀、有震撼力、或有趣的相片或影片。

藝術家愛莉莎·梅迪（Alexa Meade）在開場時，秀了一張她的作品的相片，說道：「請更仔細看，這幅畫比你看到的更複雜些，沒錯，這是用壓克力顏料畫出來的一個男人，但我不是在畫布上作畫，我直接畫在這男人身上。」哇！

愛羅拉·哈迪（Elora Hardy）的演講開場是：「我九歲時，媽媽問我想要怎樣的房子，我畫出這夢幻的蘑菇屋」，她秀出一張可愛的童畫，「後來，她眞的蓋了一棟這種模樣的房子」，當她秀出她的母親蓋的竹子屋的相片時，你可以聽到現場聽衆深吸了一口氣。這只是爲愛羅拉展示自己

身爲建築師的作品的一系列出色相片拉開序幕，但瞧她如何快速引起聽衆的注意，才兩句話，他們就已經聚精會神了。

倘若你有好材料，這顯然是個開場的好途徑。與其說：「**我今天想和你們談談我的工作，但首先，我必須向各位說明一些背景……**」不如簡潔、直截了當地說：「**讓我向各位展示一些東西。**」

這種開場方法顯然很適合攝影師、藝術家、建築師、設計師、或是作品基本上爲視覺性質者，但也很適合概念性質的演講。大衛．克里斯提安（David Christian）用十八分鐘探討宇宙史時，他的開場是播放一段打蛋的影片，大約過了十秒鐘，你才發現這影片是個倒帶流程——從打散的蛋倒回還未打散的蛋。他用這有趣的開場影片揭示他的演講內容主軸：宇宙的歷時演進是有方向的，從有序、有結構，漸漸變得更無序、複雜。

壯觀的影像吸引注意，但大震撼通常來自揭示它令人驚訝的一面。科學作家卡爾．齊默（Carl Zimmer）一開場展示一隻扁頭泥蜂（jewel wasp，黃蜂的一種）的漂亮照片，但他接著揭示，這種扁頭泥蜂的維生之道是把蟑螂變成殭屍，把卵下在牠們昏迷的體內（這是又一場探討令人嫌惡的寄生蟲主題、但獲致大成功的TED演講）。

端視你的材料而定，有很多方式可以產生更引人注意的開場。「**你們即將看到的這個影像改變了我的人生**」；「**我將播放一段影片，乍看之下，你們可能會覺得難以置信**」；「**這是我的開場投影片，各位能看出這是什麼東西嗎？**」；「**直到兩個半月前，沒有一個活人敢看這東西一眼**」，這些開場白都能立即抓住聽衆的注意力。

找出一個你感覺合適、吸引人、但也眞切、能提升你本身信心的開場方式。

四、暗示，但別洩漏

有時候，演講人試圖在他們的開場白中放進太多東西，基本上洩漏了他們的演講內容要點。「**我今天要向各位解釋，創業家的成功關鍵是決斷力**」，這是一個値得探討的東西，但如此開宗明義，演講人可能已經失去聽衆的注意力了，他們認爲他們已經知道這次演講的核心要點，就算後面的內容充滿細微入裡的洞察、邏輯、熱情、及說服力，他們也可能不再認眞聆聽。

設若演講人改以如下的開場白：「**接下來幾分鐘，我想揭露我認為創業家的成功關鍵，以及在座任何人可以如何培養這素質，你們可以從我即將敘述的故事中看出線索**」，聽衆大概至少會多給演講人幾分鐘的注意力。

別一開始就把全部洩漏出來，想想怎樣的言詞將引誘聽衆想聽更多。面對不同類型的聽衆，必須使用不同的言詞。小時候，我不是很喜歡被拉去健行，我的父母很努力地嘗試激發聽衆移情作用，但都不成功。他們說：「**我們去健行吧，我們可以看到美麗的山谷景色哦**」，但年僅六歲、體格不強壯的我實在對景色一點也不感興趣，便一路發牢騷。後來，他們學聰明了，採用更巧妙的推銷詞：「**我們帶你去做件樂事，我們去個很特別的地方，在那裡，你可以把紙飛機射向五哩遠的空曠空間。**」我對任何會飛的東西都很著迷，一聽此話，我比他們還快踏出門，但其實還是健行。

你可以把大揭露留在演講半途或最後，在開場白中，你的唯一目標是提供你的聽衆一個走出他們的安逸區、和你來趟發現之旅的理由。

誠如亞伯拉罕（J. J. Abrams）在其探索神祕力量的TED演講中所言，電影《大白鯊》（*Jaws*）的震撼力，有很大部分得歸功於導演史蒂芬．史匹柏（Steven Spielberg）在影片前半段處理鯊魚的方式，你確知牠即將來襲，但牠的遲遲不現身使坐在椅子上的你一直提心弔膽。

在規劃你的演講時，不妨仿效史蒂芬．史匹柏，海洋生物學家愛蒂絲．威德就是這麼做，只不過，幫助她的是另一種海中生物。她的演講談的是她的團隊發現的巨型烏賊，她當然想要來個震撼的開場，那麼，她是否一開場就展示這些烏賊的驚奇鏡頭？並沒有。她的開場投影片是藝術家繪製的挪威海怪圖像，這種傳說中的海怪長得像烏賊，這爲她即將述說的內容建立了深層的神話根源。因爲延後展示巨型烏賊的影像，當這些影像最終呈現於螢幕上時，其震撼效果擴增了上百倍。

這種手法可用於驚人生物，也可用於驚人的突破。史丹佛大學教授李飛飛（Fei-Fei Li）在二○一五年TED演講中，展示她非凡的研究工作，說明機器學習（machine learning）如何使電腦能夠視覺辨識相片內容。但她並非用示範開場，而是先播放一支影片，內容是一個三歲小孩看相片，說出相片內容：「這是一隻貓坐在床上」；「這男孩正在拍撫大象」。接著，她幫助我們了解，這個小孩展現的辨識技巧有多麼重要，還有，倘若我們能夠訓練電腦，讓電腦發展出類似的能力，其重要性有多大。這是描述她的工作的一個漂亮起步，稍後才出現令人目瞪口呆的人工智慧展示說明，我們從頭到尾全神貫注。

要是你決定開場時來點賣關子的眉幕，請注意仍然很重要的一點：指出你將朝往何處以及爲什麼。你不需要一開始就展示鯊魚，但聽衆仍需要知道牠將會出現。每場演講需要路線圖——讓**聽衆知道你將朝往何處，你目前在何處，以及你曾到過何處**。倘若你的聽衆不知道他們現在處於演講結構的何處，他們將很快地迷途。

在雕琢你的開場時，你可以從上述任何一種或所有方法汲取靈感，你也可以在開場中建入前文談到的一些技巧，例如說故事，或是引起聽衆發笑，要訣是找到一個適合你、也適合你的演講主題的開場方式。找朋友進行測試，倘若感覺很做作或過度戲劇化，那就修改一下。切記，你的目的是在頃刻中說服聽衆相信，你的演講值得他們投注注意力。

我經營雜誌出版事業時，敦促我們的編輯和設計師把雜誌封面設計想成吸引注意力的兩階段戰爭。首先是半秒鐘之戰：當某人的目光掃視書報攤時，封面上是否有東西拉住他的注意，使他駐足？其次是五秒鐘之戰：他停下腳步後，是否在封面上閱讀到有足夠吸引力的東西而使他拿起這份雜誌？

你可以用同樣方式看待演講開場，只是時間不同。首先是十秒鐘之戰：站上臺的這最初時刻，你能否做什麼，以確保你在建立你的演講主題的同時，吸引聽衆的熱烈注意？其次是一分鐘之戰：你能否接著用一分鐘的時間確保他們在接下來的演講全程都投入注意力？

上述四種方法爲贏得這兩階段戰爭提供好選擇，使你的演講有最佳成功機會。你可以在你的開場結合使用其中二或多種的方法，但絕對別嘗試使用所有方法，應該挑選你感覺最合適的方法，這樣，你和那些全神貫注的聽衆就會一起走過這趟旅程。

七種有力的結尾方式

若你已經幫助聽眾全程聚精會神，可千萬別以乏味洩氣的結尾毀了它。誠如丹尼爾・康納曼在其著作《快思慢想》（*Thinking, Fast and Slow*）及TED演講中做出的精闢解釋，人們對某一事件／活動的記憶，可能很不同於他們在此事件／活動過程中的體驗感受，說到記憶，最末的體驗很重要。簡言之，若結尾不精采，不令人難忘，那麼，演講本身也可能不會令人難忘。

以下是乏味或不當的結尾：

- 「好了，我的時間到了，所以，我就在此結束。」（**你的意思是你還有很多要說，但因為時間規劃不當，無法告訴我們？**）
- 「最後，我想感謝我的優異團隊，這是他們的照片：大衛，瓊安，蓋文，莎曼珊，李，阿布杜，及赫茲基亞。還有我的大學和我的贊助者。」（**真貼心，但你關心他們多過於你的思想以及我們這群聽眾嗎!?**）
- 「這個議題很重要，我希望我們能一起開始對它展開新交談。」（**交談!?這不嫌有點軟弱嗎？這交談應該得出什麼結果？**）
- 「未來充滿挑戰與機會，在座人人都可以做出貢獻，讓我們一起夢想，讓我們做出變革，創造我們想看到的未來世界。」（**美好之詞，但這種陳詞濫調真的無法打動任何人。**）

●「我用這支影片作為結束，它總結了我的論點。」（**不！絕對別用影片畫下句點，得由你來做！**）

●「這就是我的結論，現在，各位有何問題嗎？」（**你怎麼沒先讓聽衆有機會為你喝采呢？**）

●「很抱歉，我沒有時間在此討論一些重要議題，但希望這至少讓各位對此主題有一些了解。」（**請別抱歉！你應該規劃得更用心些！你的責任是在可用的時間內盡你所能地做出最好的演講。**）

●「最後，我應該指出，若我的組織能獲得資金的話，我們或許能夠解決問題。」（**啊，所以，這是一場為了募款的演講咯？**）

●「感謝各位當了這麼棒的聽眾，我愛這場演講的每一個時刻，站在這裡向各位說話，這經驗將使我回味很久。你們是如此的有耐心，我知道，你們將記得你們今天聽到的，並且因此採取一些好行動。」（**說句「謝謝」就夠啦。**）

許多演講虎頭蛇尾般地結束，令人遺憾；還有更多的演講做出了錯誤、不當的結尾，彷彿演講人迫不及待地想下臺。你必須審慎規劃你的演講結尾，否則，你很可能會加了一段又一段，例如：「最後，重點是，如同我所說的……因此，結論是……必須再次強調，這點很重要的理由是……當然啦，我們仍然得記得……噢，還有最後一點……」這可眞累人，也破壞了演講的作用力。

以下是七種更好的結尾方式。

一、把鏡頭拉遠，拓寬視野

你的演講解說了一件特定工作／活動，在結尾時，何不向我們展示更大的面貌，你的工作／活動隱含的更廣泛可能性？

腦神經科學家大衛．伊格曼（David Eagleman）向我們解說，人腦可被視爲一種型態辨識器，倘若你把新的電化資料連結至大腦，大腦就能解讀這資料，彷彿它來自一個全新的感官，於是，你就能即時地直覺感知這世界的全新層面。他的演講結尾暗示這將帶來無限的可能性：

> 想像一個太空人能夠感知國際太空站的整體健全狀態，或是你能感知你自身看不到的健康狀態，例如你的血糖、你的體內的微生物群狀態，或是具有三百六十度視角，或是能夠看到紅外線或紫外線。所以，重點是：在未來，我們將愈來愈能選擇我們自己的周邊設備，不再需要等待大自然根據其時間表賦予我們的感知能力，她就像好父母般地提供我們工具，讓我們走出去，自己定義自己的軌跡。因此，現在的問題是：你打算如何走出去，體驗你的世界？

二、呼籲行動

倘若你的演講已經向聽衆灌輸了一個強而有力的思想，結尾時何不輕推他們據此採取行動？

哈佛商學院教授愛咪·柯蒂在其談論高權勢姿勢的TED演講結尾，邀請人們在他們的生活中嘗試這種姿勢，並且把這項科學發現傳播給他人：

> 把它傳播出去，和他人分享，因為最用得到這個的人是那些沒有資源、沒有技術、沒有社會地位、沒有權勢的人，把這個轉傳給他們，因為他們可以私下練習，他們只需要自己的身體、獨處時間與空間、兩分鐘，就能明顯改變他們的人生結局。

這場演講有如病毒散播般地非凡成功，也許就是因爲這段信心喊話。作家強·朗森（Jon Ronson）談論公衆羞辱的演講結尾簡潔有力：

> 社交媒體的好處是，它讓那些人微言輕、無處發聲者有了發聲、被聽見的平臺，但我們現在正在創造一個監控的社會，在這樣的社會，最聰明的生存之道就是回頭當個不發聲的人。我們千萬別變成這樣。

三、個人信諾

呼籲人們行動是一碼事，但有時候，演講人的成功結尾是自己做出一大信諾。在TED演講中，最顯著的這種例子是比爾·史東（Bill Stone），他的演講談論人類重返月球的可能性，他相信這探險可以創造出一個龐大的新產業，開啓新一代的太空探索，然後，他這麼說：

在這場演講的最後，我想在TED的地盤上立下一個決定，我打算率領這項探險行動。

像這樣的個人信諾，鏗鏘有聲。還記得第一章提到的艾隆．馬斯克的例子嗎？在對其太空探索科技公司員工的演講中，他說：「**至於我，我是永遠不會放棄的，永遠不會**」，這是激勵其團隊的關鍵言詞。

長泳運動員黛安娜．耐德（Diana Nyad）在二〇一一年的TED演講中，敘述她如何嘗試過去沒人做到的事：從古巴游到佛羅里達。她試了三次，有時持續游了五十小時，和險惡的湍流及近乎致命的水母螫針搏鬥，但最終失敗。她的演講結語令聽衆澎湃激動：

那片海洋仍在那兒，希望依舊存在。我不想成為年復一年嘗試、屢試屢敗的瘋狂女人……但我相信我能從古巴游到佛羅里達，我將從古巴游到佛羅里達。

果不其然，兩年後，她重返TED講臺，敘述六十四歲的她如何終於做到了。

若你要在演講結尾做出重大信諾，必須有判斷力，若做錯的話，可能令你當場難堪，日後還喪失可信度。但要是你狂熱的想把一個信念化爲行動，或許很值得用它來爲你的演講畫下句點。

四、價值觀與願景

你能否把你談論的東西化爲一個激勵人心或樂觀的可能願景？已故教師麗塔．皮爾森（Rita

Pierson）的 TED 演講，探討教師必須和他們教導的孩子建立眞誠堅實的關係，她的演講結語如下：

> 教學和學習應該帶來快樂，倘若我們的孩子不畏冒險，不畏思考，有一個擁護者，我們的世界將變得多麼強盛啊？每個孩子都應該有一個擁護者，一個永不放棄他們、了解關係的力量、堅持激勵他們盡其所能做到最佳境界的成年人。這工作難嗎？當然，天哪，當然難啊，但並非絕無可能。我們能夠做到，我們是教育家，我們生來就是要改變這世界的。非常謝謝各位。

這場演講的幾個月後，麗塔辭世，但她的這個呼籲仍持續贏得共鳴。教師凱蒂．波伊諾（Kitty Boitnott）寫了一段稱頌文：「我不認識她，直到今天，我對她一無所知，但透過這場演講，她觸及我的人生，使我想起我爲何當了三十多年的教師。」

五、圓滿包封

有時候，演講人找到一個方法利落地重新架構他們的論點。心理治療師艾絲特．佩瑞爾（Esther Perel）呼籲人們，用新的、更誠實的態度來面對婚姻關係中的不貞，這包括了寬恕。她的結語是：

我從兩個面向來看婚外情：一個面向是受傷與背叛，另一個面向是成長與自我探索——這對你造成什麼，這對我有何含義。因此，當一對夫妻在婚外情被揭露後來找我諮商時，我總是這麼告訴他們：在今天的西方社會，我們多數人有過兩、三段關係或婚姻，其中有些人的這些關係與婚姻對象的是同一個人。你們的第一段婚姻結束了，你們想再共同創造第二段嗎？

音樂人亞曼達．帕爾默在其TED演講中，呼籲音樂產業重新思考其事業模式，她的演講結語是：

我認為，人們一直在一個錯的疑問上鑽牛角尖，那就是思考：「我們該如何使人們付費購買音樂？」我們何不改而思考：「我們該如何讓人們自動掏腰包購買音樂？」

在這兩個例子中，一個不尋常的提問伴隨著著討人喜歡的洞察與結束時刻，也獲得聽眾久久不歇的起立鼓掌。

六、敘事對稱法

以一個主軸精心建構的演講，可以在結尾時連結回其開場白。史蒂芬．強生談論思想來自何處的TED演講，其開場探討咖啡館在英國發展史上扮演的重要角色，咖啡館是知識分子聚集交流思想之地。接近尾聲時，他敘述全球定位系統（GPS）的發明故事，佐證他前面論述的思想誕生方式。然後，他高明地插入一個事實——在座每位聽眾大概在這星期中曾經使用GPS來做些事，例如用GPS搜尋鄰近的咖啡館！你可以聽到聽眾席發出讚嘆聲，聽眾也對這種最終把圈子繞回起始點的高明手法報以熱烈掌聲。

七、抒情激勵

有時候，若演講開啓了人們的心扉，你可以用富有詩意的抒情語言來深入人心。這種方法不可輕率嘗試，但若做得好，就相當漂亮。布芮妮·布朗的TED演講談脆弱的力量，結語如下：

> 以下是我的發現：讓自己被看見，讓自己的深層面、脆弱面被看見；用我們的全心全意去愛，縱使不保證有回報……在那些害怕或惱人的時刻，展現感恩與喜樂，當我們懷疑**「我能如此深愛你嗎？」「我能如此熱烈地相信這個嗎？」「我能如此熱中於這個嗎？」**的時候，停止這些想法，別往壞處想，告訴自己：「我太感恩了，因為能夠感覺脆弱，代表我還活著。」最後，我認為或許是最重要的一點，那就是相信自己已經夠好了。因為我相信，倘若我們認為自己夠好了，我們就會停止害怕與抱怨，開始傾聽，對周遭的人更仁慈和善，對自己更仁慈和善。我的演講到此，謝謝各位。

人權律師布萊恩·史蒂文生的TED演講談論美國監獄制度的不正義現象，其結語是：

我來到TED演講，因為我相信在座許多人都長了解，這世界的道德之弧很長，但它彎向正義那一方。若我們不關心人權和基本尊嚴，我們人類就無法充分進化，我們全人類的生存和每一個人的生存息息相關，我們對科技、設計、娛樂、及創造力的願景，必須和我們對人性、憐憫、及正義的願景結合起來。最重要的是，對於認同且抱持這些觀點的人，我來到這裡是要告訴你們，請繼續關注這個值得的目標，堅持下去。

我要再次強調，別輕率嘗試這種結尾法。唯有在演講的其餘部分都做得很好、奠定了基礎，演講人顯然已經贏得激發這種情操的資格時，才適合使用這種結尾法。但在適合的時候妥善地使用這種技巧，結尾可能很出色。

不論你打算採用哪一種結尾方式，務必事前做好規劃。簡練優美的結語，加上一句簡單的「謝謝」，最能爲你的努力畫上圓滿句點。這值得你花工夫去雕琢。

IV

臺上篇

14 行頭
我該穿怎樣的衣服？

許多演講人擔心該穿怎樣的衣服，才能製造最佳印象，關於這點，我恐怕是他們最不該諮詢的對象。有一年，我上臺時穿著時髦得不得了的黑色T恤和黑色長褲，外罩一件漂亮的鮮黃色無袖毛線衫，自以爲看起來很棒，但聽眾納悶：**這傢伙為何穿得像隻大黃蜂**？

因此，我把這一章交給TED內容總監凱莉．史托澤爾，她有極棒的穿著風格，而且很善於使演講人輕鬆自在。以下是她的建議。

凱莉．史托澤爾寫道：

別等到演講前的幾小時才來擔心行頭的事，你可以盡早在你的待辦事項清單上處理好挑選服裝這一項。

在多數場合，重要的是你穿著令你覺得合適自在的衣服。在TED，我們喜歡得體的便裝，讓人感覺我們所有人在做避靜活動。至於其他演講場合，可能會期望你穿西裝打領帶。你應該避免聽衆一見到你就下意識地認爲你：庸俗，邋遢，沒品味，令人生厭，或裝扮過度。若能避開這些陷阱，穿著令你感到自在的衣服將有助於你展現輕鬆自信，聽衆也會有這種感覺。信不信由你，甚至在你還未開口之前，你的衣著就能爲你贏得聽衆連結。

在考慮穿什麼衣服時，你應該先想想幾個問題。例如：**有什麼服裝規定嗎？聽衆可能穿著怎樣的衣服？**你或許可以穿得類似他們，但比他們更整潔體面些。

你的演講會被拍攝起來嗎？如果會，避免穿亮白色（這可能會造成強烈反光），或是漆黑色（這可能使你看起來像漂浮的一顆頭），或是有小或緊密圖案的衣服（這可能在鏡頭上導致奇怪、閃爍的波紋效果）。

你將使用掛耳麥克風嗎？這涉及了一些風險：有好幾次，演講人才開始說話，就突然冒出奇怪的叮噹噪音，這是演講人佩戴的耳環掃到麥克風時發出的怪聲。所以，避免佩戴垂墜型耳環！此外，男士的鬍碴也可能導致刮擦聲。

若你佩戴飾件，避免會發出叮鈴噹啷聲音的手鐲或任何可能導致反射的閃亮佩飾。若你選擇穿著中性服裝，配上一條顏色凸顯的領巾是不錯的裝飾。

你可能需要在你的皮帶上佩戴麥克風電池組，在這種情況下，可用能佩上這電池組的一條牢固皮帶或腰帶，將使你感覺最安全。

講臺是什麼模樣？考慮穿著顏色鮮明、使你能夠跳脫舞臺背景顏色的衣服，考慮到坐在後排的聽衆，別讓他們看不清楚你。TEDWomen 的演講人琳達·克里雅魏曼（Linda Cliatt-Wayman）穿著漂亮的鮮桃色洋裝，確保她不會和舞臺背景顏色混融在一起，從她上臺的那一刻，直到終場掌聲響起，聽眾目光全聚焦於她。

聽眾喜愛鮮明色彩，攝影機也是。

在臺上，剪裁合身的衣服往往比鬆垮的衣服更好看。找些輪廓漂亮、大小適中的衣服，不要太輕垮，也不要太緊貼。

雖然，考慮這些原則有益，但個人的風格表現往往勝過這一切。二〇一五年TED研討會的幾週前，我們發出一封信給今年的所有演講人，做出最後幾點提醒，其中一點是建議男士別打領帶。電臺主持人羅曼．馬爾斯（Roman Mars）回覆：「爲何不能打領帶，領帶很好啊。」我們告訴他，若領帶是他的特色，那就別理會我們的建議。正式演講當天，他打了一條領帶，他覺得很棒，看起來的確很棒，很合適。書籍設計師奇普．基德（Chip Kidd）有濃厚的好品味，他也欣然地不遵行TED的不打領帶建議。

倘若你仍然不確定該穿怎樣的衣服，那就和品味值得信賴的朋友約一天一起去採購。有時候，你在鏡中看到的自己並不同於他人看到的你，我幾乎總是這麼做，未這麼做的那幾次，事後都令我感到後悔。他人的意見有時極有幫助。

上臺前，切記把衣服燙整齊，皺皺的衣服最容易流露出你對此演講並未很用心。要是你的演講時間是一天中較晚的時刻，你甚至應該考慮把上臺要穿的衣服用衣架掛好，帶到現場，等到接近上臺前再換上它們。我從親身慘痛經驗中學到一個重要教訓：如果你打算使用飯店的熨斗，記得在前一晚燙衣服，並且先在毛巾上試試這熨斗。飯店的熨斗往往老舊，可能有毛病或是很髒（TED組織人員攜帶一個小型、可拆裝的個人蒸汽熨斗，幫演講人燙衣服！）。

你應該考慮穿著你的上臺服裝來排練你的演講。我記得有位演講人的衣服在她演講開始沒多久時移位，造成她的胸罩肩帶滑落肩膀，幾乎整場演講都掛在她的手臂上。我們的影片編輯做了一些修片，使你在影片上看不出這倒楣尷尬的意外，但若演講人事前穿著上臺裝排練，並加上幾枚安全別針，就可以避免這不幸了。

再次強調，最重要的是穿著能夠令你感到自在、能夠提振你的信心的衣服，這是你可以預先掌控的事，這會使你減少一件擔憂之事，也多一件對你有助益的事。

現在交還給克里斯：

謝謝妳，凱莉。各位，請牢記她的建議。

話雖如此，請不必過於擔心這部分，你的熱情和思想遠比裝扮重要。

心理學教授巴瑞．史瓦茲在牛津的TED講臺上談論「選擇的弔詭」時，是個夏季的大熱天，他穿著一件T恤和短褲。他告訴我，要是他事前知道我們會錄影，把影片放到線上，他大概會選擇別的服裝。但這清涼休閒的穿著並未影響這場演講的受歡迎度，點閱人次超過七百萬。

亞曼達．帕爾默說，她的演講準備工作中唯一的遺憾是選擇了一件灰色襯衫，結果，因為出汗，使腋下部分看起來變成黑色。但聽眾認為這只是她打破規則的生活方法的一部分，這場演講不論在現場或線上都獲得高點閱人次。

因此，總結一下：

一、遵循凱莉的建議。
二、盡早挑選令你感到自在、合適的服裝。
三、把焦點擺在你的演講內容上，而非服裝上。

15 心理準備
如何克制緊張？

害怕心理引發我們人類根深柢固的戰或逃反應，你的身體起了化學反應，準備出擊或逃避，這是可以度量的身體反應：大量的腎上腺素分泌，進入你的血流中。

腎上腺素能激發你全速疾跑，安全地穿越無樹平原；當然也能爲你的舞臺演出帶來精力與振奮。但是，過多的腎上腺素是壞事，可能導致你口乾舌燥，喉嚨緊繃。腎上腺素的目的是要使你的肌肉變得更有力量，倘若你的肌肉此時沒被使用，激增的腎上腺素可能會害你肌肉痙攣，從而開始抽搐顫抖，伴隨著極度的緊張焦躁。

一些教練建議在這種情況下服藥，通常是β受體阻斷劑（beta-blockers），但這種藥劑的副作用之一是可能導致你的聲調變得柔弱無力。其實，有很多其他對策可以把腎上腺素化爲你的助力。

讓我們重返莫妮卡・陸文斯基的例子。第一章談到她描述當她的ＴＥＤ演講日漸漸逼近時，她的緊張強烈到難以形容。若她能克服緊張，我認爲你也能。以下是她敘述她如何做：

在一些形式的靜坐冥想中，原則是當你的心智漫遊或出現心猿意馬（monkey mind）時，重返調和呼吸或你的咒語（曼陀羅，mantra）。我用這種方法來應付我的焦慮，盡我所能地、盡可能經常地返回我的演講目的上。我的兩個咒語之一是「這很重要」(This Matters，事實上，我在我帶上臺的講稿第一頁寫上這一句），另一個對我很有幫助的咒語是「我做到了」（I've Got This）。

若你受邀上臺對一群聽眾演講，那就代表某地的某人認為你有重要的東西可以傳達給他人。我花時間對自己釐清我希望我的演講如何幫助其他痛苦之人，我緊抓住我的演講意義與目的，作為救生艇。

我有可用的工具，盡全力尋找支援，為演講的那一天盡可能加滿油，做好準備。過去十七年，我花了很多時間學習管理我的焦慮和過往的創傷。演講當天早上，我不分先後地使用以下方法：共振音頻療法（bioresonance sound work）；呼吸操；一種名為「情緒釋放技巧」(Emotional Freedom Technique）的治療（一般稱為 tapping，輕敲身體的特定穴位，我在上臺前的後臺時刻做這個）；吟誦；和我的演講教練一起做各種暖身操；去散步以降低我體內的腎上腺素；至少大笑一次；做接地想像（grounding visualization），練習高權勢姿勢（我非常幸運，獲得愛咪・柯蒂的這項指導）。

我不只一次地懷疑自己是否有能力完成這場演講。研討會的三週前，排練演講內容的前一晚，我惱怒我的演講內容不夠凝聚，忍不住哭了出來，我打算在排練後退出，但排練聽眾的好評令我驚訝，我等著他們說出「**但是**」、「**不過**」之類的反饋，但並沒有出現這樣的批評。排練後，我還是沒把握，思考他們的反應良久，最後，我下了個結論，倘若這些知道TED演講的人認為我的演講夠吸引人的話，我就應該堅持下去。我本身是當局者迷，他們是旁觀者清。

在整個過程中，當面對自我懷疑時，我盡量聚焦於我的演講想傳達的訊息，而不去聚焦於訊息傳遞者。每當我感覺緊張或沒把握時，我必須使自己堅強起來，試著告訴自己，我能做的就是盡全力……哪怕我的訊息只觸及一個人，只幫助一個人在歷經羞恥和線上羞辱時不會感到那麼孤獨，就值得了。

最終，這經驗在很多層面上改變了我的人生。

你大概從未見過一個人使用了這麼多控制緊張的工具吧，你是否應該嘗試使用莫妮卡的每一種方法呢？不，每個人的情形不同。不過，她能夠把強烈的恐懼轉化成鎮靜、信心、有魅力的臺風，這個事實應該足以鼓勵我們：人人都能做到。

以下是我的建議：

用你的害怕作為激勵因子。害怕的作用就在於此，害怕使你更認真於多演練你的演講，這麼做使你的信心提高，畏懼減輕，你的演講也做得更好。

讓你的身體幫助你。在上臺前，你可以做一些重要的事，這些非常有助於防止腎上腺素激增。其中最重要的一個就是**呼吸**，像靜坐冥想時那樣的深呼吸，氧氣會使你冷靜下來。就算你坐在聽眾席上等候工作人員請你準備上臺，你也可以做這個。深吸一口氣，直入你的胃部，然後慢慢地吐氣，再重複做三次。若你在臺下，感覺身體愈來愈緊張，可以試試做更激烈一點的體操。

二〇一四年TED研討會時，議程安排我訪問美國國家安全局副局長有關於愛德華・史諾登（Edward Snowden）揭密案引發的爭議，我對此超緊張。訪問前的十分鐘，我溜到後臺走廊，做伏地挺身，一做就停不下來，最終，我做的次數比我以為自己能做的最高次數多了三〇%，這全都拜腎上腺素所賜。藉此燃燒激增的腎上腺素後，我再度鎮靜下來，恢復信心。

喝水。緊張的最糟糕層面是腎上腺素吸走你嘴巴的水分，使你口乾舌燥，說話困難。如上所述，控制腎上腺素是最佳對策，但補充水分也有幫助。上臺的五分鐘前，喝半瓶水，有助於避免你的嘴巴乾燥（但別太早這麼做，薩爾曼・可汗就過早喝水，結果，就在介紹他入場的前一刻，他得去跑廁所，幸好及時趕回）。

避免空腹。緊張時，你可能沒什麼食欲，但空腹會導致焦慮更惡化。上臺前一小時左右，吃點健康食物，以及（或是）隨身帶一條能量棒。

記得脆弱的力量。聽眾會接受緊張的演講人，尤其是演講人承認自己緊張的話。倘若你在開場白時說錯了，或是有點結結巴巴，沒關係，告訴聽眾：「哎呀，對不起，我有點緊張」，或是：「各位可以看出，我不常做公開演講，但這場演講太重要了，我沒法拒絕」，聽眾會更加為你打氣。在滿座的雪梨歌劇院，歌手暨作曲人梅根・華盛頓（Megan Washington）對TEDx的聽眾坦承，她從小就有口吃的毛病，聽眾可以聽得出來。但這開場的誠實與坦承，使她最後無瑕地演唱的歌曲更顯精采。

在聽眾席間找「朋友」。演講開始後，向聽眾席尋找看起來似乎有共鳴、贊同你的臉孔。若你能在不同的聽眾席區找到三、四個這樣的聽眾，對著他們講演，把你的目光接續地巡視他們。這樣，每位聽眾都能看出你在建立連結，而你從那些臉孔獲得的鼓勵將使你鎮靜、有信心。或許，你甚至可以邀請你的一些朋友坐在聽眾席上，你可以一開始對著**他們**講演（再者，對著朋友講演，也可以幫助你找到適當的語氣）。

研擬備胎計畫。若你擔心可能出錯，那就研擬幾個備胎行動。你擔心你可能忘詞嗎？把備忘錄或講稿放在你可以方便拿到的地方。羅茲・沙維奇（Roz Savage）來到TED講述她為何划船越洋，她把筆記塞在上衣裡，幾次忘詞時，她取出筆記參考，聽眾完全不在意。你擔心技術的東西可能出狀況，你必須即席應變嗎？首先，這是主辦單位的問題，不是你的問題，但為了應付這種萬一狀況，不妨事先準備一個小故事（最好是個人的故事）作為填補之用。例如：「等待他們處理這狀況之際，我來講講我和一位計程車司機的談話……」或者：「噢，好極了，我可以趁這機會向各位說說我原本要講、但因為時間限制而不得不刪除的東西……」或者：「嗯，很好，這下子，我們多了幾分鐘，那就讓**我**問**各位**一個問題，在座有誰曾經……」

聚焦於你的演講內容。莫妮卡建議在你的筆記上寫「**這很重要**」，這建議很棒。這是我提出的這些建議當中最重要的一個，演講的重點不在於你，在於你熱中的思想，你站上臺的目的是要傳達、宣導這個思想，把它當作禮物贈予聽眾。走上臺時，若你能記住這點，你就會輕鬆許多。

歌手喬伊・柯萬（Joe Kowan）有嚴重的怯場障礙，使他無法做他最愛的事：唱歌。他決心要一步步地戰勝怯場障礙，首先，他強迫自己去地方上的一個小舞臺表演，儘管是個聽眾不多的小舞臺，他仍然緊張到歌聲顫抖。最終，他找到一個方法：寫了一首怯場之歌，在緊張時先演唱這首歌。聽眾很愛這首歌，他最終擁抱他的緊張，視之爲友。他在TED給了一場有趣的演講，敘述他如何戰勝緊張導致的怯場，最後還表演了這首怯場之歌。

十五年前，在多倫多舉行的一場研討會上，我目睹小說家芭芭拉・高蒂（Barbara Gowdy）僵在臺上，只是一逕地顫抖，說不出話。她原以爲要接受訪談，最後一分鐘才被告知她得演講，恐懼從她的每一個毛細孔滲出。但接著發生了最棒、最出奇的事，聽眾開始鼓掌鼓舞她，她怯怯地開口，又停了下來，聽眾再鼓掌，她開始分享她的思想與創作過程的精闢、細微洞察。這是那次研討會中最令人難忘的一場演講，若她一開始就展現自信，侃侃而談，我們大概不會那麼聚精會神地聆聽，可能也不會那麼關注。

緊張不是壞事，緊張可以轉化爲好作用，請與你的緊張爲友，鼓起你的勇氣，上場吧！

16 布置

置稿臺，信心螢幕，重點提示卡，還是什麼都不用？

演講臺上的實體布置很重要。來比較以下兩種布置，布置A：演講人站在一張大而笨重的置稿臺後方讀稿，和聽眾隔著相當的距離；布置B：演講人站在三方圍繞聽眾的小舞臺上，沒有置稿臺或任何屏障。

兩者都是公開演講，但其實是大不相同的活動。布置B可能令演講人害怕，你站在臺上，似乎很脆弱，沒有筆記型電腦，沒有講稿，沒有屏障，你的整個身體被看到，無處隱藏，痛苦地感覺所有人的眼睛從不遠處盯著你。

布置A是考慮演講人的需要，慢慢演進出來的。在沒有電力的年代，演講人可能需要一個小置稿臺擺放筆記，但歷經二十世紀，置稿臺（或講臺）變得愈來愈大，以容放一盞看講稿的燈光、切換投影片的按鈕、以及更近代的筆記型電腦。甚至還有一個理論說，把演講人的大部分身體遮掩起來，讓聽眾只能看到他的臉，可以提高他的權威性，或許會令人下意識地聯想到教堂講壇的牧師。不論是刻意還是無意，體積更大的置稿臺，其效果是在演講人和聽眾之間創造出巨大的視覺屏障。

從演講人的角度而言，這麼做可能令他們感到很舒服自在，誰不喜歡呢？你的演講過程中需要的所有東西都在手邊，伸指可觸，你個人也有安全感，要是你忘記擦亮你的鞋子，或是你的襯衫有點皺，不要緊，反正沒人看得到。你的肢體語言笨拙或姿勢不佳嗎？沒問題，置稿臺也會擋住這些。聽眾大概只能看到你的臉，唷呵，好耶！

但是，從聽眾的角度而言，那就是大大不利了。前文用了一整章討論演講人和聽眾建立連結的重要性，這背後的一大驅動力是演講人願意顯得脆弱，這是一種非言語性質、但強而有力的互動。若演講人卸下自己的防衛，聽眾也會相對卸下；若演講人保持距離，以策安全，聽眾也會這麼做。

TED共同創辦人理查・伍爾曼（Richard Saul Wurman）很堅持這點，不設講臺！不設置稿臺！不以讀稿方式演講！他討厭任何把聽眾與演講人關係變得拘泥的東西（這其中包括打領帶，他完全禁止。當演講人尼古拉斯・尼葛洛龐帝違反此規定，穿西裝打領帶上臺時，理查拿著剪刀，大步走上臺，把他的領帶剪了！）。

這立場是TED研討會令人感覺不同於一般演講的理由之一，演講人被迫顯得脆弱，聽眾對這種脆弱有所反應。

站在聽眾面前，沒有置稿臺的遮擋，倘若你能對此感到自在，這是最好的演講模式，絕大多數TED演講都採用這種模式，我們鼓勵所有演講人嘗試看看。不過，這麼做也存在利弊消長，因此，現在的TED研討會，我們認知到，爲了變化性以及特定演講人的需求，可以採行不同的演講方式。演講人若能走出他們的安逸區，自然是很好，但如前文所述，有時候，做得太超過，會適得其反，我從丹尼爾・康納曼及其他演講人身上學到，讓演講人置身於他感到自在自信的布置中演講，讓他以最自然的方式找到他需要的詞句，這比脆弱性的最大化更爲重要。

因此，本章的目的是幫助你了解所有利弊取捨，然後選擇對你最合適的演講模式。

要思考的第一個重要問題是：爲了使你的演講成功，你需要參考多少筆記？若你熟背講稿了，或是你可以使用簡短的手寫條列重點，那麼，選擇就很簡單，上臺直接面對聽衆而講，沒有置稿臺，和聽衆之間沒有任何屏障，就只有你一手拿著重點提示卡，以及聽衆。從很多方面來看，這是你可以瞄準的黃金標準模式，使你最有可能和你的聽衆建立強大連結，用你被他們認知的脆弱性爲基礎。

不過，不是人人都能自在於這種模式，也不是每場演講都值得花那麼多時間去做到這種境界。

因此，倘若你認爲你需要使用更多的筆記，甚至使用整份講稿，怎麼做才好呢？以下是提供你更多支援的可能性清單，但其中某些做法比其他做法更好。

準備使你感到安心的備份

在這種模式下，上臺前，把你的整份筆記或講稿放在講臺旁邊或臺後的一張桌子或置稿臺上，再加上一瓶水。你先盡力如前所述地站在臺前演講，但你知道，萬一你忘詞了，你可以走去查看一下你的筆記，順便喝口水，再回到臺前繼續演講。在聽衆看來，這是很自然的舉止，沒問題。把筆記放在離你有點距離的地方，可避免你總是想去瞄它們，通常，你會很流暢地完成整個演講，不必使用到它們，但知道它們就擺在不遠處，可以明顯減輕壓力。

用投影片來引導

許多演講人使用他們的投影片作爲記憶提示，本書前文中已簡短討論過這點了。當然，你絕對不可以使用 PowerPoint 作爲你的演講的全部提綱，使用一連串擠滿文字的投影片，這很糟糕。但若是你有漂亮的影像來伴隨你的演講的每一步，並且想好每一個過場，這種方式可以產生很好的效果。影像可作爲很棒的記憶提示，但你可能仍然需要攜帶一張有更多筆記的提示卡。

手持重點提示卡

也許，一張卡片不夠你用，你想提示自己每張投影片的過場、每個重點之下的例子、或是你的結語，在這種情況下，最好的方法或許是使用一疊手持的五乘八英吋重點提示卡，逐頁查看。最好是用環圈把它們裝訂起來，以免掉落，搞亂順序。這些卡片不會顯得唐突，但可以讓你容易查看你目前講到哪裡了，唯一的麻煩是，若你很少參考它們，後來突然需要參考時，你可能得翻個五、六頁，才能找到你接下來要講的內容。

另一種選擇是夾紙筆記板或是全尺寸的紙張，使用它們，翻頁次數比較少，但看起來比較顯眼、唐突些。卡片可能較佳，此外，若你的演講倚賴大量視覺工具，一個好方法是一張投影片搭配一張提示卡，卡片上內含過場至下一張投影片的文字內容。

話雖如此，你還是得熟知你的演講內容，好讓你無需不停地查看提示卡。

許多TED演講人使用提示卡，你在螢幕上可能看不出來，這有部分是因爲我們的編輯做了優異的掩飾，另有部分是因爲多數演講人僅偶爾使用這類支援工具。這種方法的好處在於使你無負擔地在臺上走動，但仍然帶著可確保你的演講不出軌的必要提示。

智慧型手機或平板電腦

一些演講人使用高科技智慧型器材來取代重點提示卡，他們認爲，這麼一來，便不必翻閱卡片，只需滑動器材，查看內容。這種方法當然可讓演講人擺脫置稿臺，但我不是很贊同使用此方法。首先，當某人檢視其平板器材螢幕時，我們下意識地認爲他沒在關注我們，我們會怪罪到那螢幕上的內容。

再者，很多因素可能導致這查看速度減緩。例如，在螢幕上的一個不小心觸滑，可能害你離開演講腳本，你可能得滑動與檢視很多次，才能找到原本停留的位置內容。或許，未來會有人開發出解決這問題的應用程式，但截至目前爲止，以現實使用情形來看，就算有人提出了這種解方，似乎也會比舊式的提示卡來得慢且不便利。你可以把講稿存在iPad上，用它作爲安心的備份，但我不建議使用這類智慧型器材作爲你經常參考的筆記。

信心螢幕

許多較高檔的演講場地會在你的視野範圍內擺放幾臺信心螢幕（confidence monitor），可能是擺放在講臺地板上，螢幕角度上抬，或是掛在演講廳最後方高於聽衆頭部的位置。信心螢幕的重要目的是讓你看到你的投影片已經推進了，你不需要經常轉回頭去看大螢幕。但信心螢幕也可以用來展示（只有你看得見）你對一張投影片加入的註解說明，以及（或是）提示你下一張投影片即將播放，讓你做好準備。PowerPoint 和 Keynote 都有「Presenter View」支援此功能。使用這種信心螢幕，有其明顯益處，倘若你把演講架構成一個主題有一張投影片，你可以使用信心螢幕來使你安心地保持在軌道上。但是也有一些你可能落入的大陷阱。

有時候，演講人看錯信心螢幕，把顯示**目前**播放的投影片的螢幕和顯示**下一張**投影片的螢幕搞混了，便慌張地以爲聽衆看的大螢幕上播放了不正確的投影片。但更糟糕的情況是，演講人往往變得太依賴信心螢幕上的註解，不停地參考它們，這比低頭查看筆記的演講人還要糟糕。除非信心螢幕擺放在聽衆席的中央位置，否則，你可以清楚地看到演講人在注視信心螢幕，他們的眼睛不停地往下朝講臺地板看，或是抬眼看高於聽衆頭部的最後方。這非常討人厭，恰恰背離應該和聽衆目光接觸以建立認同連結的原則。

此外，演講人偶爾參考筆記，這是尋常且令聽衆自在的事，因爲筆記就擺在那兒，所有人都可以看到演講人在做什麼，沒有問題。但當演講人眼睛瞄向信心螢幕時，馬上就和聽衆產生了疏離，在演講一開始，你可能不會注意到這點，但要是這種情形持續發生，身爲聽衆的你就會開始感覺怪怪的。這有點像我在前文中提到的「恐怖谷」，情況似乎都還好，但就是有點不對勁，感覺怪怪的。

倘若演講人試圖完全看著信心螢幕讀稿，那就非常糟了。頭兩分鐘的演講還很不錯，但接下來，聽衆開始覺察演講人在看著螢幕讀稿，這演講就變得索然無味了。十年前，在ＴＥＤ研討會上就發生了一個惱人的案例，一位運動界名人演講時，說服我們接受他需要把整個講稿內容顯示於演講廳後方掛的螢幕上。他嘴巴講出來的詞句完全沒問題，但你可以看出他的眼睛在讀演講廳最後方、比所有人頭部高三呎處的螢幕，使得這場演講索然無味，徹底失敗。

我只見過一個讀信心螢幕、但做得不錯的演講人，他是歌手波諾（Bono）。波諾是個天生的表演者，他用他的邊緣視野去讀信心螢幕，和聽眾保持很多的目光接觸，語調自然，並注入令人愉悅的幽默。不過，即便如此，那些注意到他講的字句（包括笑話在內）都顯示於演講廳後方螢幕上的聽眾仍然感到很失望，他們期望的是波諾的心智完全貫注於當下，與他們同在。若要這樣看著信心螢幕讀稿，乾脆把演講內容以書寫形式的電子郵件寄給他們就行了。

關於信心螢幕的使用，我們強烈建議：只用它們來顯示你的投影片——相同於聽眾在大螢幕上看到的那些投影片。要是你必須加入註解，盡可能愈少愈好，只用兩、三個字的重點條列。然後勤加演練，使你正式演講時瞄那些信心螢幕的次數減至最少。絕對不要看著信心螢幕讀稿！這樣，你才能貼近聽眾保持連結。

讀稿機

若說信心螢幕很危險，那麼，讀稿機更危險。表面上，讀稿機是個很好的發明，把文字投射在聽眾看不見、但正對著演講人視線的玻璃螢幕上，這麼一來，演講人便能讀稿，同時又和聽眾保持目光接觸。

但它的高明處也正是它的致命弱點。倘若你使用讀稿機，你可能向聽眾傳達：**我假裝在看著**

你們，但其實我是在讀稿。這可能帶來傷害。

你也許不贊同這看法，美國總統歐巴馬是我們這個時代最傑出的演講人之一，他就經常使用讀稿機啊。的確，但聽眾對此做法的感受觀點不一。那些傾向信任及喜歡他的人不在意，全然擁抱他的演講，認爲這是他對他們講話的眞實方式。但是，他的政敵樂得用這點來對付他，嘲笑他無法坦誠地對現場聽衆演講。媒體策略師弗瑞德．戴維斯（Fred Davis）認爲，讀稿機對所有政治人物而言是有害之物，他告訴《華盛頓郵報》（*Washinton Post*）：「使用讀稿機是錯誤的做法，因爲它象徵不眞實，象徵你無法用你的雙腳說話，象徵你的背後有個操縱者在告訴你要說什麼。」

在TED，我們近年來已經改變，不願做出硬性規定，但我們總是不鼓勵在講臺上使用讀稿機。現在的聽衆寧願演講人以熟背、筆記、現場即席思想的方式盡其全力，也不要結合了讀稿和佯裝目光接觸的「完美」演講。

那麼，若你需要使用你的全部講稿，但你不能看著信心螢幕或讀稿機讀稿，以免顯得不眞實，怎麼辦呢？以下是我們的建議。

不顯眼的置稿臺

若你必須參考整份講稿、或很長的筆記、或筆記型電腦、或平板電腦，別假裝，就把它們擺在置稿臺上。但至少詢問活動主辦單位，看看他們能否提供雅致的、現代的、不顯眼的置稿臺，透明或是立柱較細長的，而不是那種大體積、重木頭、會擋住你的整個身體的置稿臺。但事前務必努力熟知你的演講內容，使你在臺上可以花很多時間面對聽衆，而不是一直低頭看置稿臺上的物件。

這方法對莫妮卡．陸文斯基的演講是個完美的解決方案。對她而言，這場演講的利害太大了，不容她冒險背記全部講稿。排練時，她參考信心螢幕上的筆記，但我們覺得這方法很不妥，她不停地望向高於聽眾頭部的最後方，這打斷了她和聽眾之間的連結。所幸，莫妮卡想出了一個我們從未在TED嘗試過、但很理想的法子：她把筆記放在一支樂譜架上。若你去觀看她的那場演講影片，你會發現，這麼一個小巧、不顯眼的架子完全不會拉開她和聽眾的距離。事實上，在正式演講時，她極少低頭去看筆記，但筆記擺在她身旁，顯著提高她的信心，使她表現優異。

何以這種方法優於信心螢幕或讀稿機呢？因爲這麼做誠實且尋常，讓大家一目了然，聽眾知道你顯然在努力不去讀講稿，環顧四周，和聽眾目光接觸，微笑，自然。若這麼做使你更安心、更有信心，聽眾可以從你的語調聽得出來，也會跟著你放鬆。

以上就是你的主要選擇，當然，你也可以發明你的獨特做法。克里佛．史托爾（Clifford Stoll）的TED演講有五個要點，他把這五個要點分別寫在五根手指上，每當他換另一個要點時，攝影機就把鏡頭拉近，給他的手來個特寫鏡頭，我們可以看到他在查看手指上寫的下一個要點，既古怪，又可愛。

重點在於找到適合你的演講模式，盡早盡你的全力演練，而且，演練時必須使用你將在臺上用的那些道具（順便一提的是，這是另一個反對你太依賴信心螢幕的理由，你永遠無法百分之百確定現場的布置設備相同於你排練時使用的設備）。

總而言之，別怕表現出脆弱，也儘管去找出使你感到自在、有信心的做法，重點在於展現真誠。

17 聲調與儀態

賦予你的言語生命

這裡問個根本疑惑：爲何要做演講？

爲何不乾脆把演講內容以電子郵件方式寄給每一位可能的聽衆？十八分鐘的演講大約內含兩千五百字，許多人可以用不到九分鐘的時間讀完兩千五百字，並且有不錯的理解，因此，何不採取寄發文本的方式？可以省下演講廳成本，省下所有人的旅行成本，還可避免講演出紕漏令你很糗的可能性，又能以不到演講時間的一半散播你的演講內容。

我二十幾歲時，無法理解公開演講的好處。在大學研修哲學時，我很震驚地發現，文筆優美、思想精闢的哲學家史陶生（P. F. Strawson）是個糟糕的演講人，至少，在我聽他演講的那天，他的表現很糟糕。六十分鐘的演講，他口齒不清地、聲音單調地讀每個句子，頭幾乎沒抬起來過。我發現，去上他的課根本是浪費我的時間，還不如閱讀他的著作，可以學到更多。於是，我不再去聽他的課，事實上，我不再去聽任何課，只閱讀。

我之所以對TED如此著迷，原因之一在於我發現演講眞的可以提供印刷文字無法表達的東西。但不是所有演講都能做到這種境界，演講人必須構思、投資、發展，才能提供印刷文字無法表達的東西。一言以蔽之，這是必須下工夫才能獲得的。

這東西是什麼呢？它是一種人爲鍍層：**把資訊轉化為鼓舞**。

我們可以把演講想成兩股平行的輸入流。你的大腦中的語言引擎處理你聽到的語詞，其處理方式大致相同於處理你閱讀到的語詞。但在這上頭還有另一股詮釋資料（metadata，描述資料的資料）流，讓你評估（大都是下意識地）你聽到的每句話，研判你應該對此話採取什麼行動，以及應該對它賦予怎樣的優先順序。閱讀時，大腦不會做出這樣的處理，這只發生在你觀看一位演講人以及聽他的聲調時。以下是這外加的鍍層可能帶來的一些作用：

- 連結：**我相信此人。**
- 引人入勝：**他說的每句話聽起來都很有趣！**
- 好奇：**我從你的聲調聽得出來，從你的臉孔看得出來。**
- 了解：**你對那個字的強調以及那手勢，這下子，我懂了。**
- 同理心：**我可以看出那件事對你造成多大的傷痛。**
- 興奮：**哇，這熱情多麼有感染力！**
- 說服：**那眼睛流露出如此強烈的決心！**
- 行動：**我想加入你的行列，加我一個！**

概括來說，這就是鼓舞，最廣義的鼓舞，我把它視爲告訴大腦對一個新思想採取什麼行動的一股力量。許多思想被束之高閣，可能很快就被遺忘；但鼓舞把一個思想推入到我們的心智注意力聚光燈下：**一般警報！重要的新世界觀進來了，準備行動！**

我們如何及爲何對某些演講人有如此強烈的反應，這其中存在了很多奧祕難解之謎。這些能力已經演進了數十萬年，深植於我們的心智裡。在你的心智中，有一套信任的運算法，一套可信度的運算法，一套情緒如何從一個人的大腦蔓延至另一個人大腦的運算法。我們不知道這些運算法的細節，但我們可以在重要跡象上達成一致看法，這些跡象可分成兩大類：你的**聲調**表現；你的肢體表現。

有意味地說

有機會的話，去聽聽喬治·蒙比歐（George Monbiot）的TED演講的開場白。光看文字的話，迷人，但不是特別有感覺：

> 我年輕時，有六年的時間在熱帶地區從事野外探險活動，在世界上一些最迷人的地方當調查記者。我當時的魯莽與無知，不亞於任何年輕人，戰爭就是這麼爆發的，但我也覺得，那是我最有活力的時期。返家後，我發現自己的存在感漸漸降低，就連把碗盤放進洗碗機裡都像是有趣的挑戰，我覺得自己就像在刮鑿生命之牆，彷彿在尋找一條突破這圍牆的出路，進入更廣闊的外面空間。我想，當時的我感覺自己生活上的生態環境太乏味了。

但是，你聽他的講演，就很不一樣了。若要我用字型字樣來描繪的話，大概是這樣的：

> 我年輕時，有六年的時間在熱帶地區從事野外探險活動，在世界上一些最**迷人**的地方當**調查**記者。我當時的魯莽與無知，不亞於任何年輕人，戰爭就是這麼爆發的，但我也覺得，那是我更**有活力**的時期。返**家**後，我發現自己的存在感漸漸降低，**就連把碗盤放進洗碗機裡都像是有趣的挑戰**，我覺得自己就像在刮鑿生命之牆，彷彿在尋找一條突破這圍牆的出路，進入**更廣闊**的外面空間。我想，當時的我感覺自己生活的**生態環境太乏味**了。

看這些印刷字體，亂七八糟，但當你聽蒙比歐講話時，你會發現自己馬上被拉進他的世界裡。幾乎他說的每個詞都用不同層次的語調，或有內含的意味，爲他的開場白增添了很棒的微妙差別，這是印刷文字無法賦予的微妙差別。整場演講，他繼續展現這項才華，固然，他說的話激發聽眾的興趣與好奇，但眞正使你感到好奇與驚訝的是他的**聲調**。

他是如何辦到的？語音教練提到至少六種你可以使用的工具：音量，音高，語速，音色，語氣，以及所謂的**抑揚頓挫**（prosody）——就像唱歌時的高低起伏，例如一個平述句和一個問句的韻律差別。若你想更深入了解，我強烈推薦朱利安．崔哲（Julian Treasure）的TED演講〈如何說話，使別人想聆聽？〉（How to speak so that people want to listen），他不僅解釋要素，也提供幫助你改善聲調的練習。

至於我，我的主要建議是：對你的講話方式注入變化，根據你想傳達的意味來變化。太多演講人忘了這點，他們演講的每一句都用相同的聲調型態，開始時稍高，結束時降低，沒有停頓或語速變化。這傳達的是：你的演講內容沒有哪一個部分比其他部分更爲重要。你只是一路講下去，直到講完。這種演講產生的生理作用是催眠，令你的聽衆昏昏欲睡。

若你的演講有稿本，請試試這個：在每一句中找兩、三個最有含義的字詞，在底下畫線。接著，在每段中找**真正**重要的一個字詞，畫兩次底線。在整份稿本中找語氣最輕的一句，用鉛筆在底下畫淡曲線。找稿本中的每一個問號，用黃色螢光筆凸顯它們。找腳本中最重要的一個揭示時刻，在它之前畫上一個大大的黑團。若腳本中有有趣的軼事，在它上方畫個小粉紅點。

現在，試讀你的稿本，在每一個標記處做出語氣變化。例如，看到粉紅點記號時，露出微笑；看到大黑團記號，就停頓一下；看到淡曲線，就說快一點，聲音輕一點。聽起來如何？很做作，不自然嗎？再試一次，稍稍改變些。

接著，再做另一個嘗試：試著記住每一段的相應情緒。哪些部分是你最熱情的？哪些問題會令你有點生氣？哪些令你發笑？哪些使你困惑？演講時，讓**那些**情緒稍稍顯露出來。聽起來如何？在嘗試這個時，找個朋友作爲演練對象，看看他的反應如何，哪些部分使他滾動眼珠子。把你的讀稿錄音下來，然後，閉上眼睛，聽聽看。

把你的聲調想成你可以用來進入聽衆腦袋的一套新工具。沒錯，你得讓他們了解你講述的東西，但你也必須讓他們感受到你的熱情，爲此，你的做法不是直接**要求**他們對這個主題產生熱情，而是要靠展現你自己的熱情，它會自動散播、感染，就如同你眞切感受到的每一種其他情緒那樣。

你擔心演講時間短所造成的限制嗎？別擔心，你可以把它當雙倍時間來使用，把每一秒鐘不僅用來傳達資訊，也用來傳遞這些資訊被接收的**方式**，這樣，你可以不加一個字，便做出雙倍的事。

若你想要更多適當使用聲調的好例子，建議你去觀看以下這些人的TED演講：凱莉・麥高尼格（Kelly McGonigal）、強・朗森（Jon Ronson）、愛咪・柯蒂（Amy Cuddy）、漢斯・羅斯林（Hans Rosling）、以及無可匹敵的肯恩・羅賓森爵士（Sir Ken Robinson）。

一些演講教練可能建議你做令你覺得不適合你的語調變化，別接受這建議，就用你對主題的熱情感受下自然發出的語調。大部分時間，你應該以談話方式講演，並在適切的地方注入好奇和興奮的聲調。我總是請演講人想像他們和學生時代的朋友敘舊時詢問他們近況的情景，你的演講應該使用類似那種境況下的聲調，眞實，自然，但別害怕在必要時激昂一下。

另一個必須注意的重要層面：你的說話速度。首先，根據你正在講的內容來變化速度，當你在介紹重要概念或解釋複雜的東西時，放慢速度，別害怕加入一些停頓；講述軼事和較不重要的部分時，可以加快速度。但總的來說，你應該規劃用你自然的談話速度來演講，對多數演講人而言，大約是每分鐘一百三十個字到一百七十個字。

一些公開演講指南敦促演講人刻意放慢講話速度，我認爲，在多數境況下，這是不正確的建議。一般而言，理解的速度快於解說速度；換言之，演講人的腦內迴圈整理流程花用的時間多於聽衆的腦內迴圈理解流程花用的時間（但複雜的解釋**例外**，聽衆的大腦得花較多時間去理解複雜解釋，因此，演講人此時得放慢說話速度）。若你用你平常的談話速度來演講，沒問題，聽衆不介意；但若你用遠比這還要慢的速度，聽衆會開始不耐煩，這對你不利，你正在享受你人生中的最重要時刻，聽衆卻被你的龜速言語餵食給漸漸餓死了。

廣告業泰斗羅利・蘇德蘭以每分鐘講一百八十字的速度做了一場十七分鐘見解精闢的風趣演講，他認爲，對許多演講人而言，講得稍快一點是有益的：

有兩種情形會導致失去聽眾：講得太快或太慢，但太快的嚴重性遠遠低得多，太慢才是更大的問題，因為講得太慢會讓聽眾的心智有時間飄走。雖然，這麼說令我有點罪惡感，但若你的演講速度夠快，你的一些奇怪的跳躍切換不會被聽眾發現。當然啦，我不是鼓勵你做出太明顯的不合理推論。講快一點也可以掩飾很多缺陷，像是那些奇怪的**嗯嗯呃呃**快速地通過，沒有人會介意或注意到。

蘇德蘭和我都不是在建議你機關槍似地講演，只是建議你如平常談話般地說……在可以自然加速的段落就加快速度。不論在演講廳或是線上，這麼做都不錯。

這令你感到驚訝嗎？你認爲公開演講和談話相反嗎？

在某次TED研討會上，來自南亞、生平第一次做演講的一位演講人在排練時，用他的最高嗓門喊著講。我完全支持不同的演講風格，但這聽起來實在太累了，我問他爲何用這麼大的嗓門，他想了一下，說：「在我的文化中，公開演講指的是對群衆講話，爲了讓後面的人聽得到，你必須用喊的。不過，」他停頓了一下，繼續說：「在這裡，我想我不需要這麼做，因爲這裡有自動喊叫的設備。」他敲了敲麥克風，我們全都噴笑出來。

這其實是很重要的一點。遠在擴音器還未問世前，就已經有公開演講，對任何規模的群眾演講時，演講人必須放慢速度，深呼吸，大聲激昂地說話，每講完一句，明顯地停頓一下。這種演講風格是我們現今所謂的**演說**（oration），是一種可以使群眾情緒及反應同步化的演講風格，這讓我們聯想到文學及歷史上一些最具影響力的演講，例如古羅馬人馬克・安東尼（Marc Antony）的〈朋友們，羅馬人，同胞們〉（Friends, Romans, Countrymen），美國開國元勳派屈克・亨利（Patrick Henry）的〈不自由，毋寧死〉（Give me liberty, or give me death!）。

但在大多數現在場合，最好還是少用演說。演說能夠傳達熱情、急迫、與憤慨，但無法傳達許多更微妙的情緒。而且，從聽眾的立場而言，十五分鐘的演說可能很震撼，但一個小時就太累人了。若你對一個人講話，你不會使用演說方式，對於持續一整天的研討會，你也不能採用演說形式。

演說的速度遠遠較慢，金恩博士的〈我有一個夢想〉演說，速度大約是每分鐘一百字，那場演講是有目的的、精心雕琢的。但在今天，你的演講不太可能是對著重大社會運動的二十萬群眾演說。

擴音器讓我們能夠更清楚地對群眾演講，這是值得使用的一種能力，遠比演說更容易建立連結與激發好奇心。在線上觀看一場演講時，談話式的語調更為重要，因為此時你是一個人看著螢幕，你想感覺演講人在對著你一個人說話。對著大批群眾演說的談話鮮少能夠在線上暴紅。

一些演講人在這裡落入陷阱。在站上臺的興奮激動中，他們陷入稍稍過於堂皇的現場感，便下意識地採用演說形式。他們放慢語速，音量有點過大，在句子和句子之間插入明顯的停頓，這絕對有害於演講。演說是一門難以駕馭的藝術，只有很少數的演說稱得上精湛。在教堂或大規模的政治號召場合，或許適合採用演說形式，但在其他公開演講場合，我建議別採用。

善用你的肢體

肯恩．羅賓森爵士開玩笑說，一些教授似乎把他們的身體當成只是用來把他們的腦袋運送至下一場會議的器材，有時候，演講人也會給人這種印象，等他的身體把他的頭運送到臺上後，這身體就不知該如何自處了。當沒有置稿臺可資隱藏身體時，這個問題更加惡化，演講人僵硬地站著，手貼著身體兩側，或是兩腿交替地向旁傾。

我最不想做的事就是規定單一一種肢體語言方法，若每個演講人都做相同的事，演講很快就會變得索然無味。不過，話雖如此，仍然有幾點建議供你思考，或許能使你在臺上感到更自在些，並提高你在聽眾面前的權威度。

想做一場有效力的演講，最簡單的姿態就是有自信地站著，雙腳舒適地分開幾英寸，身體重量均分於雙腳，用你的雙手和雙臂自然地強調你說的話。若聽眾席稍稍環繞舞臺，你可以轉動你的腰部來面對不同區域的聽眾，不需要一直走來走去。

這種姿態可以展現鎮靜權威，多數TED演講人採用這種方法，包括羅賓森爵士在內。要訣是感到放鬆，讓你的上半身自然地移動。良好的姿勢絕對有幫助，要避免彎腰駝背。開放式站姿可能令你感到脆弱，但這種脆弱對你有利。

不過，有些演講人偏好在臺上走動，這能幫助他們思考，幫助他們強調重點。若走動是輕鬆的，不是強迫性的，這種方式也很不錯。你可以去觀看胡安・安立奎（Juan Enriquez）或伊莉莎白・吉爾伯（Elizabeth Gilbert）的TED演講，他們的走動看起來非常自在，而且，他們經常在某個點上停下腳步（這點很重要），就是這種律動才使此一方法適當、有效。演講人若在臺上走個不停，可能令聽衆看得很累，走動加上不時地站定，更爲穩健。

避免緊張地交替移動雙腿，或是做搖擺運動似地，向前走幾步，又向後走幾步。許多演講人做這些動作而不自知，他們可能有點焦慮，交替移動雙腿可減輕他們的不安，但在聽衆看來，這反而凸顯他們的不安。我們經常在TED演講排練時鼓勵演講人放輕鬆，站定就好，當他們這麼做時，效果差別立刻顯現。

所以，你想移動的話，就移動，但要有意地移動，然後，當你想強調某一點時，停下腳步，用定靜有力的姿勢面對聽衆訴說。

還有很多其他有力的演講姿勢。女企業家黛咪・史黛芬妮・雪莉（Dame Stephanie Shirley）選擇坐著演講，她坐在一張擱腳凳上，一隻腳向後擱在凳子下層的環圈上，把筆記擱在她的大腿上，看起來輕鬆自然。已故傑出神經學家奧利佛・薩克斯（Oliver Sacks）的TED演講也是坐著講。最極端古怪的是克里佛・史托爾，他在臺上跳來跳去、奔來奔去，充滿活力，爲他的演講增添了一個全新、與衆不同的特色。

所以說，沒有什麼規則，只要找到一種令你在臺上自在、自信、不會造成你的演講扣分的姿態就行了。一個簡單的檢驗方法是，在一小群聽衆面前排練，然後問他們，你的肢體語言是否構成妨礙，以及（或是）把你的排練錄影下來，看看你是否做了一些你未覺察的動作。

這世界能接受、也歡迎許多不同的演講風格，只要確保你的身體知道它的存在不光是爲了運送你的腦袋而已，它也可以享受它在臺上的時間。

用你自己的方式去做

現在要講最重要的一點。演講人很容易過度聚焦於演講**方式**，以至於忘了更重要的是：用你**自己**的眞誠方式去講演。

就跟你的行頭一樣，找到適合你的演講風格後，就別想太多。別試圖模仿別人，聚焦你的演講內容和你對它的熱情，別害怕讓你的個性顯露出來。

吉兒．泰勒二〇〇八年談論她中風的TED演講轟動成功，使得很多TED演講人試圖模仿她的情緒語氣。這是不對的，科學作家瑪麗．羅奇就差點犯此錯誤，她說：

> 受邀做TED演講後，我做的第一件事是去網路上觀看當時人氣最高的TED演講，吉兒．泰勒的演講，但兩分鐘後，我就停止了，因為我知道我不是吉兒．泰勒，也無法成為她。儘管憂慮不安，但我知道，當瑪麗．羅奇會比當個試圖模仿吉兒．泰勒的瑪麗．羅奇更好。

丹尼爾．品克也贊同：

用你自己的風格去做，別模仿別人的風格或是遵照你以為的「TED演講模式」，那很乏味、庸俗、過時。別試圖成為第二個肯恩・羅賓森或第二個吉兒・泰勒，當第一個你。

18 形式創新

全光譜演講的利弊

二〇一一年十一月，科學作家約翰·波漢儂（John Bohannon）站上布魯塞爾 TED 研討會（TEDxBrussels）講臺，帶著一個不尋常的演講輔助工具，不是 PowerPoint，而是一個舞蹈團。事實上，是由這舞團帶他，他們抬著他上臺。當他講到鐳射和超流體時，這些舞者以舞蹈動作體現他說的東西。

這是很吸引人的演出，波漢儂用這演出來例示他的主張：舞蹈可以作爲科學演講的優異輔助物，他甚至開創了一個名爲「舞出你的博士」（Dance Your PhD）的行動。

若你希望你的演講很顯眼突出，有很多選擇可供你創新。

檢視基本的東西後就會發現，其實，一場演講的眞正受限因素只有一個：可用的演講時間。十八分鐘的演講，你可以說大約兩千五百個字，除此之外，你還能做什麼呢？你的聽衆有五種感官，能夠吸收多種輸出物。

在 TED，我們用**全光譜**（full spectrum）這個詞來描述那些試圖在言語和投影片之外建入更多東西的演講。本章提供十六種你可以考慮的建議，我們猜想，在未來，我們將會看到更多的創新。

要強調一點，必須非常小心處理這些形式創新，若做得不好，會顯得像是耍花招。但若做得巧妙，可以把演講推向全新層次。

一、生趣的道具

二十年前，我看了一場談論必須繼續爲裁減核武而奮鬥的演講，我不記得演講人的姓名或他隸屬的組織了，也不記得多少演講內容，但我永遠忘不了他在演講中做的事。他手上舉起一顆乾豆子，說：「我請各位想像這是一個熱核武器，一顆氫彈，它的威力比投在廣島的原子彈高出一千倍。」然後，他把這顆乾豆拋進一個附有麥克風的大金屬桶裡，乾豆落在桶裡、彈起、掉落時，透過麥克風發出了巨大的砰噹聲。接著，他說：「各位認爲現今地球上有多少顆熱核武彈頭呢？」他停頓了一下，說：「三萬顆。」然後，他話也不說，拿了一袋子的乾豆，往那金屬桶裡倒，先是一次一顆，接著傾囊而出，發出的聲音震耳欲聾。那一刻，在座所有人發自內心地深刻了解爲何這個課題很重要了。

很多TED演講藉由使用令人意想不到的道具，大大提升效果。爲了解說人腦的左右兩半球，吉兒．泰勒把一個眞的人腦帶到臺上，這顆人腦還完整地連著一條脊髓。她把阻塞在每位聽衆心智裡的興味給挑起了，這是一個令人悸動的實物啊！比爾．蓋茲在其談瘧疾的TED演講中，打開一個裡頭裝滿蚊子的罐子，還開玩笑地說：「沒理由只讓窮人享有這種體驗」，此舉讓他上了全球各地報紙。亞伯拉罕把一個神祕盒子帶到臺上，吸引著聽衆的注意，那是他的外祖父帶他去一間小魔術店購買的，多年來，亞伯拉罕從未打開這盒子（當然啦，最後離開講臺時，那盒子仍然沒被打開）。

若你有個很具效果、又能合法使用的東西，這也許能使你的演講被永誌不忘。但請務必謹愼，記得事先在眞實世界環境中演練過。我曾經把一條黃色的緬甸蟒蛇帶上臺，讓牠纏繞我的身體，爲的是凸顯自然界的奇異美妙。我以爲牠隨著我舞動……直到聽衆開始爆笑，我不知道緬甸蟒蛇喜歡熱，牠順著我的背往下爬，在我的兩條腿之間不時探出頭來。好玩，但和我原本意圖的方式差很大。

二、全景螢幕

二〇一五年的TED研討會上，麻省理工學院藝術家暨設計師內黎．奧斯曼（Neri Oxman）一開場，就做出令所有人屛氣凝神的展示，她在往她兩邊延伸的巨大螢幕上展示兩套同步對比的影像，一套影片展示她的工作的科技面，另一套則是更生物、有機的一面。

每一套影片本身已經很動人，兩套同步展示更是出色得令人瞠目結舌，但不僅僅是因爲其視覺效果，它也深刻地向我們展示她身爲科學類型藝術家暨設計師的工作的雙重性質。谷歌時代精神（Google Zeitgeist）研討會也是使用創新的超寬螢幕來展示的研討會之一，可以呈現相同相片的多種版本、壯觀的全景攝影、以及粗體文本，向演講人的每一邊延伸長達一百英尺，這種展示予人的電影感很棒（較麻煩的是如何編輯它們，以供線上分享。截至目前爲止，唯一的大衆可取用格式是標準影像規格16:9和4:3，因此，在演講廳，這類展示很棒，但線上觀衆就比較難充分感受其壯觀）。

三、多感官刺激

一些演講人尋求超越僅僅二維的視覺與音效。曾有廚師在ＴＥＤ演講臺上現場烹飪，使整個會場香氣四溢；也有演講人先發送樣品袋給聽眾，讓他們嗅聞或品嘗。發明人暨創業家伍迪．諾里斯（Woody Norris）向我們展示他的發明——超級超音波聲音（hypersonic sound），可以從臺上發射至聽眾席的個人座位上，只有那些座位上的聽眾聽得到。３Ｄ攝影機先驅史帝夫．舒克萊爾（Steve Schklair）發給所有聽眾３Ｄ影像眼鏡，讓我們搶先體驗３Ｄ運動節目。香水設計師盧卡．涂林（Luca Turin）在臺上用一臺機器抽噴出各種香氣，飄散至整個演講廳。這類結合多類型感官刺激的演講總是很有趣，但是，大概除了３Ｄ之外，其餘類型可能僅限於用在少數主題的演講。

不過，在二〇一五年的ＴＥＤ研討會上，腦神經科學家大衛．伊格曼告訴我們，藉由訓練大腦去了解來自任何源頭的電化資料型態（例如天氣或股市），就可以透過科技來增加新感官。或許，在將來的一些研討會上，聽眾會穿上通電的背心，連結後直接感受演講人的想像。若有人能發明這個，請和我們聯繫。

四、現場播客

二〇一五年ＴＥＤ研討會的焦點之一，是設計與建築評論權威、電臺主持人羅曼．馬爾斯的演講，他不是戴著麥克風在臺上邊走動邊講，而是坐在一臺混音檯後方。他這麼開場：「我知道各位在想什麼：『爲何那傢伙可以坐著？』因爲這裡是電臺！」接著，音樂響起，他開始侃侃而談。馬爾斯是熱門設計播客節目《九九%的無形》（*99% Invisible*）的主持人，他的這場演講方式讓我們感覺就像他在現場混合了他的播客節目，演講過程中，在許多瞬間混入了音頻播放和影像，使這場演講非常生動。明星級DJ馬克．朗森在二〇一四年TED演講中也使用混音檯；公共電臺節目《美國生活》（*This American Life*）主持人艾拉．格拉斯（Ira Glass）在演講中，使用iPad傳輸展示他的現場節目片段。

現實裡，我們多數人不具備使用這種方法的技巧，但我可以看出它漸漸自成一門藝術：扮成DJ的演講人，現場即時混合來自多源頭的思想或見解。若你認爲這是你可以駕馭的一種技巧，或許值得你投資時間嘗試。

五、解說性質的訪談

訪談可以作爲另一種不錯的演講形式，它讓你有機會：

- 在沒有單一主軸之下探討有關於演講人的工作與生活的多個主題；
- 輕推演講人，好讓他比在演講中自然談論的內容更深入（尤其是對那些高知名度的演講人，因為他們的演講往往是由他們的公關部門代筆）。

我們在TED研討會中嘗試一種訪談形式，鼓勵訪問人和受訪人做一些事前準備，但仍然可以在現場有傳統訪談中那種即時性的唇槍舌劍。這種交談**搭配**了訪問人和受訪人在事前商議後決定的**一系列影像**，影像作爲各個談論主題的篇章標記，也爲交談增添提示參考點。

我邀請艾隆．馬斯克在TED研討會接受訪談時，請他傳送給我一些和我們的交談主題（例如建造可再使用的太空船的工作）有關、外界鮮少見過的影片。在實際訪談中，我在相應的時點播放相關影片，請他說明我們正在觀看的影片內容，這爲訪談增添了速度與變化。

同樣地，在我即將訪談比爾．蓋茲夫婦有關於他們的慈善事業生活前，我請他們傳送給我有關於他們早期投入公共衛生課題的照片、可資顯示他們爲何決定成爲慈善事業家的任何影像、對他們個人而言有重要意義的一個圖像或影像（因爲我們想討論遺產這個主題）、以及他們的一些家庭相片。他們提供的影像使這次訪談變得遠遠更具私人味道。

這種形式是介於演講和訪談之間的折衷形式，可以讓受訪人認眞思考他們想如何建構一個對他們而言重要的思想或概念，也可以降低淪爲漫談或陷入糾結的風險。我可以想像這個方法的許多創新，例如，受訪人用解說佐以投影片，訪問人可以在解說進行中當場對不清楚的部分提出詢問。

六、融入口語藝術

這是一九七〇年代和一九八〇年代興起於非裔美國人社群的一種藝術形式，並成爲一種流行文化。**口語**（spoken word）藝術可被視爲一種表演詩，它通常結合了說故事和複雜的文字遊戲（wordplay），口語藝術家爲傳統的公開演講提供一種有趣的延伸，他們不訴諸本書所提及的「解釋」或「說服」，而是使用更有詩意、更原始的語言，能夠振奮、感動、激活、鼓舞人們的語言。

把口語藝術和公開演講結合起來的方法很多，莎拉・凱伊（Sarah Kay）、克林特・史密斯（Clint Smith）、麥爾坎・倫敦（Malcolm London）、蘇海兒・哈瑪德（Suheir Hammad）、夏恩・柯伊贊（Shane Koyczan）、萊夫斯，這些人在TED研討會中做出了令人難忘的表演式演講。不過，這不是簡單容易的技巧，糟糕的口語藝術形式演講會令聽眾很難受。

七、影像詩

加拿大詩人湯姆・康尼夫斯（Tom Konyves）把影像詩（videopoetry）定義爲：「把影像、文字、及聲音以詩意方式並置呈現」。線上影片的問世促發大量的影像詩實驗，把所有能夠想像得到的文字、生趣鏡頭、動畫、及附加講說結合起來。這是可以爲演講增添生趣的一種形式，前美國桂冠詩人比利・柯林斯（Billy Collins）在TED演講中，展示他的五件被搭配了動畫的詩作，毫無疑問地，這些動畫爲他那原本已經動人的文字顯著增添了效果。夏恩・柯伊贊在TED講臺上表演口語藝術時，搭配了由八十位動畫家以衆包方式創作出的背景動畫影片。影像詩的應用潛力很大，你可以嘗試以這種影像詩形式作爲演講的一部分，或是作爲整場表演。

八、加入配樂

爲何每部電影都有配樂？因爲音樂能夠強化每一種情緒，音樂能夠暗示有特別含義的時刻，音樂能夠增強戲劇性、悲傷、渴望、興奮、希望。那麼，何不考慮把它用在演講裡？

幾位演講人做出了這種嘗試。強・朗森講述一個某人被懷疑爲精神病人而被關起來的可怕故事時，朱利安・崔哲站在他的後方創造出背景音效。把雜誌內容轉化爲現場表演的 *Pop Up Magazine*，經常用四重奏或爵士三重奏爲情節配樂，拉提夫・奈瑟（Latif Nasser）在TED演講中講述現代疼痛醫療之父的傳奇故事時，也加上了這種配樂。

採用這種方法，除了需要在排演時做出很多額外努力，它還有潛在風險：這種形式可能會強化「這是一場表演、不是即席演講」的印象，導致聽眾的距離感。此外，在許多境況下，加入音樂可能令人覺得在操縱聽眾的情緒。

儘管如此，這似乎仍是一片實驗沃土。一條可能的嘗試途徑是邀請音樂家到場，讓他們根據在現場聽到的演講內容，即席創作配樂。另一條途徑是加重表演成分，清楚表示這就是這場演講的展現方式。

九、雷席格法

法學教授勞倫斯・雷席格（Lawrence Lessig）首創一種獨特的演講形式，重度使用 PowerPoint，每一句以及幾乎每一個重要字詞都伴隨一個新視覺工具，可能是展示一個字、一幀相片、一張圖表、或一個視覺雙關語。以下是他在二〇一三年TED演講中一段十八秒鐘的內容，「//」符號代表一張投影片過場：

> 國會已經改變成一種不同的取決性//，不再只是取決於人民//，愈來愈取決於他們的金

主//。這當然也是一種取決性//，但是，只要//那些金主不是人民//，它就不同於且抵觸//只取決於人民//，這就是貪腐//。

照理說，這種方式是不行的，他那些奇怪的投影片類型變化，似乎違背所有設計法則手冊裡的告誡，但在雷席格手中，卻是那麼迷人。他選擇的字型、格式、及影像充滿了智慧與優雅，令你爲之傾倒、佩服。他告訴我，他之所以採用這種演講形式，是因爲他痛惡當他在科技研討會上演講時，聽衆低頭查看他們的手機或平板電腦螢幕，他不想讓他們有一秒鐘撇開頭的機會。

雷席格的演講形式實在太與衆不同了，因此有人給它取了個名稱：雷席格法（The Lessig Method）。若你夠大膽，可以試試仿效這種方法，但你得花很多時間準備及演練。同樣地，請務必審愼，這種方法的很多出色處在於細節和過場時機點，做不好的話，會弄巧成拙，笨手笨腳，令人受不了。

十、雙人演講

通常，我們不鼓勵一場演講有超過一位演講人，因爲這會使聽衆更難建立連結，他們不知道該看誰，最終可能無法和任何一位演講人產生共鳴。但也有例外的時候，兩位演講人的互動增加了很好的細微差別。當貝佛莉與德瑞克・裘柏（Beverly and Dereck Joubert）夫婦敘述他們一生探索花豹及野生貓科動物的工作時，他們兩人彼此間的明顯感情與相互尊重，本身就是一個動人的特點。

不過，我認爲，這種演講方式應該有滿大的創新空間。在多數這種雙人演講中，當其中一位演講人不說話時，他只是定定地站在一旁，或是看著他的夥伴。其實還有很多其他的可能性：

- 做手勢
- 演出內容
- 用樂器或敲打樂器伴奏
- 素描或繪畫
- 插話

倘若勞倫斯．雷席格有個雙胞胎弟弟或哥哥的話，你可以想像他們爲彼此講的話做出補充，使影響力倍增。

這是具有高風險的一種演講形式，有兩位演講人，演講就變得更複雜，兩位演講人仰賴彼此，他們的講話與過場很容易被感覺是照腳本演出。我不建議做出這種嘗試，除非你有無比的信心，並和另一位夥伴有絕佳的默契，可以很自然地做出這種搭檔嘗試。但我不認爲有這種可能性。

十一、新的辯論形式

若你打算臺上同時有兩人，通常，更有趣的形式是這兩人爲一個議題的正反兩方。爲徹底了解一個思想，最佳之道往往是聽聽對此思想的質疑，有很多辯論形式可以做到這點。其中最好的辯論形式之一是牛津辯論社（Oxford Union）的辯論形式：二對二，例如，每個演講人輪流講七分鐘的正方與反方觀點，在主持人或聽眾參與後，他們每人做出兩分鐘的結辯，然後由聽眾投票（你可以在「IntelligenceSquaredUS.org」網站觀看這種形式的辯論）。

但還有很多其他形式，我也期盼在這個方法上看到創新，例如，你可以嘗試法庭上的辯論形式，每位「證人」被一位有技巧的質問者交叉詰問。我們計畫在未來的TED活動中推出更多的辯論。

十二、投影片霹靂秀

許多攝影師、藝術家、及設計師採取的演講形式，是展示一連串的投影片，逐一講述。這是個不錯的方式，但容易使人在每張投影片上講太久，若你的才華主要在視覺方面，你或許應該展示大量視覺的東西，而不是講太多話，因此，應該增加投影片數量，減少每張投影片的說明。

很多活動嘗試把這規則化，例如，在沛嗜酷嗜（PechaKucha）設計交流活動中，其演講形式規定每人展示二十張投影片，每張投影片的解說時間不得超過二十秒，二十秒一到，就自動切換至下一張，因此，講者必須跟上速度。自稱爲「技客活動」（geek event）的閃燃講（Ignite Talks）也採行相似形式，但每張投影片只有十五秒的解說時間，十五秒一到，自動切換至下一張投影片。兩種方法都創造出快速流暢的活動。

在這個方法上，還有進一步創新的空間。沒有理由規定每張投影片都該使用同量的解說時間，我樂意看到用六分鐘展示一百張投影片的講演，其中十二張是「暫停與解說」的投影片，每張有二十秒的解說時間，其餘投影片則是每張只停留一秒，加上配樂，不需解說。

十三、現場展示

投影片霹靂秀方法的極致延伸是想像你不是在演講，而是在創造出純粹沉浸於你的作品的體驗。設若你是攝影師、或藝術家、或設計師，在舉世最棒的藝廊之一的主展覽廳做一場展出，你希望創造怎樣的體驗？想像人們走過一件又一件的作品，燈光完美，精心雕琢的每件作品文字說明提供了適量的脈絡解說。試想，何不在講臺上創造這種體驗？

別從演講詞的角度去思考你要呈現的詞語，而是去設計出激發適切期望或洞察的詞語，不一定得是句子，也可以是圖說、路標（用來指引讀者如何穿行於你的文章內容的字或詞）、詩文。你可以用沉默來烘托它們，是的，沉默，當你有很精采的東西要展示時，吸引注意力的最佳方式就是布置好，展示，閉嘴！

如前文所述，動力雕塑家魯本．馬歌林深諳此道，在三十秒鐘的解說附帶展示中，他只說了這個：「一顆雨滴，增加振幅」，這些語詞被靜默包圍，但螢幕上呈現著他的動力雕塑作品如催眠般地徐動，聽眾被他創造的美震懾住。

攝影師法蘭斯．藍丁（Frans Lanting）的整場演講，用他拍攝的相片來展示與講述地球上的生命演進過程，那些絕美相片一張張播放的同時，在菲利普．葛拉斯（Philip Glass）的配樂中，法蘭斯輕柔地吟詠生命的故事。

現今的現代劇院中使用了種種工具，燈光，環繞音效，高解析度放映……但遺憾的是，全世界最優秀的視覺藝術家往往未利用這些工具。他們以爲，既然他們受邀演講，就必須講話，因此沒去思考如何讓聽衆沉浸於他們的作品。我希望，在未來：更多展示，更少話。

十四、令人驚訝的現身

講完有關某人的非凡故事後，若讓此人現身臺上，也許能製造更強的效果。

二〇一四年TED研討會上，麻省理工學院教授修．赫爾（Hugh Herr）講述他如何爲愛德莉安．海斯雷戴維斯（Adrianne Haslet-Davis）打造一隻仿生腿的故事，愛德莉安是國標舞舞者，她在二〇一三年波士頓馬拉松爆炸恐怖攻擊事件中失去左腿。講完這故事後，修．赫爾做了一件令聽衆大出意料的事，他介紹愛德莉安出場，用她的這隻新腿首度公開表演舞蹈。

在阿根廷布宜諾斯艾利斯舉行的TEDxRíodelaPlata研討會上，克莉絲提娜．多明尼奇（Cristina Domenech）講述她在阿根廷的監獄裡教導囚犯寫詩的故事。這場演講的最後，一名囚犯馬丁．巴斯塔曼提（Martín Bustamante）在獲得獄方暫釋外出下，來到現場朗誦詩作，爲此演講增色不少。

當特別來賓能夠在現場做出表演時，這個方法的效果最佳；否則，最好還是僅僅告訴聽衆，此人就坐在聽衆席上，畢竟，把某人請到臺上，只是簡短地介紹他（她），可能會令人尷尬。

十五、虛擬現身

科技使我們可以用新方式把演講人帶到臺上。二〇一五年六月，成功激勵教練東尼．魯賓斯

（Tony Robbins）現身在澳洲墨爾本舉行的一場商業研討會，但他並不想實際飛到大老遠的澳洲，因此，他以３Ｄ立體投影方式現身。研討會主辦單位聲稱，他的虛擬現身效果等同於他親自現身。

當我們邀請揭祕爆料者愛德華．史諾登參與二〇一四年ＴＥＤ研討會時，只有一個問題：他當時潛逃居住在莫斯科，無法前來溫哥華，怕被逮捕。但我們讓他用網眞機器人 BeamPro 的形式現身，更增添戲劇性的是，在中場休息時，史諾登機器人在走廊上閒逛，讓與會者可以和他聊天、拍照，在推特（Twitter）上掀起談論風潮（#SelfiesWithSnowden）。

當然啦，這兩種方式都受益於它們的新奇性，但科技持續進步，ＴＥＤ的成功中令人感到驚訝的一點是，線上演講人產生的效果幾乎不亞於演講廳的演講人，因此，沒有理由認爲立體投影或網眞機器人就不能產生充分效果。

在這個方法上，可能性無限。舉例而言，作曲家艾力克．惠特克（Eric Whitacre）在二〇一三年ＴＥＤ研討會上發表一首曲子，表演者不是臺上的合唱團，而是來自三十個國家的聲樂家一起合唱，透過 Skype 爲我們提供的特殊科技連結。當他們出現於螢幕上合唱時，你彷彿感覺在這一刻，簡單如網際網路連結、發自內心的音樂、以及人們向外連通的意願等元素，能夠塡補造成世界分裂隔閡的那些鴻溝。我掃視了一下現場聽衆，看到許多人的臉頰被淚水沾濕了。

我相信，我們可以期待在未來看到更多類似這樣的嘗試，看到把原本無法湊在一起的人們給聚合起來的創新。事實上，或許很快就會出現這麼一天，**眞實**的機器人走上臺演講，講述它們幫助我們撰寫的內容（我們正在嘗試這個！）。

十六、沒有現場聽衆

極致的演講創新可能不是針對講臺上的部分，而是把講臺也撤掉，把演講廳、現場聽衆、及主持人也撤除。畢竟，我們如今生活在一個連通的世界，拜網際網路之賜，我們可以和成千上萬的人以現場直播或透過影片的方式溝通，任何規模的一個演講廳容納的聽衆數量和全球聽衆相比，根本是小巫見大巫，所以，何不設計一場直接對全球聽衆的演講呢？

瑞典統計學家漢斯・羅斯林做了一系列精采的ＴＥＤ演講，總計線上觀看人次超過兩千萬，但他最紅的一場演講並不是在臺上發表的，而是由英國廣播公司（ＢＢＣ）在一個空倉庫裡拍攝的，羅斯林的招牌統計圖表是在後製時加入的。

在現今這個人人都可取得攝影機和編輯工具的世界，重要演講直接向網際網路發表的趨勢將不可擋，我們的 OpenTED 計畫（詳情請見第二十章最後的討論）尋求跟上這股趨勢。

這種演講形式並不會取代人們實地聽演講的形式，畢竟，人與人實際接觸的古老體驗有太多的益處了。不過，視訊形式演講將是快速實驗、創新、與學習的一個好領域。

我非常興奮期待公開演講在未來的可能演變方式，但我也認爲應該在此做個提醒：上述許多創新可能產生好效果，但不應過度使用。人對人講話的基本技術遠溯至數十萬年前，極其根深柢固，在尋求現代變化時，我們必須很小心，別把嬰兒連同澡盆一起倒掉了。人的注意力是很脆弱的東西，若你加入太多額外的元素，很可能導致聽衆迷失了演講的主旨。

所以……讓我們擁抱創新精神，我們有很多機會可以推進演講的藝術。但也切莫忘記，演講的實質比形式更爲重要，說到底，闡述與散播思想才是演講的目的。

V

省思

19 演講復興運動
知識互連

我希望能夠說服你一點：不論演講技巧在現在有多麼重要，它們在未來將更為重要。

在我們的連結程度愈來愈深廣之下，人類最古老的能力之一為了跟進現代而重塑。我堅信，在未來（更甚於現在），學習如何當場向他人表達你的思想，將是下列諸人的必備技巧：

- 想建立信心的孩子。
- 踏出校門，尋求開始建立成功職場生涯的人。
- 想在工作上有所進展的人。
- 關切某個課題的人。
- 想建立聲譽的人。
- 想和全球各地有共同熱情的其他人建立連結的人。
- 想催化行動以做出影響的人。
- 想在世上留下傳承的人。

- 任何人。

爲了證明這個論點，我想，最好的方法是和大家分享我本身過去數十年的學習旅程，這段旅程完全改變了我對於公開演講的重要性及其未來可能性的了解。所以，讓我帶你回到一九九八年二月十八日（星期三），地點是加州蒙特瑞（Monterey），在那天的此地，我首次涉足TED研討會。

在當時，我認爲研討會是令人討厭、但不能逃避的活動，爲了見到你必須見的產業界人士，你得忍受幾小時冗長乏味的討論會和講演。不過，我的好友、舉世最優秀的人脈建立者之一桑妮・貝茲（Sunny Bates）說服我，她說TED不一樣，我應該去看看。

第一天的研討會令我有點茫然若失。我聽了一位軟體程式設計師、一位海洋生物學家、一位建築師、一位科技創業家、以及一位繪圖設計師的簡短演講，他們都講得很不錯，但我看不出這些內容和我有何關聯，我是個媒體人，我發行雜誌，這些東西如何能對我的工作有所幫助呢？

一九八四年創辦TED時，理查・伍爾曼及其共同創辦人哈利・馬克斯（Harry Marks）有個理論：科技（technology）、娛樂（entertainment）、及設計（design）產業愈來愈聚合（TED就是這三個字的首字母縮寫）。這有道理，第一臺蘋果麥金塔電腦（Macintosh）就是在那年問世的，索尼（Sony）也在那年推出其第一臺攜帶型CD播放器，這兩項產品都和這三個產業有淵源。把這三個領域連結起來，你可以興奮地想像其他種種可能性，倘若科技人員傾聽以人爲中心的設計師和娛樂業創意工作者的見解，也許有助於他們把產品打造得更具吸引力？藉由了解科技新發展，建築師、設計師、娛樂業領導人對可能性的感覺也許就能擴展？

果不其然，在踉蹌起步以及兩位創辦人的個性衝突（導致哈利用一美元把他的五〇%股份賣給理查）後，TED在一九九〇年代起飛，伴隨的是CD-ROM助燃的多媒體、《連線》(*Wired*)雜誌、以及早期網際網路的興起。在創辦TED之前的更早年，理查・伍爾曼發明了**資訊結構**（information architecture）這個名詞，並且非常執著於使晦澀難懂的知識變得更易於讓人們理解，這使得他鞭策演講人去尋找他們的思想或概念的最有趣角度，他們領域之外的人可能覺得有趣或切要的角度。他的另一種性格特質間接地促成了TED的成功，這性格特質是：缺乏耐性。

理查很容易對冗長的演講感到乏味，伴隨TED的發展，他開始分配給演講人愈來愈短的時間，若演講人講得太長，他會直接走上臺，中止演講。他也禁止聽眾發問，理由是：聽眾可能假借發問，實則在推銷自己的事業，與其如此，不如再擠入一位演講人來得有趣。這可能會激怒一些人，但就聽眾的整體體驗而言是一大助益，使得整個研討會的行進速度很快，即使偶有無聊的演講，你也可以忍受，因爲你知道很快就會結束。

話說回頭，第二天的TED研討會，我開始欣賞這種簡短演講形式。雖然，我還是不太確知這些演講和我及我的工作有何關聯，但我的確接觸到很多主題：爲女孩設計的電玩遊戲；椅子的設計；以3D探索資訊的新方式；以太陽能爲動能的飛機。這些演講一場接一場，得知這世上有這麼多不同種類的專長，令人振奮愉快。而且，碰撞火花也開始出現，某個領域的某個演講人說的東西似乎和另一個完全不同領域的演講人在前一天說的東西有共鳴。我無法確切地說出爲什麼，但我就是開始感到興奮。

多數研討會針對的是單一一個產業或專業知識領域，在這類研討會上，所有人有共通的語言和起始點，因此，演講人可以有時間講深入的東西，敘述一些特殊的新學習。但是，當內容和聽衆屬性廣泛時，演講人的目標不是詳盡地涵蓋一個特定主題，而是要使他人容易了解他的工作／作品，顯示它爲何有趣，爲何重要，通常，這只需要不到二十分鐘的時間就能做到。這很好，因爲對非你所屬領域的人們來說，這約莫就是他們願意給你的時間。身爲聽衆，我們或許願意投資四十五分鐘或一小時在我們必須學習的大學科目上，或是工作領域和我們相同的人身上；但對於非我們平常工作領域的人，我們願意投資那麼多時間聽他的演講嗎？不可能，我們每天的時間都不夠用呢。

那場TED研討會的第三天，發生了一件很奇怪的事，我那興奮過度的腦袋開始發出火花，像雷電交加的暴風雨般。每當一位新的演講人起身演講時，我感覺就像一道新的智慧雷電，我的腦袋興奮地把一場演講提出的思想或概念，和別的演講人在兩天前提出的某個東西關聯起來。

然後，艾美．穆林斯（Aimee Mullins）上臺了。

艾美一歲時，雙腿自小腿下半部截肢，但這阻擋不了她想過圓滿人生的意志。她坐在臺上，述說三年前她大一時的第一次短跑競賽，之後，在一雙設計得很漂亮的短跑選手義肢輔助下，她一路跑到成爲美國殘障奧運隊隊員。接著，她很自在地卸下她的義肢，向大家展示她可以輕易地因應場合與情況，改換上其他義肢。

艾美講述著她那些驚人的成功和困窘的失敗故事時，我坐在演講廳後排，震驚得眼淚不停地滑下我的臉頰，她是這麼的有活力，充滿了可能性。她似乎象徵了我在那星期一再萌生的感想：你可以擁抱失敗，不論命運之神帶給你什麼，你總是可以找到一條改變它的途徑，並在這麼做的同時，也影響了他人的人生。

到了我必須離開那次研討會時，我已經了解為何與會者如此看重這研討會了。我在這裡學到的東西令我振奮，我感受到前所未有的更高可能性，我覺得自己彷彿回到了家。

兩年後，我聽說理查．伍爾曼想賣掉這研討會，我興起買下它的強烈念頭。在我的整個創業生涯中，我的座右銘一直是「跟著熱情走」——不是我自己的熱情，而是他人的熱情。當我看到人們非常深切熱中的東西時，那就是機會所在的大線索；熱情隱含了潛在商機，我就是憑藉此理，創辦了數十種針對嗜好人士的雜誌，從電腦到自行車越野到十字繡等等，這些主題對多數人而言可能非常乏味，但對這些雜誌的客群而言，它們是熱情導向的金礦。

我在TED研討會上看到和感受到太強烈的熱情了，那些在人生中做了不凡之事的人們告訴我，這是一年當中他們最喜愛的一週。因此，儘管這只是一個小型的年度研討會，仍然大有可能在這熱情之上發展出更多東西。

另一方面，這是一個我過去從未涉足的新事業領域，而且，我將從一個性格比我強、比我急躁的人手上接下它，要是我失敗了呢？那將是相當大的公開恥辱啊。我找朋友諮商，夜裡輾轉難眠地試著想像各種可能性，但無法下決定。

信不信由你，最終說服我接手這個事業的，是我當時正在閱讀的一本書中的一段話。這本書是大衛．多伊奇的《真實世界的脈絡》(*The Fabric of Reality*)，他在書裡提出一個發人省思的疑問：知識真的必須變得愈來愈專門化嗎？我們的成功之道唯有靠著懂更多更專更窄的東西（knowing more and more about less and less）嗎？醫學，科學，藝術，每一個領域的專門化程度似乎都指向這條路。但多伊奇非常有說服力地主張我們必須區分知識（knowledge）與理解（understanding）；是的，明確事實的知識無可避免地變得愈來愈專門化，但**理解**呢？不，專門化不能帶來理解。

他指出，爲了**理解**一個東西，我們必須朝相反方向（亦即和專門化相反的方向），我們必須追求知識的**聯併**（unification）。他舉了很多的例子，較老舊的科學理論被那些結合了不只一個領域的知識而得出的更深、更廣的理論取代，例如，以太陽爲太陽系中心而建立的世界觀，取代了個別行星繞著地球轉的複雜解釋。

但更重要的是，多伊奇認爲，想要理解任何事物，關鍵在於了解這事物的**背景脈絡**。想像一個龐大的知識蜘蛛網，你無法確實了解這蜘蛛網的任何一個小部分中錯綜複雜的節點，除非你把相機往後退，看看那些網線的更廣連結。只有檢視更大的型態，你才能獲得眞正的理解。

我在夢想著TED時恰好閱讀到這個，彷彿一顆燈泡亮了起來，對啊！就是這道理！這就是TED體驗令人如此振奮的原因！因爲這研討會本身反映了一個事實：所有知識連結交織成一個巨網。TED的確爲所有人做出了一種貢獻，雖然，我們在當時也許未必知道這點，但TED讓我們兼容並蓄地思考來自不同領域的思想或概念，使我們全都獲得了比以往更深層的理解。事實上，個別思想或概念沒那麼重要，更重要的是如何把所有思想或概念拼湊結合起來，以及當我們把它們加入到我們現有的思想或概念上時，將發生什麼。

所以，TED之所以吸引人，並非只是因爲科技、娛樂，和設計這三個領域之間的綜效，而是因爲它讓**所有**知識接合。

用這樣的框架來看TED，它是一項永遠不乏演講題材的活動。有多少的集會能讓你探索這種知識接合呢？而且是以任何好奇的人都可以理解、獲得啓示的方式去探索？除了TED，我想不出還有哪一個。

我做了決定，然後搭機去拜訪住在羅德島新港市（Newport）的理查及其太太葛蘿莉雅・納吉（Gloria Nagy）。故事複雜，但長話短說，二〇〇一年年底，我離開花了十五年建造的公司，成爲驕傲、但有點競爭的TED策展人。

自此以後，我愈來愈相信知識接合的重要性，我也鼓勵TED從原來的T-E-D（科技、娛樂、設計）擴展至近乎涵蓋每一個人類創造力與智慧的領域。我不僅把這個看待知識與理解的架構視爲打造更有趣的研討會的處方，我也深信它是我們在未來美好新世界中生存繁榮的關鍵之鑰，以下是我的理由。

知識時代

關於知識的價值與目的，以及知識的取得方式（包括我們的整個教育體制結構），我們抱持的許多假說是工業時代的遺物。在那個年代，一家公司或一個國家的成功之鑰，是發展出生產實物的堅實專長，這需要深入的專業知識：探勘與鑽採煤礦及石油所需要的地質學；建造與操作工業級機器所需要的機械工程學；有效率地生產種種材料所需要的化學等等。

知識經濟需要的東西不同，以往由人行使的專業知識，愈來愈被電腦接掌。石油的探勘工作不再由地質學家擔綱，改由電腦軟體翻攪大量的地質資料，從中找出型態。如今，最優秀的土木工程師不再需要用手去計算一棟新建物的應力與張力，電腦模型會代勞。

幾乎沒有一個專業不受到影響。我看過一臺ＩＢＭ華生電腦（IBM Watson）的示範，華生試圖診斷一名有六種特定徵狀的病患，當醫生們搔頭思索，下條子讓此病患做各種檢查以獲得更多可供他們診斷的資料時，華生只用了幾秒鐘的時間閱讀了四千篇近期的相關研究文獻，對每種徵狀進行結論演算，然後以八〇%的確定性下了結論，指出這病人得了一種罕見疾病，而在場的醫生當中只有一人聽過這種疾病。

現在，人們開始愈來愈憂慮，甚至提出疑問，例如：**機器正快速變得超級智慧，凡是我們能丟給它們的任何專業知識工作，它們都能夠執行得很棒，在這樣的世界裡，我們人類能做什麼呢**？

這是個重要的疑問，這個疑問的答案其實滿令人興奮。

人類能做什麼？人類可以比以前更有人性。在我們的工作方式上更有人性，在我們學習的東西上更有人性，在我們彼此分享知識上更有人性。

我們未來的巨大機會是提升，超越我們使用專業知識來做重複性工作的悠久歷史。不論是年復一年彎腰割稻的勞苦工作，或是在製造線上組裝產品的乏味工作，在大部分歷史中，人類靠著重複做相同的事來維生。

我們的未來不會像這樣。凡是可以被自動化或電腦運算的，最終都會被自動化或交給電腦去做，我們可以爲此感到憂心害怕，或者，我們也可以擁抱它，利用這機會去發現更充實精采的人生之路，那條路會是怎樣的面貌呢？沒人能確知，但或許會包含這些：

更多系統層級的策略性思考。機器將負責做那些單調乏味的工作，但我們將必須思考如何把它們設置得最好，使它們能夠有效地彼此合作。

更多的創新。連通的世界爲我們提供龐大的能力，這爲創新者帶來巨大的益處。

更多的創意。機器人將能爲我們製造大量東西，這將爆炸性地需求人類展現創意，不論是科技發明、設計、音樂、或藝術領域。

更加利用獨特的人類價值。若人類與生俱有的人性能夠獲得強化發展的話，人對人的服務將更繁盛。科學家或許能發展出理髮機器人，但這能取代優異的髮型設計師兼治療師和顧客之間的聊天互動嗎？我不認爲。未來的醫生或許能要求華生提供診斷協助，但這可以讓醫生騰出更多時間去深入了解病患的人際境況。

若上述這些情形當中的任何一種眞的實現，很可能需要非常不同於工業時代要求我們具備的知識類型。

想像一個這樣的世界：你可以馬上取得你需要的任何專業知識，若你有智慧型手機，你現在已經大致生活在這樣的世界中了，就算你現在不是生活在這樣的世界，你的孩子將來也會。那麼，我們和他們應該爲未來而學習什麼呢？

我們需要的不是愈來愈多量的愈來愈專業性知識，我們需要的是：

- 背景脈絡性質的知識，
- 創意知識，和
- 更深入了解我們本身的人性。

背景脈絡性質的知識，這指的是知道更大的面貌，知道所有部分是如何拼湊結合起來的。

創意知識，藉由接觸廣泛類型的其他創意人而獲得的一套技能。

更深入了解我們本身的人性，這不是來自聆聽你的父母、或朋友、或心理治療師、神經學家、歷史學家、進化生物學家、人類學家、或靈性指導師，而是來自傾聽所有這些人。

這類知識不是少數優異大學的少數教授的專長領域，也不是你可以在一家大公司的師徒方案中發現的知識，它們是唯有結合許多領域及源頭才能形成或發現的知識。

這個事實是驅動演講復興運動的主要引擎之一。我們正邁入我們所有人都必須花很多時間**彼此學習**的時代，這意味的是，有遠比以往更多的人可以爲這種集體學習流程做出貢獻，凡是有獨特作品或獨特洞察的人，都可以參與而做出貢獻，這其中包括你。

但要如何做呢？不論你是傑出的天體物理學家，或是技藝精湛的石匠，或只是有智慧的終身學習者，我不需要向你學習你知道的所有東西，我當然無法、也不需要這麼做，那得花上許多年呢。我需要知道的是，你的工作和其他東西的關聯性，你能夠用我可以理解的方式解說其要素嗎？你能夠以外行人的語詞來分享你的工作流程嗎？你能夠解釋它爲何重要嗎？你爲何熱中它？

若你能做到這些，你就能拓展我的世界觀，也可能因此做出了其他貢獻，例如，你可能啓發了我的新創意或靈感。每個領域的知識不同，但它們全都有關聯性，而且，它們往往一起律動，你敘述你的工作的方式可能讓我獲得一個重要洞察，或是催化了我的新想法。當我們激發彼此時，思想就是這麼生成的。

演講復興運動的第一大驅動力是知識時代需要不同類型的知識，鼓勵人們被非他們專業領域的其他人啓發，並在這麼做的同時，對這個世界及他們在其中的角色有更深入的理解。

但這還不是全部。

20 這爲何重要？

人際互連

演講復興運動的第一大驅動力，是那促使我們能夠看到彼此的偉大科技發展：網際網路，尤其是線上影片的誕生。讓我來講述我們經歷的故事，因爲在不到一年間，線上影片使得TED徹底轉變，並幫助我們成爲新的知識分享方式的先驅之一。

TED是個非營利組織，這是我們的一個重要催化劑。我們通常不會認爲非營利組織是創新的強力輪子，但在TED這個例子中，非營利組織的身分眞的幫了大忙，且聽我道來。

我還在經營雜誌時，開始把一部分錢撥入一個非營利基金會，爲的是開始做出回饋。買下TED的，就是這個基金會，我以不支薪方式爲這個基金會工作，在我看來，把賺錢動機移除，可以發出清楚明確的意圖訊號，更容易可信地告訴世界：**請來幫助我們建立一個探索與分享思想的新方式**。因爲我們要求出席聽衆付很多錢來參加我們的研討會，但不支付酬勞給演講人，若能讓人們看出他們這麼做是爲公益做出貢獻，而不是貢獻給某人的個人銀行戶頭，做起來會更容易。

TED該如何做，才最能爲公益做出貢獻呢？在接手TED之後，我們這一小群經營TED的團隊爲這個疑問作了很多思考。畢竟，TED只是個民營的研討會，人們固然在這研討會中獲得了鼓舞與啓示，但很難看出要如何把這種體驗擴大。爲了推進TED的非營利使命，我們初期的嘗試包括：推出TED研究會員方案（TED Fellows），讓付不起參與此活動的人可以參與①；擴大聚焦於全球議題；爲鼓勵把啓示或靈感化爲行動，推出TED Prize，讓贏得此獎項者去實現一個其他TED出席者支持的改善世界願望。

但後來，我們覺得必須找個方法來分享TED的**內容**，TED研討會上傳達的思想與洞察值得傳播給更廣大的聽衆。二〇〇五年初，我找到解決這問題的理想人選。瓊恩・柯罕以局內人身分參與網路上的許多重大發展，她是舉世第一個推出線上橫幅廣告的HotWired網站的創辦團隊成員暨重要主管，她寫過一本探討如何創立成功網站的精闢書籍。此外，她跟我一樣，在一九九八年首次涉足TED研討會，跟我一樣愛上它，我們之間的每次交談都非常刺激、有收穫。

瓊恩在二〇〇五年加入我們這支羽翼未豐的TED團隊，爲擴大分享TED內容，推出了一個看起來似乎很合邏輯的策略：讓它上電視。每一場TED研討會都被錄影下來，有那麼多現成的有線頻道，這其中應該會有人感興趣每週播出一個這樣的節目吧？我們製作了試播節目，瓊恩熱心地向每一個願意聽聽看的人推銷。電視圈的人反應如何？**沒興趣**！

① 在湯姆・瑞利的領導下，TED研究會員方案在過去十年已經吸引超過四百名研究員，這個全球人才網絡爲近年的每場TED研討會注入活力。

發言人頭在電視上看起來很無聊——我們一再聽到這樣的回應。我們嘗試解釋：無聊的東西可能不在發言人頭本身，而是發言人頭講了無聊的東西。但還是沒人感興趣。

但在此同時，世界的結構發生了重大變化。網際網路的爆炸性成長令電信公司振奮之餘，決定砸大錢投資於更趨光纖和其他的頻寬升級，這使得一種最初看來完全無害的技術起飛：線上影片。二〇〇五年，它從螢幕角落邊閃爍的新奇東西，變成了你可以實際觀看的東西，一個名爲「YouTube」的古怪小網站創立，播放由使用者自製的簡短影片，其中許多影片的主角是小貓。這些影片看起來雖是業餘水準，但這股風潮卻如火箭般起飛。

二〇〇五年十一月，瓊恩向我提出一個激進建議：咱們現在先把上電視這事兒擺在一邊，試試用線上影片這個管道來傳播 TED 演講。

表面上看來，這是個瘋狂點子，撇開線上影片品質仍令人難以接受不談，目前還未出現經證實的收入模式，冒著免費遞送 TED 內容的風險，眞的合理嗎？人們付那麼多錢參加 TED 研討會，不就是爲了聽到這些內容嗎？

但另一方面，這一步可以大大推進 TED 爲公益而分享思想的非營利使命。而且，一想到這麼一來我們就可以掌控通路，不需依賴電視臺，很令人興奮。至少，這是個值得的嘗試。

於是，二〇〇六年六月二十二日，頭六支 TED 演講影片在我們的網站上開播。在當時，「ted.com」平均每天約有一千名造訪者，他們多數是來查看過去及未來的研討會詳情。我們夢想這些演講影片的播放或許能使網站造訪人次增加至五倍，或許一年可以有兩百萬人次觀看這些演講影片，這將大大延伸我們的觸角。

第一天，我們有一萬的觀看人次。我以爲，一如新媒體的尋常情形，等到初期興趣消退後，觀看人次就會快速下滑。但恰恰相反，短短三個月，我們的觀看人次就達到了一百萬，而且這數字還繼續向上攀升。

更令人振奮的是我們看到的熱烈反應。我們原本懷疑，線上演講影片的效果應該不如現場演講，畢竟，線上有這麼多令人分心的事物，你如何能讓人們聚精會神地盯住螢幕上的一個小視窗？但人們的反應熱烈程度令我們吃驚且興奮：**哇！我的脊背發涼！真是太酷、太感人了！這是我所見過最棒的複雜圖表講演。我忍不住流下淚來……**

突然間，彷彿人們在研討會上感受到的熱情被釋放了。這開示我們：我們只釋出幾場TED演講內容的實驗必須擴大至所有最好的TED演講內容。二〇〇七年三月，我們推出我們改建後的網站，提供一百場TED演講影片，從此以後，TED的年度研討會性質已不再那麼濃厚，變得更像一個致力於散播「值得散播的思想」（ideas worth spreading）的媒體組織。

噢，回頭說我們的那個擔心——免費在線上提供演講內容將會降低人們出席現場研討會的意願？實際上，效果剛好相反，我們的研討會出席者很興奮他們能夠和朋友及同事分享精采演講，而且，隨著TED演講的口碑散播，要求出席研討會的人反而增加了。

八年後，對TED演講的興趣在全球迅速增長，令我們驚喜的是，它已經變成辨識與散播思想的一個全球平臺[2]，這得感謝所有演講人、數千名志願翻譯者、數萬名當地活動主辦人員。截至二〇一五年年末，TED演講影片的每月觀看人次約一億，相當於一年有十二億觀看人次。

當然不是只有TED這麼做，許多其他組織也以線上影片形式散播思想。整體而言，對線上教育的興趣呈現了爆炸性成長，可汗學院、麻省理工學院、史丹佛大學、以及無數其他的機構已經在線上免費提供大量資源給全球各地的人們。

思考這其中的含義，相當令人振奮。首先從演講人的角度來看，歷史上，許多對一個思想懷抱熱情的人必須花費多年時間巡迴行腳全國或一個洲，試圖激發人們對此思想的興趣。現實上，任何這麼做的人可以冀望做到的最成功境界，是一年能夠講一百場，面對平均每場約五百名聽眾，這一乘下來，一年大約能夠觸及五萬人，這可需要非常累人的行程和出色的事前宣傳。同理，多數撰寫重要思想的書籍作者若能賣出五萬本，就會認爲是大成功了。

但在線上，你的第一天就能觸及這麼多人，有一千多位演講人光是一場演講就獲得了超過一百萬名聽眾。這代表影響力的大躍進，許多演講人已經證明這對他們的工作的影響力。

不過，從觀看者的角度來看，其含義更令人興奮。歷史上，近乎每一個時地出生的每一個人，他們的潛力都受限於一個他們無法掌控的現實：他們可以獲得的教師與導師的素質。倘若一個有愛因斯坦那般腦袋的男孩，卻出生於黑暗時代的德國，這世界就不會出現發源於他的科學革命了。一個有居禮夫人（Marie Curie）那般頭腦的女孩，若出生於二十年前的印度農村，她現在

②這個平臺包含：實地活動（在溫哥華舉行的年度TED研討會，以及TEDGlobal、TEDYouth、TEDWomen、企業活動系列、各種沙龍）；全球各地自行舉辦的TEDx；無數線上管道（我們的網址「Ted.com」、YouTube、iTunes、美國國家公共廣播電臺的《The TED Radio Hour》節目、行動器材應用程式、以及種種和其他組織的合作）。還有另一個針對學生的TED-Ed，以及年度TED Prize和TED研究會員方案。

大概正在割稻，辛苦地撫養她的孩子。

但如今，人類史上首度現，地球上的任何人都有可能在網際網路上把舉世最優秀的教師和啓發者請到他們家中。這代表著驚人的潛力。

我們不該把這想成是演講人對聽眾的單向流程，線上影片的最深含義是，它創造出一種互動生態，我們全都可以彼此學習。事實上，你若是知道我從誰那兒學得這個概念，你可能會很驚訝。麥・查德(Madd Chadd)、傑伊・史穆斯(Jay Smooth)、大衛男孩(Kid David)，和利爾西(Lil "C")是非凡舞團（Legion of Extraordinary Dancers，一般簡稱爲ＬＸＤ）的明星舞者，他們在二〇一〇年ＴＥＤ研討會上的表演，令我們瞠目結舌。但是，更令我吃驚的是，他們的許多舞技是觀看YouTube影片學來的！

他們的製作人朱浩偉（Jon Chu）這麼說：

> 舞者們創造了一個龐大的全球線上舞蹈實驗室，住在日本的孩子觀看在底特律製作的一支YouTube影片，學習其中的舞步，以這些動作為基礎，在幾天內創作出新舞，發布這新舞的影片。然後，在加州的青少年用這支日本孩子的影片拿來和費城特色融合，創作出一種全新的舞蹈風格。這種情形天天發生，從這些臥室、客廳，及車庫，用便宜的網路攝影機，誕生出明日世界的優異舞者。

YouTube激發了一種舞蹈創新的全球競賽，使得這門藝術以極快速度演進，朱浩偉注意到了這個，把YouTube變成他招募新舞蹈人才的一個主要源頭。ＬＸＤ舞團太出色了，那年的奧斯卡金像獎頒獎典禮邀請他們上臺表演。

我聽朱浩偉的演講及觀看ＬＸＤ的表演時，突然想到，這種現象也發生於公開演講這個領域。演講人在線上觀看彼此的演講，彼此學習，仿效好的技巧，再加入自己的獨特創新。

事實上，你可以看到相同的現象發生於任何能夠透過線上影片分享的技藝，從蛋糕裝飾技法到各種雜耍，不勝枚舉。線上影片提供兩項以往從未能夠如此有效獲得的東西：

- 舉世最優人才的能見度
- 在既有東西之上做出改良的強力誘因

這誘因就是成爲 YouTube 明星帶來的振奮感。爲了獲得那些觀看、喜歡，及評論，可以激發一個人花上許多小時或幾星期去進化他們要錄影及上傳的技藝。去 YouTube 網站上瀏覽，你會發現無數的特定技藝社群，獨輪車、跑酷（parkour）、影像詩、「當個創世神」（Minecraft）遊戲等等，社群成員彼此教導如何製作出色的東西。

這種現象需要一個名稱，我開始稱它爲**群促創新**（crowd-accelerated innovation），它最令人興奮的應用出現在思想、點子領域。

人類史上絕大多數面對聽衆的演講只有那些在場的人看到與聽到，如今，我們首度可以在線上觀看無數演講人的演講，你關心的主題幾乎都有。你還可以從觀看人次及評論等等看出外界對這些演講的評價，藉此來過濾篩選出你最想看的演講。

於是，突然間，我們有了一個可以支配的出色實驗室，我們也有一個奇妙的誘因去激發千百萬人參與這個實驗室。若你可以獲得的最佳演講機會是對著僅僅少數的同事講，或是在一個地方上的俱樂部講，你可能不會有那麼強烈的誘因去大費周章地做準備。但現在，你的演講可以被錄影下來，放到線上，那就不一樣了，你的潛在聽眾是千百萬，這下子，你願意投入多少時間做準備？

這是一個學習、創新、分享，及更多學習的螺旋形向上提升迴路，也是我相信演講復興運動才剛開始上路的原因。在TED，除了在我們的網站上分享TED演講外，我們還尋求透過以下三種主要途徑來促進這個進步迴路：

一、靠近你所在地的TEDx活動

我們從二〇〇九年起開始免費授權給想要在他們的城鎮舉辦像TED演講這種活動的人，我們使用「TEDx」這個稱號，x代表這是獨立籌辦的活動，也代表TED研討會創造出的乘數效果。每年在一百五十多個國家有超過兩千五百場的這種活動，已經有超過六萬場TEDx演講被上傳至YouTube，有愈來愈多的TEDx演講在網上爆紅。若你認爲你無法在工作場合做出一場你想做的演講，你可以考慮接洽你居住當地的TEDx主辦單位，說不定，在你附近就有理想的舞臺等著你③。

二、培育孩子演講能力的 TED-Ed Clubs

我們推出針對學校的免費方案「TED-Ed Clubs」，讓任何教師可以爲一群孩子提供做出TED演講的機會。一週一次，總共十三週的培訓，包括挑選一個思想作爲演講主題、如何研究這個主題的訣竅、準備及發表演講的技巧。看到孩子們提高信心與自尊，順利做出演講，這是令人欣慰且鼓舞的事。我們認爲，演講能力應該被納入每所學校的核心課程，和閱讀及數學能力一樣，因爲在未來數十年，這將是一項重要且必須具備的生活技巧④。

三、上傳你的 TED 模式演講

我們有個名爲「OpenTED」的方案，讓任何人上傳他們自己的TED模式演講至我們的網站上的一個專欄。我們尤其鼓勵創新，不只內容創新，還有演講方式的創新，我們相信一定有人有漂亮的分享思想新方式，或許那個人就是你⑤。

未來十年，當有另外數十億人能夠上網時，我們期待能觸及他們，提供他們向那些能夠幫助

③你可以在「http://ted.com/tedx」這個網址找到離你最近的 TEDx 活動，或是申請主辦 TEDx 活動。

④Ted-Ed Clubs 方案網址爲：http://ed.ted.com。

⑤關於如何上傳你的演講的細節，請至以下網址查看：http://open.ted.com。

他們過更好生活的優異教師學習的工具，並和我們分享他們獨特的洞察與思想。有人預測全球人口將在未來三十年成長到一百億，這種展望令人感到憂心，但當你想像這不僅能帶來更多消費，也會帶來更多智慧時，這種憂心就會減輕許多。

公開演講的革命是人人都能參與的事，倘若我們能夠找到認真傾聽彼此及相互學習的方式，未來就會充滿希望。

21 換你了
哲學家的祕訣

我的父親是眼科醫生暨傳教士，他的一生致力於在巴基斯坦、阿富汗，及索馬利亞醫治失明者，在此同時也傳播基督教福音。他從未見過我邀請登上TED講臺的首批演講人之一，這或許是件好事，這位演講人是哲學家丹尼爾．丹尼特，他是公然的無神論者。這兩人的思想與信念應該是大相徑庭的，唯有一點例外。

丹尼特的這場有趣演講談論瀰因（meme）的力量，其中，他說了這句話：「**快樂的祕訣是：找到一個比你更重要的事物，並把你的人生貢獻給它。**」

我的父親會非常贊同這句話。

丹尼特熱切信仰與倡導思想的力量，他強調有關人類的一個特質，只有人類這個物種才具有的特質：我們有時願意爲了追求重要的思想而犧牲我們的生物性需求。丹尼特認爲（我的父親和我也這麼認爲），這個追求是邁向有意義、滿足的人生的關鍵之一。

我們人類是奇怪的生物，在一個層次上，我們只想吃喝玩樂、獲得更多的物質，但在享樂跑步機上的生活最終令我們感到不滿意，一個漂亮的矯治方法是跳下這享樂跑步機，開始追求一個比你更大、更重要的思想。

對你而言，那個更大、更重要的思想是什麼？我當然不知道，現在的你恐怕也不知道。也許，你想凸顯一個在你居住的鎮上不顯眼的社區；或者，你想對一位家族成員的歷史做些研究，因為此人的勇氣應該被更多人知道；或者，你想在你的社區組織固定的大掃除日。或者，你想鑽研海洋科學；或者，你想活躍於一個政黨；或者，你想打造一件新技術；或者，你想旅行至某個地方，那裡的人們的生存迫切需求比你見過的任何境況高出百倍；或者，你只是想探索你遇到的人們的體驗與智慧。

不論你追求的是什麼，若你真切、努力地去追求，我預期將會發生兩件事：

- 你將找到一種更有意義的快樂形式。
- 你將發現遠比你在本書中閱讀到的任何建議更為重要的東西；你將發現**值得一說的東西**。

然後呢？然後，你當然得鼓起你的最大決心，用滿腔的熱情和最好的技巧，和他人分享你的經驗和你發現的這個東西。用最終只有你知道怎麼做的方式去分享它，點燃一把能夠將這新智慧蔓延得更遠、更廣的火。

湯姆．查菲爾德（Tom Chatfield）是個科技評論家，在我們的一場活動中擔任演講人。我的同事布魯諾・吉山尼請他爲其他演講人提供建議，他說：

> 在我看來，一場演講最神奇之處在於它的潛在影響力。你即將發表的簡短演講不僅可能觸及數十萬人，還可能啓動數以千計的交談。因此，我要給的重要建議是，盡你所能地大膽、勇敢，嘗試踏出你確知的東西或他人已經說過的東西這個安逸區，向世界提出值得上千交談與探討的疑問及啓示。在我看來，你講的東西正確或安全與否，並不是那麼重要，更重要的是把握這個大好機會去創造將滋生更多思想的東西。

我喜愛這段話。我期望的一個未來是，人們能認知到他們有輕推這個世界的潛力。我深信，一個人能夠做出的最重要影響是播下一顆有價值的思想種子，因爲，在一個人與人相互連結的世界，被適當地播下的這顆思想種子會自行開枝散葉，它現在及未來能影響的人不計其數。

但是，公開演講可用來造福，但也可能被用來危害，不是嗎？

的確，從煽動家到令人厭煩的憤世嫉俗者，例子不少。

不過，我認爲，有益及有害的演講在量的方面並不構成完美對稱比例。有明顯理由可資相信，演講內容的加速成長正朝有益的方向傾斜，且聽我解釋。

我們已經知道，爲做出有效力的演講，演講人必須往聽衆所在之處，告訴他們：**來吧，我們一起來建立一個思想**。演講人必須闡釋何以這個思想值得建立，必須訴諸共同的價值觀、欲望、希望、及夢想。

在某些情況下，這個流程可能被濫用，煽動群衆，激起仇恨，把錯誤的觀念宣傳成眞理。但在歷史上，這種情形通常發生在聽衆至少某個程度上被其餘世界隔絕時，演講人的訴求對象不是汎衆，而是特定族群，形成「我們 vs. 他們」的分化，對聽衆隱瞞一些重要眞相。

但是，當我們更密切連結時，當人們對世界及彼此有充分的能見度時，情形就開始改變了。在這種環境下，產生最大影響的演講人是那些成功訴諸最被廣爲擁抱的價値觀及夢想的演講人，是那些以許多人（而非只是少數人）可以看到的眞確事實爲基礎而論述的演講人。

想像兩位想要影響全世界的宗教類演講人，其中一位說他信仰的這個宗教優於所有其他宗教，並呼籲群衆皈依。另一位說，他信仰的這個宗教的最深切價値觀是憐憫，這也是所有其他宗教信奉的價値觀，因此，他決定講論這個主題，他也盡力使用能夠使其他宗教信仰者有所反應與感動的通用詞語。試問，哪一位演講人的潛在聽衆較多，長期影響力較大？

或者，想像兩位全球政治領袖，其中一位只訴求一個種族的利益，另一位則是訴求全人類，哪一位最終能贏得更多的支持？若人類無可救藥地仇外、心胸狹隘、種族主義，那麼，第二位演講人鐵定沒希望。但我不認爲會發生這種結果，我相信，我們彼此的共通點遠比我們彼此的差異更重要、更有深意，我們全都會飢餓、渴望、痛苦、歡笑、哭泣、愛，我們全都會流血，我們全都會夢想，我們全都有同理心，能夠將心比心。因此，有遠見的領袖或任何有勇氣站出來說話的人可以訴諸這共通的人性，助長這共通的人性。

我在前文中談到論證的長遠影響力量。本質上，論證尋求從所有人的角度去檢視這個世界，而非從單一個人的角度去檢視。論證者不會說：「我希望這個能發生，因爲這對我有利」，他會說：「因此，我們**所有人**應該希望這個能發生。」若一個論證未能做到這點，它就永遠無法成為使人們校準入列的通用討論貨幣。當我們說**講講理**（be reasonable）時，就是這個意思，等同於我們在說：**請從更廣的角度來看待這個議題**。

論證的力量，加上這個世界日益擴增的連通性，使得影響力的天平傾向那些願意站在我們所有人的角度去思考設想的演講人，而非僅僅站在他們本身所屬族群的立場的演講人。後者或許能產生一時的影響力，但最終勝出的是前者。

因此，我深信金恩博士所言：「這世界的道德之弧很長，但它彎向正義那一方。」眞的有一支歷史之箭，眞的有道德進步這東西，若我們把攝影機往後退，離開佔據今日新聞版面的禍害事件，我們就能看到，在過去幾世紀的歷史中，進步非常明顯，這其中，金恩博士本人產生的影響不可小覷。我們有無限的機會可以讓這進步繼續下去。

伴隨人與人之間彼此更拉近——不僅僅靠著科技進步而促成的拉近，也靠著愈來愈深入的相互了解，我們將會找到更多途徑去看見我們共同關切的事物。隔閡屏障倒下後，人心交流團結了，就是這樣做到的。

這種境界不會很快、很輕易地發生，這種變化得歷經多世代，而且，在過程中，將有很多想像得到的災難把這變化吹離正軌，但至少，我們有機會。

彼此交談是促進這變化的重要一環，我們生性易於回應彼此的脆弱、誠實，與熱情，設若我們有機會看到這些脆弱、誠實，與熱情的話，那就是現在。

說到底，道理其實很簡單，我們彼此間的連結程度更甚於以往，這意味的是，我們彼此分享最佳思想的能力更甚於以往。我從聽TED演講中學到的最重要啓示是：**未來的篇章還未寫就，我們正在一起撰寫它。**

有一紙空白頁和一個舞臺正在等候你的貢獻。

致謝

和所有思想一樣，本書中提供的思想來自許多源頭。

我和我在TED的親近同事——尤其是凱莉・史托澤爾（Kelly Stoetzel）、布魯諾・吉山尼（Bruno Giussani），和湯姆・瑞利（Tom Rielly），花了不計其數的時間共同探索，以了解一場精采的TED演講應該具備哪些要素。這本書的寫就，他們的貢獻絲毫不亞於我。

我們接觸到許多舉世最優秀的思想家和演講人，我們貪婪地尋求他們對於思想重要性的智慧之見，想方設法地把這些智慧之見轉化爲令人永誌不忘的文字。特別感謝下列人士：史蒂芬・平克（Steven Pinker）、大衛・多伊奇（David Deutsch）、肯恩・羅賓森爵士（Sir Ken Robinson）、愛咪・柯蒂（Amy Cuddy）、伊莉莎白・吉爾伯（Elizabeth Gilbert）、丹尼爾・帕羅塔（Dan Pallotta）、丹尼爾・康納曼（Daniel Kahneman）、布萊恩・史蒂文生（Bryan Stevenson）、丹尼爾・吉爾伯（Daniel Gilbert）、勞倫斯・雷席格（Lawrence Lessig）、亞曼達・帕爾默（Amanda Palmer）、潘蜜拉・梅伊爾（Pamela Meyer）、布芮妮・布朗（Brené Brown）、艾倫・亞當斯（Allen Adams）、蘇珊・坎恩（Susan Cain）、史蒂芬・強生（Steven Johnson）、麥特・瑞德里（Matt Ridley）、克雷・薛基（Clay Shirky）、丹尼爾・丹尼特（Daniel Dennett）、瑪麗・羅奇（Mary Roach）、羅利・蘇德蘭（Rory Sutherland）、莎拉・凱伊（Sarah Kay）、萊夫斯（Rives）、薩爾曼・可汗（Salman Khan）、巴瑞・史瓦茲（Barry Schwartz）。其實，我們從每一位TED演講人那兒學到東西，非常感激他們賜給我們所有人的禮物。在此也要向我們最喜愛的三位演講教練致謝：吉娜・巴內（Gina Barnett）、艾碧嘉・坦能鮑姆（Abigail Tenembaum）、麥克・魏茲（Michael Weitz）。

許多長年的TED社群成員在過去十五年堅定地支持我們，並幫助我們想像TED可以變成什麼模樣，史考特・庫克（Scott Cook）、桑妮・貝茲（Sunny Bates）、胡安・安立奎（Juan Enriquez）、琪依・皮爾曼（Chee Pearlman）、提姆・布朗（Tim Brown）、史都華・布蘭德（Stewart Brand）、丹尼・希里斯（Danny Hillis）、辛蒂・史帝佛斯（Cyndi Stivers）、羅伯・瑞德（Rob Reid）、亞奇・梅瑞迪斯（Arch Meredith）、史蒂芬・佩卓內克（Stephen Petranek）……你們很棒！還有更多這樣支持與幫助我們的人，難以在此一一列名致謝。

舉世最忙碌的一些人士撥冗閱讀本書的初稿，提供寶貴意見，包括：海倫・華特斯（Helen Walters）、米歇爾・昆特（Michele Quint）、娜迪雅・古德曼（Nadia Goodman）、凱特・托高夫尼克・梅伊（Kate Torgovnick May）、愛蜜莉・麥曼納斯（Emily McManus）、貝絲・諾華葛拉茲（Beth Novogratz）、珍・哈尼（Jean Honey）、蓋里・加布斯基（Gerry Garbulsky）、瑞默・吉佛瑞（Remo Giuffre）、吉蘿・庫布（Kelo Kubu）、茱麗葉・布雷克（Juliet Blake）、布魯諾・柏登（Bruno Bowden）、萊伊・巴克洛夫（Rye Barcroft）、詹姆斯・喬昆（James Joaquin）、高登・高爾布（Gordon Garb）、艾琳・麥基恩（Erin McKean）。

衷心感謝我那編織奇蹟的經紀人約翰・布洛克曼（John Brockman）、我那優秀的編輯理克・沃爾夫（Rick Wolff，我不准他把這個「優秀」形容詞刪除，儘管，他把其他多數的「優秀」字眼刪除是正確的）、我那孜孜不倦的編審麗莎・沃荷（Lisa Sacks Warhol）、以及霍頓米夫林霍考特出版公司（Houghton Mifflin Harcourt）的整個團隊，和你們共事很愉快。

理查・伍爾曼（Richard Saul Wurman），若不是你，這一切都不會發生。瓊恩・柯罕（June Cohen），感謝妳在TED待了十一年，並引導我們把第一批TED演講放到網際網路上。麥克・費米亞（Mike Femia）及愛蜜莉・皮金（Emily Pidgeon），感謝你們提供的設計指導。感謝整個TED團隊，哇，只能用一句哇來讚嘆，你們所做的一切，眞是令我驚奇感動，尤其是妳，蘇珊・齊默曼（Susan Zimmerman）！

感謝我們的志願翻譯者，謝謝你們把TED演講帶給全世界。感謝數萬名TEDx志工，我由衷敬佩你們對你們主辦的每一場活動投入的熱情與才華。感謝全球的TED社群，最終，一切全仰仗你們，若不是你們，無數重要的思想都不會被傳播。

感謝我的女兒伊莉莎白及安娜，妳們想像不出我對妳們有多麼引以爲傲，妳們也想像不到我從妳們身上學到了多少。最後，感謝我結縭的自然力——賈桂琳・諾華葛拉茲（Jacqueline Novogratz），謝謝妳，千萬個感謝，謝謝妳的愛、妳的鼓舞，以及每一天。

附錄：本書提及的演講

（下列資訊收集於單一播放清單，網址是：www.ted.com/tedtalksbook/playlist）

演講人	TED演講主題
莫妮卡・陸文斯基（Monica Lewinsky）	羞辱的代價（The price of shame）
克里斯・安德森（Chris Anderson）	TED的非營利轉型（TED's nonprofit transition）
蘇菲・史考特（Sophie Scott）	我們爲什麼笑（Why we laugh）
蘿賓・默菲（Robin Murphy）	災難後，這些機器人來救災（These robots come to the rescue after a disaster）
凱莉・麥高尼格（Kelly McGonigal）	如何讓壓力成爲你的朋友（How to make stress your friend）
布芮妮・布朗（Brené Brown）	脆弱的力量（The power of vulnerability）

薛溫・努蘭（Sherwin Nuland）	電極療法如何改變我（How electroshock therapy changed me）
肯恩・羅賓森（Ken Robinson）	學校扼殺了創造力嗎？（Do schools kill creativity?）
丹尼爾・品克（Dan Pink）	激勵之謎（The puzzle of motivation）
厄尼斯托・瑟羅里（Ernesto Sirolli）	想助人嗎？閉上嘴，傾聽！（Want to help someone? Shut up and listen!）
艾琳諾・朗登（Eleanor Longden）	我腦中的各種聲音（The voices in my head）
班・桑德斯（Ben Saunders）	往返南極，我人生中最艱辛的一〇五天（To the South Pole and back — the hardest 105 days of my life）
安德魯・所羅門（Andrew Solomon）	人生中的難關如何形塑我們（How the worst moments in our lives make us who we are）
丹尼爾・吉爾伯（Dan Gilbert）	我們爲什麼會快樂？（The surprising science of happiness）
黛博拉・高登（Deborah Gordon）	探索螞蟻王國（The emergent genius of ant colonies）
桑德拉・阿瑪特（Sandra Aamodt）	爲何減肥通常無效（Why dieting doesn't usually work）

漢斯・羅斯林（Hans Rosling）	且讓我用資料集改變你的思維（Let my dataset change your mindset）
大衛・多伊奇（David Deutsch）	人類解釋世界的新方式（A new way to explain explanation）
南熙・坎維舍（Nancy Kanwisher）	人類心智的神經圖像（A neural portrait of the human mind）
史蒂芬・強生（Steven Johnson）	好創意來自何處？（Where good ideas come from）
大衛・克里斯提安（David Christian）	十八分鐘探索大歷史（The history of our world in 18 minutes）
邦妮・巴斯勒（Bonnie Bassler）	細菌彼此如何溝通？（How bacteria “talk”）
史蒂芬・平克（Steven Pinker）	暴力其實減少了（The surprising decline in violence）
伊莉莎白・吉爾伯（Elizabeth Gilbert）	你那難以捉摸的創意才賦（Your elusive creative genius）
巴瑞・史瓦茲（Barry Schwartz）	選擇的弔詭（The paradox of choice）
丹尼爾・帕羅塔（Dan Pallotta）	我們看待慈善事業的方式錯得離譜（The way we think about charity is dead wrong）
大衛・蓋洛（David Gallo）	深海裡的生命（Life in the deep oceans）

韓傑夫（Jeff Han）	多點觸控介面的大遠景（The radical promise of the multitouch interface）
馬可斯・費雪（Markus Fischer）	像鳥一般飛翔的機器人（A robot that flies like a bird）
梅蓀・薩伊德（Maysoon Zayid）	我有一大堆問題，腦痲只是其一（I got 99 problems... palsy is just one）
傑米・奧利佛（Jamie Oliver）	給孩子食品教育（Teach every child about food）
札克・伊博拉辛（Zak Ebrahim）	我的爸爸是恐怖分子，但我選擇和平（I am the son of a terrorist. Here's how I chose peace）
愛麗絲・高夫曼（Alice Goffman）	我們如何把一群孩子送進大學，把另一群孩子送進監獄（How we're priming some kids for college — and others for prison）
楊艾德（Ed Yong）	僵屍蟑螂與其他寄生蟲的故事（Zombie roaches and other parasite tales）
麥克・桑德爾（Michael Sandel）	爲何我們不該把我們的公共事務交由市場機制決定（Why we shouldn't trust markets with our civic life）

拉瑪錢德朗（V. S. Ramachandran）	三個故事幫助了解你的大腦（3 clues to understanding your brain）
珍娜·李文（Janna Levin）	宇宙發出的聲音（The sound the universe makes）
愛莉莎·梅迪（Alexa Meade）	你的身體是我的畫布（Your body is my canvas）
愛羅拉·哈迪（Elora Hardy）	用竹子建造的神奇屋（Magical houses, made of bamboo）
大衛·伊格曼（David Eagleman）	我們能爲人類創造新感官嗎？（Can we create new senses for humans?）
愛咪·柯蒂（Amy Cuddy）	姿勢決定你是誰（Your body language shapes who you are）
強·朗森（Jon Ronson）	當網路霸凌失控時（When online shaming spirals out of control）
比爾·史東（Bill Stone）	我要上月球，誰要跟我來？（I'm going to the moon. Who's with me?）
黛安娜·耐德（Diana Nyad）	永不放棄（Never, ever give up）
麗塔·皮爾森（Rita Pierson）	每個孩子都該有個擁護者（Every kid needs a champion）

艾絲特・佩瑞爾（Esther Perel）	重新思考不貞行爲（Rethinking infidelity ... a talk for anyone who has ever loved）
亞曼達・帕爾默（Amanda Palmer）	請求他人的藝術（The art of asking）
布萊恩・史蒂文生（Bryan Stevenson）	我們需要談談一種不正義（We need to talk about an injustice）
喬治・蒙比歐（George Monbiot）	重新野化世界，創造更多奇蹟（For more wonder, rewild the world）
羅曼・馬爾斯（Roman Mars）	何以城市旗幟可能是你從前未注意到的最糟設計（Why city flags may be the worst-designed thing you've never noticed）
勞倫斯・雷席格（Lawrence Lessig）	找回一切只取決於人民的共和（We the People, and the Republic we must reclaim）
魯本・馬歌林（Reuben Margolin）	在木材與時光中的雕塑波浪（Sculpting waves in wood and time）
非凡舞團（The LXD）	網際網路時代的舞蹈演進(In the Internet age, dance evolves ...）
丹尼爾・丹尼特（Dan Dennett）	危險的瀰因（Dangerous memes）

國家圖書館出版品預行編目(CIP)資料

TED TALKS 說話的力量 / Chris Anderson著 ; 李芳齡譯.
-- 初版. -- 臺北市 : 大塊文化, 2016.07
面 ;　公分. -- (from ; 116)
譯自 : TED TALKS : the official TED guide to public speaking
ISBN 978-986-213-710-9(平裝)

1.演說

811.9　　　　105008602

LOCUS

LOCUS